U0909430

# 黄绳系腕

余光中 著

译林出版社

图书在版编目（CIP）数据

黄绳系腕 / 余光中著. — 南京：译林出版社，2012.10
（字里行间散文大家）
ISBN 978-7-5447-2850-8

Ⅰ.①黄… Ⅱ.①余… Ⅲ.①散文集－中国－当代
Ⅳ. ①I267

中国版本图书馆CIP数据核字（2012）第099917号

原书名：《余光中精选集》
原作者名：余光中　　陈义芝主编


书　　名　黄绳系腕
作　　者　余光中
责任编辑　王振华
特约编辑　白　路
出版发行　凤凰出版传媒集团
　　　　　凤凰出版传媒股份有限公司
　　　　　译林出版社
集团地址　南京市湖南路1号A楼，邮编：210009
集团网址　http://www.ppm.cn
出版社地址　南京市湖南路1号A楼，邮编：210009
电子信箱　yilin@yilin.com
出版社网址　http://www.yilin.com
经　　销　凤凰出版传媒股份有限公司
印　　刷　三河市三佳印刷装订有限公司
开　　本　960×640毫米　1/16
印　　张　19.75
字　　数　195千字
版　　次　2012年10月第1版　2012年10月第1次印刷
标准书号　ISBN 978-7-5447-2850-8
定　　价　26.00元
　　　　　译林版图书若有印装错误可向承印厂调换

# 目　录

# 余光中的大品散文

黄国彬

世界上某些先进的工厂，有所谓品质圈，负责监控厂内生产过程，以保证所有产品的质量能达到最高水平。在散文创作中，余光中也有品质圈，负责监控想象熔炉的运作。因此，余光中三十年来的产品，质量都十分高。余光中评乐论画的长文，固然开出了叫人惊喜的天地，即使说理写人的小小品，如《在水之湄》和《宛在水中央》，也能给读者不少欣悦。譬如他的《在水之湄》中的一段话：

叶珊和我，相近之处甚多，相远之处亦复不小。……他顾盼之间，富于名士风味，虽未深入希癖之境，对于理发业的生意，亦殊少贡献；我的生活，相形之下，就斯巴达得多。他和少聪结

> 婚四年，人口政策一直严守道德经的古训，我一时失策，竟为中国的“人口爆炸”添了一份威力，结果是尾大不掉，狼狈如一只飞不起的风筝。

寥寥百多字，谑而不虐，有梁实秋《雅舍小品》的幽默从容。至于《朋友四型》、《借钱的境界》、《催魂铃》、《我的四个假想敌》一类名篇，虽然长短各异，题材互殊，其为好散文一也。

余光中的散文，风格多元，题材广阔，全面的成就已有公论，在此无须重复。可是，余氏的散文中，该数哪一类最出色呢？这样的问题，我们当然可以避而不问；即使有人问起，也可以避而不答，以一两句外交辞令交代过去：“好散文就是好散文嘛！干吗要分高下？何况散文因题材不同，有时会像橘子和苹果一样，不能加以比较。”

可惜这样的问题，有时却不能回避。以我个人的经验而言，过去几年，我一直教二十世纪的中文文学。由于一学年之中既要讨论小说，又要赏析诗歌、散文，所割之爱颇多。以散文的赏析为例，半个学期之内，我只能蜻蜓点水般从数位作家的作品中，每位选讲一篇。选到余光中的作品时，问题就来了：“余光中的散文，质优量丰，该选哪一篇呢？”如果没有时间限制，我自然会多选几篇，其中包括《朋友四型》、《借钱的境界》、《催魂铃》、《我的四个假想敌》……可是，一学年二十八个星期之中，只有七个星期供我谈散文，我就要这样问自己了："余光中的散文中，哪一些最能表现余氏想象熔炉的最高温呢？"不错，读毕《在水之湄》、《宛在水中央》、《朋友四型》、《借钱的境界》、《催魂铃》、《我的四个假想敌》等，学生都可以获益不浅；而且这类作品是散文正格，学生和初习散文创作的人，都较易入手。可是，要在短短的一两个钟头内向学生介绍余光中的散文世界，考虑就不同了。我的考虑是：在短短的一两个钟头内，应该让学生看到余氏想象熔炉在最高温的情况下如何运作。以武侠小说为喻，我要学生在一两个钟头内管窥余光中的独门武功。《朋友四型》、《借钱的境界》、《催魂铃》、《我的四个假想敌》……都是好散文，但不算余光中的绝技，因为写这类散文而又写得出色的，五四以来，除了余光中，还有别的作家。我要介绍的余氏作品，应该能达到余光中所提出的标准：

> 在《逍遥游》、《鬼雨》一类的作品里，我倒当真想在中国文字的风火炉中，炼出一颗丹来。在这一类的作品里，我尝试把中国的文字压缩，捶扁，拉长，磨利，把它拆开又并拢，折来且叠去，为了试验它的速度、密度和弹性。我的理想是要让中国的文字，在变化各殊的句法中，交响成一个大乐队，而作家的笔应该一挥百应，如交响乐的指挥杖。

在余光中的创作历程中，能符合上述条件的散文颇多，引文中提到的《逍遥游》和《鬼雨》，是其中的两篇。在《逍遥游》和《鬼雨》之后，余光中仍然有许多精品，以同样的高温冶炼而成，其中以四十岁前后所写的最为重要。在这个时期，余光中踔厉风发，以盛年之笔接受各种新经验、大经验（尤其是旅美经验）的挑战，写出了一篇接一篇神气贯注、想象奇伟的作品，升到了五四以来罕有的高度。这些作品，和五四各家的出色散文以至余氏的其他名篇比较，都有显著的分别：五四各家的出色散文以至余氏的其他名篇都有好作品，但不算太罕见。《逍遥游》、《鬼雨》、《咦呵西部》、《听听那冷雨》一类作品不但好，而且好而罕见，能前人所不能，能前人所未能，是中国散文史上的高峰兼奇峰。常言“物以罕为贵”。余光中的这类散文能做到好而罕，所以特别可贵。《朋友四型》、《借钱的境界》一类文章，无疑都隽永幽默，情趣和理趣兼备，但这类佳篇，在梁实秋的散文集里也可以找到。《噪音二题》、《蝗族的盛宴》、《幽默的境界》等几篇，冶幽默和讽刺于一炉，也十分难得，但也有梁实秋、钱钟书的作品为侣。《逍遥游》、《鬼雨》、《咦呵西部》、《听听那冷雨》等作品就不同了；这类作品，在五四以来的散文集里都不易找到；即使相近而未逮的，也为数寥寥。

余光中的这类散文，出色而罕见，在五四以来的散文史上岳峙寡俦，以“大品”一词形容，庶几能标出其独特之处。“大品”一词，《汉语大辞典》收录了三种用法：

(1) 指佛经之全本或繁本，与节略本的“小品”相对。南朝刘义庆《世说新语·文学》:“殷中军读小品。”南朝刘孝标注:“释氏《辨空经》有详者焉，有略者焉，详者为大品，略者为小品。”(2) 佛经名。即《大品般若经》。亦泛指佛经。…… (3)〔英 Major Order〕又译作“高级神品”。天主教、东正教高级神职人员的品位。东正教一般把主教、神甫和助祭列为大品，而天主教一般把副助祭也列入大品。

本文所谓的大品，一方面和“小品文”中的“小品”相对，一方面取第二、三种解释中地位高出凡品的联想。

与非大品散文相比，余光中的大品散文有多种特色。首先，正如“大品”中的“大”字所指，就篇幅而言，大品散文比一般散文长。**在大品散文里，余光中的笔势、想象有较大——甚至极大——的空间去驰骋；情形有点像米开朗基罗（Michelangelo）绘《创世纪》，贝多芬作《第五交响曲》。**在《逍遥游》的后记里，余光中说过：“要让中国的文字，在变化各殊的句法中，交响成一个大乐队，而作家的笔应该一挥百应，如交响乐的指挥杖。”这段言志文字，道出了大品散文的基本特色。写大品散文时，余光中的想象是一架波音七四七巨型客机，需要又阔又长的跑道起飞，也需要浩瀚的空间去展示壮观的翔姿。余光中的想象，如果受篇幅局限，就无从在混沌里为《逍遥游》、《鬼雨》、《咦呵西部》、《听听那冷雨》赋形，以这一标准衡量，《宛在水中央》和《在水之湄》就难以位居大品之列了。

篇幅只是形相。作品光有篇幅而缺乏想象，就如一架古老细小的双翼机若升入广阔的天空，翔姿无论如何都说不上壮观。一个平庸的画工，坐拥西斯丁教堂，也是徒然；一个拙劣的乐匠，有十亿个音符可用，也写不出《第五交响曲》那样的仙音。

**余光中大品的第二个特色，是奇特横放、天风海雨式的想象。**提到这一特色，必须先谈他的名篇《鬼雨》。《鬼雨》是典型的余光中大品，写刚出生的爱子不幸夭逝，感人至深。这篇大品与一般的悼念文章有很大的分别：一般的悼念文章，鲜能把个人的伤痛提升到这样的高度。在文章中，作者先写爱子的噩耗，次写课堂，再写简单而悲切的葬礼，最后借一封信层层深入，纵论生死间抒发内心的哀痛。以物理世界的标准衡量，文章的空间不算太广；但经作者纵其恣肆的想象，辅以意识流手法，空间（包括心理空间、联想空间）乃大大扩阔而囊括死生，悲怆伤痛也随着加深加厚：

> 南山何其悲，鬼雨洒空草。雨在海上落着。雨在这里的草坡上落着。雨在对岸的观音山落着。雨的手很小，风的手帕更小，我腋下的小棺材更小更小。小的是棺材里的手。握得那么紧，但什么也没有握住，除了三个雨夜和雨天。潮天湿地。宇宙和我仅隔层雨

衣。雨落在草坡上。雨落在那边的海里。海神每小时摇他的丧钟。

……

我却困在森冷的雨季之中。有雪的一切烦恼，但没有雪的爽白和美丽。湿天潮地，雨气蒸浮，充盈空间的每一个角落。木麻黄和犹加利树的头发全湿透了，天一黑，交叠的树影里拧得出秋的胆汁。伸出脚掌，你将踩不到一寸干土。伸出手掌，凉蠕蠕的泪就滴入你的掌心。太阳和太阴皆已篡位。每一天都是日食。每一夜都是月食。雨云垂翼在这座本就无欢的都市上空，一若要孵出一只凶年。……

……雨在这里下着。雨在远方的海上下着。雨在公墓的小坟顶，坟顶的野雏菊上下着。雨在母亲的塔上下着。雨在海峡的这里下着雨在海峡的那边，也下着雨。巴山夜雨。雨在二十年前下着的雨在二十年后也一样地下着，这雨。……今夜的雨里充满了鬼魂。湿漓漓，阴沉沉，黑淋淋，冷冷清清，惨惨凄凄切切。今夜的雨里充满了寻寻觅觅，今夜这鬼雨。落在莲池上，这鬼雨，落在落尽莲花的断枝断枝上。连莲花也有诛九族的悲剧啊。莲莲相连，莲瓣的千指握住了一个夏天，又放走了一个夏天。现在是秋夜的鬼雨，哗哗落在碎萍的水面，如一个乱发盲睛的萧邦在虐待千键的钢琴。许多被鞭笞的灵魂在雨地里哀求大赦。魑魅呼喊着魍魉回答着魑魅。月食夜，迷路的白狐倒毙，在青狸的尸旁。竹黄。池冷。芙蓉死。地下水腐蚀了太真的鼻和上唇。西陵下，风吹雨，黄泉酝酿着空前的政变，芙蓉如面。蔽天覆地，黑风黑雨从破穹破苍的裂隙中崩溃了下来，八方四面，从罗盘上所有的方位向我们倒下，捣下，倒下。女娲炼石补天处，女娲坐在彩石上绝望地呼号。《石头记》的断线残编。石头城也泛滥着六朝的鬼雨。郁孤台下，马嵬坡上，羊公碑前，落多少行人的泪。也落在湘水。也落在潇水。也落在苏小小的西湖。黑风黑雨打熄了冷翠烛，在苏小小的小小的石墓。潇潇的鬼雨从大禹的时代便潇潇下起。雨落在中国的泥土上。雨渗入中国的地层下。中国的历史浸满了雨渍。似乎从石器时代到现在，同一个敏感的灵魂，在不同的躯体里忍受无尽的荒寂和震惊。……

为了避免破坏原文一气呵成的效果，为了展示余光中的健笔兴酣时如何凌厉，如何大幅度在时间、空间左回右旋，如何在物理空间之外创造广阔的联想空间、感情空间，又如何借客观世界中的大量实景、实物和文物作品中的大量典故把内心的哀痛扩阔加深，我花了颇长的篇幅引述《鬼雨》。《鬼雨》一文，不但有余光中重视的许多优点，诸如“弹性”、“密度”、“质料”；而且收放有度。刚写完爱子的噩耗，笔锋已经陡移，急伸向课堂和莎士比亚的作品，以冷峻的幽默调剂悲情，寓大扬于大抑，一转一折都是功力的表现。不过这些优点需要另一篇文章详析；在此只需指出，像《鬼雨》那样的想象幅度，在五四以来的散文中极为罕见。

奇特横放、天风海雨式的想象到了另一篇大品《逍遥游》里，展示的又是另一种翔姿。请看作者如何描写物理的时空：

于是大度山从平地涌起，将我举向星际，向万籁之上，霓虹之上。太阳统治了钟表的世界。但此地夜犹未央，光族在钟表之外闪烁。亿兆部落的光族，在令人目眩的距离，交射如是微渺的清辉。半克拉的孔雀石。七分一的黄玉扇坠。千分之一克拉的血胎玛瑙。盘古斧下的金刚石矿，天文学采不完万分之一。天河蜿蜒着敏感的神经，首尾相冲，传播高速而精致的触觉，南天穹的星阀热烈而显赫地张着光帜，一等星、二等星、三等星，争相炫耀他们的家谱，从 Alpha 到 Beta 到 Zeta 到 Omega，串起如是的辉煌，迤逦而下，尾扫南方的地平。亘古不散的假面舞会，除倜傥不羁的彗星，除爱放烟火的陨星，除垂下黑面纱的朔月之外，星图上的姓名全部亮起。……

北天的星貌森严而冷峻，若阳光不及的冰柱。最壮丽的是北斗七星。这局棋下得令人目摇心悸，大惑不解。自有八卦以来，任谁也挪不动一只棋子,从天枢到瑶光,永恒的颜面亿代不移。……

……未来的大劫中，惟清醒可保自由。星空的气候是清醒的秩序。星空无限，大罗盘的星空啊，创宇宙的抽象大壁画，玄妙而又奥秘，百思不解而又百读不厌，而又美丽得令人绝望地赞叹。天河的巨瀑喷洒而下，蒸起螺旋的星云和星云，但水声敻渺得永不可闻。光在卵形空间无休止地飞啊飞，在天河的旋涡里做星际旅行，无所谓现代，无所谓古典，无所谓寒武纪或冰河时期。美丽的卵形里诞生了光，千轮太阳，千只硕大的蛋黄。……然则我是谁呢？我是谁呢？呼声落在无回音的，岛宇宙的边陲。……你是空无。你是一切。无回音的大真空中，光，如是说。

经余光中的健笔一挥，时空的无垠、宇宙的神秘就展现在读者眼前，使人想起他的《天狼星》：

牵开积云，混沌的谜底就揭晓
氤氲的上头
濛鸿的背后
暴风雨的另一端，有谁看钟表？

秃鹫回翼，无穷静从此开始
神话的面具
星象的旗语
大哉广场，光年无碍任奔驰

天狼厉嗥吧，在风的背上
把光族都叫醒

猖猖把太白星

叫起来扫曙天欲破的残霜

作者以《逍遥游》为篇名，并且在文中引用庄子，显然有见贤思齐，与南华老仙呼应之意。读了这篇文章，看了文中“怒而飞，其翼若垂天之云”的笔势，笔者觉得，余光中的确可以隔着两千多年，与庄子相视而笑，莫逆于心。

在《鬼雨》和《逍遥游》里，我们可以看出，余光中的想象在最遒劲、最酣畅的时候，往往可以视文章所需，纵横上下古今，由个人而家国而历史而神话。在另一篇大品散文《听听那冷雨》里，余光中的想象再度抟扶摇而起，由惊蛰刚过的雨季写到中国，写到中国的文字，再写到美国……想象辐射而出后在虚实之间往来穿梭，景物、文化、历史以至个人的情怀都奔赴笔端。在古典文学史上，写雨写得最出色的词是蒋捷的《虞美人》；在现代散文史上，写雨写得最出色的散文大概要数余光中的《鬼雨》和《听听那冷雨》了。

**余光中大品散文的第三个特色，是超卓的写景技巧。**按题材分类，散文有多种：抒情、叙事、咏物、写人、说理、议论、表意、绘景等等（有时候，作者可以按需要把各体交融，在文章里同时抒情、叙事、说理、绘景。）纵观五四以来的散文，作家在抒情、叙事、咏物、写人、说理、议论、表意等领域都有出色的表现。以表意为例，报纸的专栏虽然水平参差，发表意见时倒有颇可观的成绩，至于说理或议论，过去几十年能够在半瓣花上说人情，能够在幽默、讽刺、情趣、理趣间从容逍遥的散文家也不在少数。可是，要在五四以来的散文集里找一篇出色的写景文字（尤其是壮丽的写景文字），就不容易了。一般的散文作者，面对一座巍峨的大山、一条雄壮的长河、一幅电光煜爚、雷霆滚滚的夜空，不是视而不见，听而不闻，就是避重就轻，虚应故事，说眼前的景象“雄伟壮观或美不胜收，非笔墨所能形容”；或者索性躲懒，驱古人的诗词效劳；不躲懒的，即使勉强举笔，也挑不起眼前的奇景、伟景，仿佛屈原、李白、杜甫、苏轼、郦道元、王思任、徐霞客等名家的丹青妙笔再没有传人。

事实呢，当然并非如此，只不过善于写景的作家少而又少罢了。在这批少数作家中，余光中是十分出色的一位。面对各种景色，余光中都能向读者证明，他手中所握，是擅绘丹青之笔。试看他如何写日出：

> 浩阔的空间引爆出一阵集体的欢呼。就在同时，巍峨的玉山背后，火山猝发一样迸出了日头，赤金晃晃，千臂投手向他们投过来密密集集的标枪。失声惊呼的同时，一阵刺痛，他的眼睛也中了一枪。簇簇的光，簇新簇新的光，刚刚在太阳的丹炉里炼成，猬集他一身。在清虚无尘的空中飞啊飞啊飞了八分钟，扑到他身上这簇光并未变冷。巨铜锣玉山上捶了又捶，神的噪音金熔熔的

> 赞美诗火山熔浆一样滚滚而来，观礼的凡人全擎起双臂忘了这是一种无条件降服的仪式在海拔七千英尺以上。一座峰接一座峰在接受这样灿烂的祝福，许多绿发童子在接受那长老摩挲头颅。不久，福建和浙江也将天亮。然后是湖北和四川。庐山与衡山。秦岭与巴山。然后是漠漠的青海高原。溯长江溯黄河而上噫吁戏危呼高哉天苍苍野茫茫的昆仑山天山帕米尔的屋顶。太阳抚摸的，有一天他要用脚踵去膜拜。

文中以“标枪”、“丹炉”比喻阳光，比喻太阳，以听觉、视觉、触觉交融的意象状日出的辉煌显赫（“巨铜锣玉山上捶了又捶，神的噪音金熔熔的赞美诗火山熔浆一样滚滚而来”），都新颖脱俗；结尾几句（“一座峰接一座峰在接受这样灿烂的祝福……然后是湖北和四川。庐山与衡山。秦岭与巴山。然后是漠漠的青海高原。溯长江溯黄河而上噫吁戏危呼高哉天苍苍野茫茫的昆仑山天山帕米尔的屋顶”），展示太阳由东而西的轨迹，广阔的画面使人想起李白的《关山月》：

> 明月出天山，
> 苍茫云海间。
> 长风几万里，
> 吹度玉门关。

在大品散文中，余光中不论写颜色还是写光景，都能为读者的眼界开辟新领域：

快要烧完了。日轮半陷在半红的灰烬里，越沉越深。山口外，犹有殿后的霞光在抗拒四围的夜色，横陈在地平线上的，依次是惊红骇黄怅青惘绿和深不可泳的诡蓝渐渐沉溺于苍黛。怔望中，反托在空际的林影全黑了下来。

雨天的屋瓦，浮漾湿湿的流光，灰而温柔，迎光则微明，背光则幽暗，对于视觉，是一种低沉的安慰。.

杰出的作家都善于以文字捕捉感官体验。捕捉感官体验的途径因人而异：有时是白描，有时是比喻。钱钟书以借喻、明喻写睡，是一途：

鸿渐睡梦里，觉得有东西在撞这肌理稠密的睡，只破了一个小孔，而整个睡都退散了，像一道滚水似的注射冰面……

杨万里以借喻、白描写新晴晚步所见，是另一途：

嫩水春来别样光，
草芽绿甚却成黄。

东风似与行人便，
吹尽寒云放夕阳。
急下柴车踏晚晴，
青鞋步步有沙声。
忽逢野沼无人处，
两鸭浮沉最眼明。

像古今出色的作家一样，余光中写景时也会因材施法，以白描、明喻、借喻等技巧把眼前的经验手到擒来。有时候，他更会全方位出击，同时诉诸读者的视、听、嗅、味、触五种感官。《听听那冷雨》一文所用的就是这种手法。读完这篇散文，读者的视觉、听觉、嗅觉、味觉、触觉都会得到高度的满足。区区的一滴雨，无色、无嗅、无味，到了余光中笔下，竟能由平淡化为神奇，“不但可嗅，可观，更可以听”，可以舔，足见作者感觉敏锐，笔触既细且深。

在四十岁前后，余光中的阅历既广，精神和体力又相当充沛，彼此结合后反映在文字里，又成为他大品散文的另一特色：雄伟阳刚的气势和动感。笔者有一个未经科学验证的看法：一位艺术家的意志、魄力、体能，可以直接从他的作品中量度。以画家和作曲家为例，我们看了米开朗基罗在西斯丁教堂里绘画的《创世纪》，听了贝多芬的《第五交响曲》，会想到推动他们健笔的淋漓元气。以政治人物和诗人的作品为例，刘邦的“大风起兮云飞扬，威加海内兮归故乡”（《大风歌》）；毛泽东的“钟山风雨起苍黄，百万雄师过大江”（《人民解放军占领南京》）；李白的“西岳峥嵘何壮哉！黄河如丝天际来。黄河万里触山动，盘涡毂转秦地雷。荣光休气纷五彩，千年一清圣人在。巨灵咆哮擘两山，洪波喷箭射东海。三峰却立如欲摧，翠崖丹谷高掌开。白帝金精运元气，石作莲花云作台。”（《西岳云台歌送丹丘子》），都是意志、魄力、体能的直接反映。

余光中旅美期间，正值壮年，接受新经验，新世界挑战时，心灵全面投入，结果写出了不少大品散文。在这些散文里，雄伟阳刚的气势和动感处处可见，试看《登楼赋》，一开始就是理查德·施特劳斯（Richard Strauss）交响诗《查拉图斯特如是说》（Also sprach Zarathustra）的震撼：“汤汤堂堂。汤汤堂堂。”震撼的效果由八个摹状定音鼓的拟声词传递，十分成功。接着，作者以节奏、以意象猛扣读者的心弦：

> 汤汤堂堂。汤汤堂堂。当顶的大路标赫赫宣布：“纽约三里”。该有一面定音大铜鼓，直径十六里，透着威胁和恫吓，从渐渐加紧，加强的快板撞起。汤堂傥汤。汤堂傥汤。F大调钢琴协奏曲的第一主题。敲打乐的敲打，大纽约的入城式锵锵铿铿，犹未过赫德逊河，四周的空气，已经震出心脏病来了。一千五百英里的东征，九个州的车尘，也闯过克利夫兰，匹茨堡、华盛顿、巴铁

摩尔，那紧张，那心悸，那种本世纪高速的神经战，总不像纽约这样凌人。……纽约是一只诡谲的蜘蛛，一匹贪婪无餍的食蚁兽。一盘纠纠缠缠敏感的千肢章鱼。进纽约，有一种向电脑挑战的意味。夜以继日，八百万人和一个繁复的电脑斗智，胜的少，败的多，总是。

光从这段文字，我们就可以看出，《登楼赋》是一篇典型的现代散文，捕捉的是现代经验、现代感性。

这种现代经验，下面几段也写得同样精彩：

一过米苏里河，内布拉斯卡便摊开它全部的浩瀚，向你。坦坦荡荡的大平原，至阔，至远，永不收卷的一幅地图。咦呵西部。咦呵咦呵咦……呵……我们在车里吆喝起来。是啊，这就是西部了。超越落矶山之前，整幅内布拉斯卡是我们的跑道。咦呵西部。昨天量爱奥华的广漠，今天再量内布拉斯卡的空旷。

芝加哥在背后，矮下去，摩天楼群在背后。旧金山终会在车前崛起，可兑现的预言。七月，这是。太阳打锣太阳擂鼓的七月。草色呐喊连绵的鲜碧，从此地喊到落矶山那边。穿过印第安人的传说，一连五天，我们朝西奔驰，踹着篷车队的陈迹。咦呵西部。滚滚的车轮追赶滚滚的日轮。……

咦呵西部，多辽阔的名字。一过米苏里河，所有的车轮全撒起野来，奔成嗜风沙的豹群。直而且宽而且平的超级国道，莫遮拦地伸向地平，引诱人超速、超车。大伙儿施展出七十五、八十英里的全速、霎霎眼，几条豹子已经蹿向前面，首尾相衔，正抖擞着精神，在超重吨卡车的犀牛队。我们的白豹也追上去，猛烈地扑食着公路。远处的风景向两侧闪避。近处的风景，躲不及的，反向挡风玻璃迎面泼过来，溅你一脸的草香和绿。

风，不舍昼夜地刮着，一见日头，便刮得更烈，更热。几百英里的草原在风中在蒸腾的暑气中晃动如波涛。风从落矶山上扑来，时速三十英里，我们向落矶山扑去。风挤车，车挤风，互不相让，车与风都发脾气地啸着。虽是七月的天气，拧开通风的三角窗，风就尖啸着灌进窗来，呵得你两腋翼然。

霎眼间，豹群早已吞噬了好几英里，将气喘咻咻的犀牛队丢得老远。……在摩天楼围成的峡谷中憋住的一腔闷气，此时，全部吐尽。在地旷人稀的西部，施出缩地术来。一时圆颅般的草原上，孤立的矮树丛和偶然的红屋，在两侧的玻璃窗外，霍霍逝去，向后滑行，终于在反光镜中缩至无形。只剩下右前方的一座远丘，在大撤退的逆流中作顽固的屹立。最后，连那座顽固也放弃了追赶，绿底白字的路标，渐行渐稀。

像引述余光中其他的大品散文一样，引述《咦呵西部》也需颇长的篇幅，否则就难以尽展文中弧形阔银幕的浩瀚、气势、动境。捕捉动境、捕捉速度、捕捉空间的旷阔，文字要让电影几分。

不过就文字而言，能够像《咦呵西部》那样捕捉动境、速度、空间的作品，可说少而又少。在上述的引文中，字里行间迸射着活力，昂扬处叫人想起苏轼的《江城子 · 密州出猎》和陆游的《初发夷陵》。就余光中的散文创作而言，他的旅美经验至为重要；他旅美期间，正值壮年，旺盛的创作力一经新经验的冲击就水到渠成，写出了一篇接一篇的大品散文。余光中的创作历程如果没有旅美经验，中文文学就会失去多篇光华夺目、昂扬蹈厉的大品散文。

在上述的引文里，读者还可以发现，余光中运用文字（包括句法）时，常能自出机杼，使现代汉语变得更繁富。本文的重点不是余光中散文的全面特色，但与余光中大品散文有关的几点，却不能略而不提。

在余光中的大品散文中，文字和节奏的试验，比他的非大品多，成就也特别大。在《宛在水中央》、《朋友四型》一类文章中，余光中的文字也有可观处，不过读这些作品时，我们会觉得，由于作者的重点不在于"把中国的文字压缩，捶扁，拉长，磨利，把它拆开又并拢，折来且叠去"，以"试验它的速度、密度和弹性"，题材或内容不需要太高温的熔冶，想象之炉无须开足火力，作者运笔，乃有羽扇纶巾的从容；可是，写大品散文时，余光中不但以文字为表意、叙事、绘景、抒情的工具，而且要冶炼文字本身，所以要全面投入，常常展现"兴酣落笔摇五岳"的气概。

西方语言学家雅各森（Roman Jakobson）分语言的功能为六种：指称（referential）功能、感情（emotive）功能、诗语（poetic）功能、意动（conative）功能、问候（phatic）功能、元语（metalingual）功能。在创造性散文里，诗语功能较其他功能显著；在余光中的大品散文里，这种功能尤其突出，为作者迸发的创造力提供广阔无垠的探索空间。写这些散文时，余光中不再像一般的散文作者那样，以汉语既有的方便、既有的资源为满足，却设法试探汉语和汉字的极限，尽量发掘其潜能，赋汉语以新的活力。在上引各段中，文字的提炼、翻新，句法的伸缩、回环、开阖、弛张，都反映了余光中想象风火炉的高温熔冶过程。《逍遥游》创造重叠连锁的句法是一例："雨在二十年前下着的雨在二十年后也一样地下着，这雨"；"魑魅呼喊着魍魉回答着魑魅"。《登楼赋》发挥量词功能是另一例："一盘纠纠缠缠敏感的千肢章鱼"。《咦呵西部》善用倒装是第三例："一过米苏里河，内布拉斯卡便摊开它全部的浩瀚，向你"；"七月，这是"。在不少作品中，我们更可以看到，余光中大品散文的节奏如何视内容的需要加速：

> 油门大开时，直线的超级大道变成一条巨长的拉链，拉开前面的远景蜃楼摩天绝壁拔地倏忽都削面而逝成为车尾的背景被拉链又拉拢。

如何在席卷千里后袅然减速：

雨在他的伞上这城市百万人的伞上雨衣上屋上天线上雨下在基隆港在防波堤在海峡的船上，清明这季雨。

作者在大幅度的移动后加一句补足式的倒装“清明这季雨”，就巧妙地减低了文字的速度，如出色的赛车手驾驭一辆性能极佳的跑车。

余光中对韵律、对节奏有高度敏感，因此收句放句、节响调音都得心应手，仿佛有可靠的直觉为他效劳。请看他如何为《沙田山居》启篇：

书斋外面是阳台，阳台外面是海，是山，海是碧湛湛的一弯，山是青郁郁的连环。山外有山，最远的翠微淡成一袅青烟，忽焉似有，再顾若无，那便是，大陆的莽莽苍苍了。

文中有押韵（台——海、山——弯——环）；有短句继长句之后的缩（书斋外面是阳台，阳台外面是海，是山）、长句继短句之后的伸（海是碧湛湛的一弯，山是青郁郁的连环）；伸缩中有对仗，有押韵；然后有收敛（山外有山）、舒张（最远的翠微淡成一袅青烟）；收敛间有对仗（忽焉似有，再顾若无）；再度舒张前又有恰到好处的微顿（那便是）。这一切巧妙的安排，加上第二声（台）、第三声（海）、第一声（山）、第二声（环）的变换呼应，交响成悦耳的音乐。难得的是，这样悦耳的音乐竟来得那么从容，一点也不着迹，可见作者操控节奏韵律时如何娴熟准确。在欧美文学中，提到作品的节奏感、音乐感时，我们会想起坦尼森、叶慈、艾略特、魏赫兰（Verlaine）等名家；谈中国现代散文的节奏感、音乐感时，则不能不举余光中为例。

与周作人比较，余光中的节奏感会显得更突出。在五四以来的散文史上，周作人有不可忽视的成就；可是细读他的作品，我们不难发现，他对节奏缺乏敏感，不少句子过于拖沓啰唆。试看他的《苍蝇》：

> 苍蝇在被切去了头之后，也能生活好些时光……
>
> 中国人的好朋友的苍蝇们呵……
>
> 但是他的剽悍敏捷的确也可佩服……

如此呆滞不灵的句子不可能出现在敏于节奏的散文家笔下。上述句子，稍加调整，效果就不一样了："苍蝇被切去了头之后，也能生活好些时光"；"苍蝇呵，中国人的好朋友"；"但是他的剽悍敏捷也的确可佩"。

读周作人的散文，有时会感到沉闷，就因为作者不懂节奏变化之道。试看他的《死法》：

“人皆有死”，这句格言大约是确实的，因为我们没有见过不死的人，虽然在书本上曾经讲过这些东西，或称仙人，或是“尸忒卢耳不卢格”(Struldbrug)，这都没有多大关系。不过我们既然没有亲眼见过，北京学府中静坐道友又都剩下蒲团下山去了，不肯给予凡人以目击飞升的机会，截至本稿上版时止，本人遂不能不暂且承认上述的那句格言，以死为生活之最末的一部分，犹之乎恋爱是中间的一部分……

统计世间死法共有两大类……

不谈内容，光谈节奏，这段文字也实在太单调、太缺乏变化了。细加分析，我们就可以看出症结所在：句子的长短太接近，一字顿、二字顿、三字顿未能相互调剂，结果变得慵怠拖拉，呆滞不灵：“不过我们既然没有亲眼见过”，“本人遂不能不暂且承认上述的那句格言”，“统计世间死法共有两大类”……懂得以文济白、懂得为文字加速减速的作者，要表达同样的内容时，大概不会一连用六个二字顿，一成不变地说：“不过 / 我们 / 既然 / 没有 / 亲眼 / 见过”；而会说：“不过，/ 我们 / 既然 / 没有 / 目睹过”，或更进一步，说：“不过，/ 我们 / 既不曾 / 目睹”，避免让两个“过”字相犯。至于“本人遂不能不暂且承认上述的那句格言”一例，只要删去“那句”二字，就会灵活起来。“统计 / 世间 / 死法 / 共有 / 两大类”一句，有多种补救途径:或在“世间”之后加一个“的”字;或把句子改写成“世间/死法,/计有/两大类”。如果周作人所谓的“统计”,是别人所作的科学统计,则可写成“据统计,/世间的/死法/有/两大类”。但无论怎么改写,都应该避免原文的滞句。

同是五四作家,徐志摩的节奏感就强多了。试看他的《北戴河滨的幻想》:

> 他们都到海边去了,我为左眼发炎不曾去。我独坐在前廊,偎坐在一张安适的大椅内,袒着胸怀,赤着脚,一头的散发,不时地有风来撩拂。清晨的晴爽,不曾消醒我初起时睡态;但梦思却半被晓风吹醒。

同是开头,徐志摩的文字多了一份灵动变化之姿。下列节奏,更非周作人所能为功:

> 青年永远趋向反叛,爱好冒险;永远如初度航海者,幻想黄金机缘于浩渺的烟波之外……他爱折玫瑰:为她的色香,亦为她冷酷的刺毒。他爱搏狂澜:为他的庄严与伟大,亦为他吞噬一切的天才,最是激发他探险与好奇的动机。他崇拜冲动:不可测,不可节,不可预逆,起,动,消歇皆在无形中……

读了这类引文，我们不难看出：徐志摩的节奏感远胜周作人；其句法也远比周作人的句法多变。徐志摩懂得长短交错，懂得活用各种字数的停顿，有时更能活用倒装和欧化句法（如“他爱折玫瑰：为她的色香，亦为她冷酷的刺毒”），是胜过周作人的一大原因。

徐志摩调控节奏，虽然远胜周作人，但和余光中比较，又有未逮之处。徐志摩在某些名作（如《我所知道的康桥》、《天目山中笔记》、《想飞》和上文提到的《北戴河海滨的幻想》）里，无疑为汉语开拓了颇广的境界。可是，更精彩、更大规模的文字熔冶和语言创新（包括节奏的实验），还要等《逍遥游》的第二位作者来完成。

**（编按：限于篇幅及体例，本文中注释均从缺）**

# 我的散文观

余光中

知性与感性的把握与调配，也是散文的一大艺术。知性重客观，感性凭主观。知性重分析，感性凭直觉。知性要言之有物，持之成理，感性要言之有情，味之得境。散文佳作往往能兼容二者，而使之相得益彰。诸葛亮的《出师表》本是公文，却写得真情流露；杜牧的《阿房宫赋》显为美文，却由感性转入知性，以史为戒，力贬奢华。而同一散文大家之作，知性与感性的比重也变化多姿。例如苏轼论人之作，《晁错论》绝少抒情，至于《范增论》、《贾谊论》、《留侯论》，则抒情一篇浓于一篇。《方山子传》又别开生面，把抒情寓于叙事而非议论。而《喜雨亭记》、《凌虚台记》、《超然台记》、《放鹤亭记》、《石钟山记》等五记，却在抒情文中带出议论，其间情、理的比重各有不同，但知性与感情均有交汇。

所以太硬的散文，若急于说教或矜博，读来便索然无趣。而太软的散文，不是一味纵情，便是只解滥感，也令人厌烦。其实不少所谓“散文诗”或“美文”之类过分纯情、唯感，溺于甜腻的或是凄美的空洞情调，结果只怕是美到“媚而无骨”，雅到“俗不可耐”。这种阴柔的风气流行于我年轻时代的文坛，所以早年我致力散文,便是要一扫这股脂粉气。我认为散文可以提升到更崇高、更多元、更强烈的境地，在风格上不妨坚实如油画，遒劲如木刻，宏伟如建筑，而不应长久甘于一张素描、一幅水彩、一株盆栽。当时我向往的不是小品珍玩，而是韩潮苏海。我投入散文，是“为了崇拜一枝男得充血的笔，一种雄厚如斧野犷如碑的风格。”

辑一

# 听听那冷雨

杏花。春雨。江南。

六个方块字，或许那片土就在那里面，

而无论赤县也好神州也好中国也好，变来变去，

只要仓颉的灵感不灭美丽的中文不老，

那形象，那磁石一般的向心力当必然长在。

# 鬼雨

But the rain is full of ghosts tonight

Edna St. Vincent Millay

1

“请问余光中先生在家吗？噢，您就是余先生吗？这里是台大医院小儿科病房。我告诉你噢，你的小宝宝不大好啊，医生说他的情形很危险……什么？您知道了？您知道了就行了。”

“喂，余先生吗？我跟你说噢，那个小孩子不行了，希望你马上来医院一趟……身上已经出现黑斑，医生说实在是很危险了……再不来，恐怕就……”

“这里是小儿科病房，我是小儿科黄大夫……是的，你的孩子已经……时间是十二点半，我们曾经努力急救，可是……那是脑溢血，没有办法。昨夜我们打了土霉素，今天你父亲守在这里……什么？你就来办理手续？好极了，再见。”

2

“今天我们要读莎士比亚的一首挽歌 *Fear No More*。翻开诗选，第五十三页。这是莎士比亚晚年的作品 *Cymbeline* 里面摘出来的一首挽歌。你们读过 *Cymbeline* 吗？据说丁尼生临终之前读的一卷书，就是 *Cymbeline*。这首诗咏叹的是生的烦恼和死的恬静，生的无常和死的确定。它咏叹的是死的无所不在，无所不容（死就在你的肘边）。前面三段是沉思的，它们泛论死亡的 omnipresence 和 omnipotence，最后一段直接对死者而言，像是念咒，有点‘孤魂野鬼，不得相犯，呜呼哀哉尚飨！’的味道。读到这里，要朗声而吟，像道士诵经超度亡魂那样。现在，听我读：

No exorciser harm thee!
Nor no witchcraft charm thee!
Ghost unlaid forbear thee!
Nothing ill come near thee!

“你们要是夜行怕鬼，不妨把莎老头子这段诗念出来壮壮胆。这没有什么好笑的。再过三十年，也许你们会比较欣赏这首诗。现在我们再从头看起。第一段说，你死了，你再也不用怕太阳的毒焰，也不用畏惧冬日的严寒了（那孩子的痛苦已结束）。哪怕你是金童玉女，是 Anthony Perkins 或者 Sandra Dee，到时候也不免像烟囱扫帚一样，去拥抱泥土。噢，这实在没有什么好笑。不到半个世纪，这间教室里的人都变成一堆白骨，一把青丝，一片碧森森的磷光（那孩子三天，仅仅是三天啊，就停止了呼吸）。对不起，也许我不应该说得这么可怕，不过，事实就是如此（我刚从雄辩的太平间回来）。青春从你们的指隙潺潺地流去，那么昂贵，那么甜美的青春（停尸间的石脸上开不出那种植物）！青春不是常春藤，让你像戴指环一样戴在手上。等你们老些，也许你们会握得紧些，但那时你们只抓到一些痛风症和糖尿病，一些变酸了的记忆。即使把满头的白发编成渔网，也网不住什么东西……

“一来这里，我们就打结，打一个又一个的结，可是打了又解，解了再打，直到死亡的边缘。在胎里，我们就和母亲打一个死结。但是护士的剪刀在前，死亡的剪刀在后（那孩子的脐带已经解缆，永远再看不到母亲）。然后我们又忙着编织情网，然后发现神话中的人鱼只是神话，爱情是水，再密的网也网不住一滴湛蓝……

“这世界，许多灵魂忙着来，许多灵魂忙着去。来的原来都没有名字，去的，也不一定能留下名字。能留下一个名字已经不容易，留下一个形容词，像 Shakespearean，更难。我来。我见。我征服。然后死亡征服了我（那孩子，那尚未睁眼的孩子，什么也没有看见）。这一阵，死亡的黑氛很浓。Pauline 请你把窗子关上。好冷的风！这似乎是他的丰年。一位现代诗人（他去的地方无所谓古今）。一位末代的孤臣（春草年年绿，王孙归不归）。一位考古学家（不久他就成考古的对象了）。

“莎士比亚最怕死。一百五十多首十四行诗，没有一首不提到死，没有一首不是在自我安慰。毕竟，他的蓝墨水冲淡了死亡的黑色。可是他仍然怕死，怕到要写诗来诅咒侵犯他骸骨的人们。

千古艰难唯一死，满口永恒的人，最怕死。凡大天才，没有不怕死的。愈是天才，便活得愈热烈，也愈怕丧失它。在死亡的黑影里思想着死亡，莎士比亚如此。李贺如此。济慈和迪伦·托马斯亦如此。啊，我又打岔了……Any questions？怎么已经是下课铃了？Sea nymphs hourly ring his knell……（怎么已经是下课铃了？）

“再见，江玲再见，Carmen，再见，Pearl（Those are pearls that were his eyes）。这雨怎么下不停的？谢谢你的伞，我有雨衣。Sea nymphs hourly ring his knell，他的丧钟。（他的丧钟。他的小棺材。他的小手。握得紧紧的，但什么也没有握住。Nobody，not even the rain，has such small hands.）江玲再见。女孩子们再见！”

3

南山何其悲，鬼雨洒空草。雨在海上落着。雨在这里的草坡上落着。雨在对岸的观音山落着。雨的手很小，风的手帕更小，我腋下的小棺材更小更小。小的是棺材里的手。握得那么紧，但什么也没有握住，除了三个雨夜和雨天。潮天湿地。宇宙和我仅隔层雨衣。雨落在草坡上。雨落在那边的海里。海神每小时摇他的丧钟。

“路太滑了。就埋在这里吧。”

“不行。不行。怎么可以埋在路边？”

“都快到山顶了，就近找一个角落吧。哪，我看这里倒不错。”

“胡说！你脚下踩的不是墓石？已经有人了。”

“该死！怎么连黄泉都这样挤！一块空地都没有。”

“这里是乱葬岗呢。好了好了，这里有四尺空地了。就这里吧，你看怎么样？要不要我帮你抱一下棺材？”

“不必，轻得很。老侯，就挖这里。”

“怎么这一带都是葬的小朋友？你看那块碑！”

顺着白帆指的方向，看见一座五尺长的隆起的小坟。前面的碑上，新刻红漆的几行字：

一九五八年七月生

一九六三年九月殁

**爱女苏小菱之墓**

母　孙婉宜

父　苏鸿文

“那边那个小女孩还要小，”我把棺材轻轻放在墓前的青石案上，“你看这个。一九六〇年生。一九六二年殁。好可怜。好可怜，唉，怎么有这许多小幽灵。死神可以在这里办一所幼稚园了。”

“那你的宝宝还不够入园的资格呢。他妈妈知不知道？”

“不知道。我暂时还不告诉她。唉，这也是没有缘分，我们要一个小男孩。神给了我们一个，可是一转眼又收了回去。”

“你相信有神？”

“我相信有鬼。I'm very superstitious, you know. I'm as superstitious as Byron. 你看过我译的《缪思在地中海》没有？雪莱在一年之内，抱着两口小棺材去墓地埋葬……”

“小时候我有个初中同学，生肺病死的。后来我每天下午放学，简直不敢经过他家门口。天一黑，他母亲就靠在门口，脸又瘦又白，看见我走过，就死盯着我，嘴里念念有词，喊她儿子的名字。那样子，似笑非笑，怕死人！她儿子秋天死的。她站在白杨树下，每天傍晚等我。今年的秋天站到明年的秋天，足足喊了她儿子三年。后来转了学，才算躲掉这个巫婆……话说回来，母亲爱儿子，那真是怎么样也忘不掉的。”

“那是在哪里的时候？”

“丰都县。现在我有时还梦见她。”

“梦见你同学？”

“不是。梦见他妈妈。”

上风处有人在祭坟。一个女人。哭得怪凄厉的。荨麻草在雨里直霎眼睛。一只野狗在坡顶边走边嗅。隐隐地，许多小亡魂在呼唤他们的姆妈。这里的幼稚园冷而且潮湿，而且没有人在做游戏。只有清明节，才有家长来接他们回去。正是下午四点，吃点心的时候。小肚子又冷又饿哪。海神按时敲他的丧钟。无所谓上课。无所谓下课。虽然海神敲凄其的丧钟，按时。

“上午上的什么课？”

“英诗，莎士比亚的*Fear No More*和*Full Fathom Five*，同学们不知道为什么要选这两首诗。Sea nymphs hourly ring……好了，好了，够深了。轻一点，轻一点，不要碰……”

大铲大铲的黑泥扑向土坑。很快地，白木小棺便不见了。我的心抖了一下。一扇铁门向我关过来。

“回去吧。”我的同伴在伞下喊我。

4

**文兴：**

接到你自雪封的爱奥华城寄来的信，非常为你高兴。高兴你竟在零下的异国享受熊熊的爱情。握着小情人的手，踏过白晶晶的雪地，踏碎满地的黄橡叶子。风来时，翻起大衣的貂皮领子，看雪花落在她的帽檐上。我可以想见你的快意，因为我也曾在那座小小的大学城里，被禁于六角形盖成的白宫。易地而居，此心想必相同。

我却困在森冷的雨季之中。有雪的一切烦恼，但没有雪的爽白和美丽。湿天潮地，雨气蒸浮，充盈空间的每一个角落。木麻黄和犹加利树的头发全湿透了，天一黑，交叠的树影里拧得出秋的胆汁。伸出脚掌，你将踩不到一寸干土。伸出手掌，凉蠕蠕的泪就滴入你的掌心。太阳和太阴皆已篡位。每一天都是日食。每一夜都是月食。雨云垂翼在这座本就无欢的都市上空，一若要孵出一只凶年。长此以往，我的肺里将可闻蚋群的悲吟，蟑螂亦将顺我的脊椎而上。

在这里你曾向我预贺一个婴孩的诞生。我不知道该怎么回答你。我只能告诉你，那婴孩是诞生了，但不在这屋顶下面。他屋顶比这矮小得多。他睡得很熟，在一张异常舒适的小榻上。总之我已经将他全部交给了户外的雨季。那里没有门牌，也无分昼夜。那是一所非常安静的幼稚园，没有秋千，也没有荡船。在一座高高的山顶，可以俯瞰海岸。海神每小时摇一次铃铛。雨地里，腐烂的薰草化成萤，死去的萤流动着神经质的碧磷。不久他便要捐给不息的大化，汇入草下的冻土，营养九茎的灵芝或是野地的荆棘。扫墓人去后，旋风吹散了纸马，马踏着云。秋坟的络丝娘唱李贺的诗，所有的耳朵都凄然竖起。百年老鸮修炼成木魅，和山魈争食祭坟的残肴。蓦然，万籁流窜，幼稚园恢复原始的寂静。空中回荡着诗人母亲的厉斥：

是儿要呕出心乃已耳！

最反对写诗的总是诗人的母亲。我的母亲已经不能反对我了。她已经在浮屠下聆听了五年，听殿上的青铜钟摇撼一个又一个的黄昏，当幽魂们从塔底啾啾地飞起，如一群畏光的蝙蝠。母亲。母亲。最悦耳的音乐该是木鱼伴奏着铜磬。雨在这里下着。雨在远方的海上下着。雨在公墓的小坟顶，坟顶的野雏菊上下着。雨在母亲的塔上下着。雨在海峡的这里下着雨在海峡的那边,也下着雨。巴山夜雨。雨在二十年前下着的雨在二十年后也一样地下着,这雨。桐油灯下读古文的孩子。雨下得更大了。雨声中唤孩子去睡觉的母亲。同一盏桐油灯下，为我纳鞋底的母亲。氧化成灰烬的，一吹就散的母亲。巴山的秋雨涨肥了秋池。少年听雨巴山上。桐油灯支撑黑穹穹的荒凉。(而今听雨僧庐下，鬓已星星也？）中年听雨，听鬼雨如号，淋在孩子的新坟上，淋在母亲的古塔上，淋在苍茫的回忆回忆之上。雨更加猖狂。屋瓦腾腾地跳着。空屋的心脏病忐忑到高潮。妻在产科医院的楼上，听鬼雨叩窗，混合着一张小嘴喊妈妈的声音。父亲辗转在风湿的床上，咳声微弱，沉没在浪浪的雨声之中。一切都离我恁远，今夜，又离我恁近。今夜的雨里充满了鬼魂。湿漓漓，阴沉沉，黑淋淋，冷冷清清，惨惨凄凄切切。今夜的雨里充满了寻寻觅觅,今夜这鬼雨。落在莲池上，这鬼雨,落在落尽莲花的断枝断枝上。连莲花也有诛九族的悲剧啊。莲莲相连，莲瓣的千指握住了一个夏天，又放走了一个夏天。现在是秋夜的鬼雨，哗哗落在碎萍的水面，如一个乱发盲睛的萧邦在虐待千键的钢琴。许多被鞭笞的灵魂在雨地里哀求大赦。魑魅呼喊着魍魉回答着魑魅。月食夜，迷路的白狐倒毙，在青狸的尸旁。竹黄。池冷。芙蓉死。地下水腐蚀了太真的鼻和上唇。西陵下，风吹雨，黄泉酝酿着空前的政变，芙蓉如面。蔽天覆地，黑风黑雨从破穹破苍的裂隙中崩溃了下来，八方四面，从罗盘上所有的方位向我们倒下，捣下，倒下。女娲炼石补天处，女娲坐在彩石上绝望地呼号。《石头记》的断线残编。石头城也泛滥着六朝的鬼雨。郁孤台下，马嵬坡上，羊公碑前，落多少行人的泪。也落在湘水。也落在潇水。也落在苏小小的西湖。黑风黑雨打熄了冷翠烛，在苏小小的小小的石墓。潇潇的鬼雨从大禹的时代便潇潇下起。雨落在中国的泥土上。雨渗入中国的地层下。中国的历史浸满了雨渍。似乎从石器时代到现在，同一个敏感的灵魂，在不同的躯体里忍受无尽的荒寂和震惊。哭过了曼卿，滁州太守也加入白骨的行列。哭湿了青衫，江州司马也变成苦竹和黄芦。即使是王子乔，也带不走李白和他的酒瓶。今夜的雨中浮多少蚯蚓。

这已是信笺的边缘了。盲目的夜里摸索着盲目的风雨。一切都黯然，只有胡须在唇下茁长。明晨，我剃刀的青刃将享受一顿丰收的早餐。这轻飘飘的国际邮简，亦将冲出厚厚的雨云，在孔雀蓝的晴脆里向东飞行了。

光中　十二月九日

——原载一九六三年十二月十日《文星》第七十五期

——选自九歌版《逍遥游》

## 四月，在古战场

熄了引擎，旋下左侧的玻璃窗，早春的空气遂漫进窗来。岑寂中，前面的橡树林传来低沉而嘶哑的鸟声，在这一带的山里，荡起幽幽的回声。是老鸦呢，他想。他将头向后靠去，闭起眼睛，仔细听了一会，直到他感到自己已经属于这片荒废。然后他推开车门，跨出驾驶座，投入四月的料峭之中。

水仙花的四月啊，残酷的四月。已经是四月了，怎么还是这样冷峻，他想，同时翻起大衣的领子。湿甸甸阴凄凄的天气，风向飘忽不定，但风自东南吹来时，潮潮的，嗅的到黛青翻白的海水气味。他果然站定，嗅了一阵，像一头临风昂首的海豹，直到他幻想，海藻的腥气翻动了他的胃。这是斜向大西洋的山坡地带，也是他来东部后体验的第一个春天。美国孩子们告诉他，春天来齐的时候，这一带的花树将盛放如放烟火，古战场将佩戴多彩的美丽。文葩告诉他说，再过一个星期，华盛顿的三千株樱花，即将喷洒出来。文葩又说，鲈鱼和曹白鱼正溯波多马克河与塞斯奎汉纳河而上，来淡水中产卵，奇娃妮湖上已然有天鹅在游泳，黑天鹅也出现过两只了。你怎么知道这些的？有一次他问她。文葩笑了，笑得像一枝洋水仙。我怎么不知道，她说，我在兰开斯特长大的嘛。你是一个乡下女娃娃，他说。

在一座巍然的雕像前站定，他仰起面来，目光扫马背骑士的轮廓而上，止于他翘然的须尖。他踏着有裂纹的大理石，拾级而上。他伸手抚摸石座上的马蹄，青铜的冷意浸冰他的手心，似乎说，这还不是春天。他缩回手，辨认刻在石座上的文字，塞吉维克少将，一八一三年生，一八六四年殁，阵亡于维琴尼亚州，伟大的战士，光荣的公民，可敬的长官。已经一百年了，他想。忽然他涌起一股莫名的冲动，欲攀马尾而跃上马背，欲坐在塞吉维克将军的背后，看十九世纪的短兵相接。毕竟这是一座庞伟的雕塑，马鞍距石座几乎有六英尺，而马尾奋张，青铜凛然，苔藓滑不留手。他几度从马臀上溜了下来，终于疲极而放弃。他颓然跳下大理石座，就势卧倒在草地上。一阵草香袅袅升起，袭向他的鼻孔。他闭上眼睛，贪馋地深深呼吸，直到清爽的草香似乎染碧了他的肺叶。他知道，不久太阳会吸干去冬的潮湿，芳草将占据春的每一个角落。不久，他将独自去抵抗一季豪华的寂寞，在异国，冷眼看热花，看热得可以蒸云煮雾的桃花哪桃花，冷眼看情人们十指交缠的约会。他想象得到，自己将如何浪费昂贵的晴日，独自坐在夕照里，数那边哥德式塔楼的钟声钟声，敲奏又一个下午的死亡。然而春天，史前而又年轻的春天，是不可抗拒的。知更说，春从空中来。鲈鱼说，春从海底来。土拨鼠说，春是从地底冒上来的，不信，我掘给你看。伏在已软而犹寒的地上，他相信土拨鼠是对的。把饕餮的鼻子浸在草香里，他静静地匍匐着，久久不敢动弹，为了看成群的麻雀，从那边橡树林和桦木顶上啾啾旋舞而下，在墓碑上，在铜像上，在废炮口上作试探性的小憩，终于散落在他四周的草地上，觅食泥中的小虫。他屏息看着，希望有一双柔细而凉的脚爪会误憩在他的背上。不知道那么多青铜的幽灵，是不是和我一样感觉，喜欢春天又畏惧春天，因为春天不属于我们，他想。我的春天啊，我自己的春天在哪里呢？我的春天在淡水河的上游，观音山的对岸。不，我的春天在急湍险滩的嘉陵江上，拉纤的船夫们和春潮争夺寸土，在舵手的鼓声中曼声而唱，插秧的农夫们也在春水田里一呼百应地唱，溜啊溜连溜哟，咿呀呀得喂，海棠花。他霍然记起，菜花黄得晃眼，茶花红得害初恋，营营的蜂吟中，菜花田的浓香熏人欲醉。更美，更美的是江南，江南的春天，江南春。春水碧于天，画船听雨眠。一次在中国诗班上吟到这首词，他的眼泪忍不住滚了出来。他分析给自己听，他的怀乡病中的中国，不在台湾海峡的这边，也不在海峡的那边，而在抗战的歌谣里，在穿草鞋踏过的土地上，在战前朦胧的记忆里，也在古典诗悠扬的韵尾。他对自己说，西北公司的回程票，夹在绿色的护照里，护照放在棕色的箱中。十四小时的喷射云，他便可以重见中国。然而那不是害他生病害他梦游的中国。他的中国不是地理的，是历史的。他的中国已经永远逝去，凄楚地，他凄楚地想。

四月的太阳，清清冷冷地照在他的颈背上，若亡母成灰的手。他想。他想。他想。他永远只能一个人想。他不能对那些无忧的美国孩子说，因为他们不懂，因为中国的一年等于美国的一世纪，因为黄河饮过的血扬子江饮过的泪多于他们饮过的牛奶饮过的可口可乐，因为中国的孩子被烽火烽火的烟熏成早熟的熏鱼，周幽王的烽火，卢沟桥的烽火。他只能独咽五十个世纪乘一千万平方公里的凄凉。中秋前夕的月光中，像一只孤单的鸥鸟，他飞来太平洋的东岸。从那时起，他曾经驶过八千多英里，越过九个州界，闯过芝加哥的湖滨大道，纽约的四十二街和百老汇，穿过大风雪和死亡的雾。然而无论去何处，他总是在演独角的哑剧。在漫长而无红灯的四线超级公路上，七十英里时速的疾驶，可以超庞然而长的廿轮卡车，太保式的野豹，雍容华贵的凯迪拉克，但永远摆不脱寂寞的尾巴。十四小时，哈姆雷特的喃喃独白，东半球可有人为他烧耳朵，打喷嚏？偶或驶出冰雪的险境，太阳迎他于邻州的上空，也会逸兴遄飞，豪气干云，朗吟李白的辞白帝或杜甫的下襄阳，但大半总是低吟“西北望长安，可怜无数山！”八千里路的云和月。八千里路的柏油和水泥。红灯，停。绿灯，行。南北是 avenue，东西是 street，方的是 square，圆的是 circle，他咽下每一里的紧张与寂寞，他自己一人。他一直盼望，有一对柔美的眼眸，照在他的脸上，有一个圆熟可口的女体，在他的右手的座位，迷路时，为他解地图的蛛网，出险时，为他庆幸，为他笑。

为他笑，他出神地想，且为他流泪，这么一双奇异的眼睛。

一只鹰在顶空飞过，幢然的黑影扫他的脸颊。他这才感到，风已息，太阳已出现了好一会了。他想起宓宓，肥沃而多产的宓宓。最肥沃的地方，只要轻轻一挤，就会挤出杏仁汁来。他不禁自得地笑出声来。以前，他时常这么取笑她的。可怜的女孩，他爱惜而歉疚地想。先是一搦纤细而多情的表妹，如是其江南风，一朵瘦瘦的水仙，在江南的风中。然后是知己的女友，缠绵的情人，文学的助手，诗的第一位读者。然后是蜜月伤风的新娘，套的是他的指环，用的是他的名字，醒时，在他的双人床上。然后是小袋鼠的母亲，然后是两个，三个，以至于一窝雌白鼠的妈妈。昔日的女孩已经蜕变成今日的妇人了，曾经是袅娜飘逸的，现在变得丰腴而富足，曾经是羞赧而闪烁的，现在变得自如而安详。她已经向雷洛瓦画中的女人看齐了，他不断地调侃她。而在他的印象中，她仍是昔日的那个女孩，苍白而且柔弱，抵抗着令人早熟的肺病，梦想着爱情和文学，无依无助，孤注一掷地向他走来，而他不得不张开他的欢迎，且说，我是你的起点和终点，我的名字是你的名字，我的孩子是你的孩子，我会将你的处女地耕耘成幼稚园，我会喂你以爱情，我的桂冠将为你而编！他仍记得，敬羲说的，车票和邮票，象征爱情的频率。他仍记得，一个秋末的晴日下午，他送她到台北车站。蓝色长巴士已经曳烟待发。不能吻别，她只能说，假如我的手背是你的上唇，掌心是你的下唇。于是隔着车窗，隔着一幅透明的莫可奈何，她吻自己的手背，又吻自己的掌心。手背。掌心。掌心。这些吻不曾落在他唇上，但深深种在他的意象里，他被这些空中的唇瓣落花了眼睛。

太阳晒得草地蒸出恍惚的热气，鸟雀的翅膀扑打着中午。不久，塞吉维克将军的剑影向他指来。他感到有点胃痛，然后他发现自己伏身在草上已太久，而且有点饿了。已经是晌午了呢，他想。他从草地上站起来，抚摸压上了草印的手掌，并且拍打满身的碎草和破叶。忽然他感到非常饿了，早春的处女空气使他呼吸畅顺，肺叶张翕自如，使他的头脑清醒，身体轻松。一刹那间，他幻想自己一张臂成了一尾潇洒的燕子，剪四月的云于风中，以违警的超速飞回国去。一阵风迎面吹来，他的发扬了起来，新修过的下颔感到一抹清凉。他果然举起两臂，迅步向那边的瞭望塔奔去，直到他稍稍领略到羽族滑翔的快感。然后他俯倚在灰石雉堞上，等待剧喘退潮。松枝的清香沛然注入他腔中，他更饿，但同时感到四肢富于弹性，腹中空得异常灵敏。

如果此刻宓宓在塔下向他挥手且奔来，他一定纵下去迎她，迎她雌性胴体全部的衡量。在温燠的阳光中，他幻想她的淡褐之发有一千尺长，让他将整个脸浴在波动的褐流之中。他希望自己永远年轻，永远做她的情人。又要不朽，又要年轻，绝望地，他想。李白已经一千二百六十四岁了。活着，呼吸着，爱着，是好的。爱着，用唇，用臂，用床，用全身的毛孔和血管，不是用韵脚或隐喻。肉体的节奏美于文字的节奏。他对塔下辽阔的古战场大呼，宓宓！宓宓！宓——宓！呼声在万年松之间颤动、回旋，激起一群山乌，纷纷惊惶地拍响黑翼，而二千座铜像和石碑，而四百门黝青的铁炮，而迤逦廿多英里的石堆和木栅，都不能应他的呼声。他们已经死了一个多世纪，一百多个春天都喊他们不应，何况他微弱的呼声。

不朽啊。年轻啊。如果要他作一个抉择，他想，他宁取春天。这是春天。这是古战场。古战场的四月，黑眼眶中开一朵白蔷，碧血灌溉的鲜黄苜蓿。宁为春季的一只蜂，不为历史的一尊塑像。让缪斯嫁给李贺或者嘉尔西亚·洛尔卡，可是你要嫁给我，他想。让冰手的石碑说，这是诗人某某之墓，但是让柔软的床说，现在他是情人。站在瞭望塔的雉堞后，站在浩浩乎敻不见人的古沙场顶点，站在李将军落泪，米德将军仰天祈祷的顶点，新大陆的河山匍匐在他的脚下，四月发育着，在他的脚下，发育着、放射着、流着、爬着、歌着。茫茫的风景，茫茫的眼眸。茫茫的中国啊，茫茫的江南和黄河。三百六十度的，立体大壁画的风景啊，如果你在她的眸里，如果她在我的眸里，他想。中午已经垂直，阳光下，一层淡淡的烟霭自草上自树间漾漾蒸起。成群的鸟雀向远方飞去，向梅荪 · 狄克生线以南。收回徒然追随的目光，惘然，怅然，他感到非常，非常饥饿。他想起古战场那边的石桥，桥那边的小镇，镇上的林肯方场，方场上，一座三层七瓴的老屋，他的公寓就在顶层，适宜住一个东方的隐士，一个客座教授，一个怀乡的诗人，而更重要的是，冰箱里有烤鸡和香肠，还有半瓶德国啤酒。

——一九六五年四月三日盖提斯堡·古战场

——原载一九六五年四月《文星》第九十一期

——选自九歌版《逍遥游》

**附识：**

文葩（Barbara Wenger），班上一女孩，日尔曼后裔，德国文学系，宾州兰开斯特人，常和另一同学贾翠霞（Patricia Carey）来看作者，并赠以兰开斯特的双黄蛋和新泽西州海边的连翘花。

## 南太基

从什么时候起甲板上就有风的，谁也说不清楚。先是拂面如扇，继而浸肘如水，终于鼓腋翩翩欲飞。当然谁也不愿意就这样飞走。满船海客，纷纷披上夹克或毛衫。黄昏也说它冷了。于是有更多的鸥飞过来加班，穿梭不停，像真的要把暝色织成更浓更密的什么。不再浮光耀金，落日的海葬仪式已近尾声，西南方兀自牵着几束马尾，愈曳愈长愈淡薄。收回渺渺之目，这才发现原是庞然而踞的大陆，已经夷然而偃，愈漂愈远，再也追不上来了。红帽子，黄烟囱，这艘三层乳白渡轮，正踏着万顷波纹，施施驶出浮标夹道的水巷，向汪洋。

仍有十几只鸥，追随船尾翻滚的白浪，有时急骤地俯冲，争啄水中的食物。怪可怜的芭蕾舞女，黄喙白羽，洁净而且窈窕，正张开遒劲有力的翅膀，循最轻灵最柔美的曲线，在风的背上有节奏地溜冰。风的背很阔，很冰。风的舌有咸水的腥气。乌衣巫的瓶中，夜，愈酿愈浓。北纬四十一度的洋面，仍有一层翳翳的毛玻璃的什么，在抵抗黑暗的冻结。进了公海，什么也摸不到握不着了。我们把自己交给船，船把自己交给虚无，谁也负不了责任的完整无憾的虚无。蓝黝黝的浑沦中，天的茫茫面对海的茫茫面对的仍是天的茫茫，分辨不清，究竟是天欲掬海，或是海欲溺天。

前甲板风大，乘客陆续移到后甲板来。好几对人影绸缪在那边的角落里。一个年轻的妈妈，抱着幼婴，倚在我左侧的船舷。昏朦中，她的鼻梁仍俏拔地挺出，衬在一张灰白欲溶的云上。妈妈和婴孩都有略透棕色的金发，母女相对而笑的瞳仁中，映出一些澹澹的波影。一个白发老叟陷在漏空的凉椅内，向自己的烟斗，吞吐恍惚。海客们在各自的绝缘中咀嚼自己的渺小，面对永不可解的天之谜，海之谜，夜之谜。空空荡荡，最单纯的空间和时间最难懂，也最耐读。就像此刻，从此地到好望角到挪威的长长峡湾，多少亿公秉的碧洪咸着同样的咸，从高纬度的防波堤咸到低纬度的船坞，天文数字的鲨，鲸，鲱，鳕和海豚究竟在想些什么？希腊的人鱼老了。西班牙的楼船沉了。海盗在公海上已绝迹，金币未锈，贪婪的眼珠都磨成了珍珠。同样的咸咸了多少世纪，水族们究竟在想些什么？就像此刻，我究竟在想什么？读天，读夜，读海。三本厚厚的空空的书，你读了又读，仍然什么也没有读懂但仍然爱读，即使你念过每一丛珊瑚每一座星。三小时的航程，短暂的也是永恒的过程，从一个海岸到另一个海岸。海岸与海岸间，你伸向过去和未来，把躯体遗在现在，说，陆地不存在，时间静止，空间泯灭，让我从容整理自己的灵魂。因为这只是过渡，逝者已逝，来者犹未来，你是无牵无挂的自己。一切都纯粹而且透明。空间湮灭。时间休止。而且，我实在也很倦了。长沙发陷成软软的盆地，多安全的盆地啊。我想，我实在应该横下去了。

不知道自己究竟睡了好多久。只知道醒来时，渡轮的汽笛犹曳着尾音，满港的回声应和着。“南太基到了。”一个中年的美国太太对我笑笑。仓促间，我提起行囊加入下船的乘客，沿着海藻和蛤蜊攀附的浮桥，踏上了南太基岛。冽冽的海风中，几盏零零落落的街灯，在榆树的浓荫和幢幢古屋之间，微弱地抵抗着四围的黑暗。敞向码头的大街，人影渐稀。我沿着红砖砌成的人行道走过去，走进十七世纪。摸索了十几分钟，我不得不对自己承认是迷路了。对街的消火栓旁，正立着一个警察。我让过一辆五七或五八的老福特，向他走去。

用疑惑的神情打量了我好一会，他才说：“要找旅馆吗？前面的小巷子向左转，走到底，再向右转，有一家上等的客栈。”遵循他的指示，我进了那个小巷子，但数分钟后，又迷了路。冷落的街灯和树影里，迷魂阵的卵石路和红砖路，尽皆曲折而且狭窄而且一脚高后是一脚低。这条巷子貌似那条巷子冒充另一条含糊的巷子。一度我闯进了一条窄街，正四顾茫然间，鬼火似的街灯拨出一方朦胧，凑上去细细辨认，赫然 coffin 六个字母！惶然急退出来，惊疑未定，忆起似乎在《白鲸记》的开头几章见过那条“棺材街”。幸而再转一个弯，便找到一家“殖民客栈”。也幸好，客舍女主人是一个爱笑的棕发碧睛小妇人，可亲的笑容里，找不出任何诡谲的联想。讲妥房价，我在旅客登记簿上签了自己的名字：Pai Ch’ in。于是那双碧睛说：“派先生，让我带你去你的房间吧。”欣然，我跟她上楼并走过长长的回廊，一面暗暗好笑，那只是中文“白鲸”的罗马拼音。

一切安顿下来，已经是午夜了。好长的一天。从旭日冒红就踹上了新英格兰的公路，越过的州界多于跨过的门槛，三百英里的奔突，两小时半的航行之后，每一片肌肉都向疲乏投降了。淋浴过后，双人床加倍地宽大柔软。不久，大西洋便把南太基摇成了一只小摇篮了。

再度恢复知觉，感到好冷，淅沥的行板自下面的古砖道传来。岛上正在落雨。寒湿的雨气漾进窗来，夹着好新好干净的植物体香。拉上毛毡，贪馋地嗅了好一阵，除了精致得有点餍鼻搔心的蔷薇清芬，辨不出其他成分来。外面，还是黑沉沉的。掏出夜光表，发现还不到四点钟。蔷薇的香气特别醒脑，心念一动，神智爽爽，再也睡不着了。就这样将自己搁浅在夜的礁上，昨天已成过去，今天尚未开始。就这样孤悬在大西洋里，被围于异国的鱼龙，听四周汹涌着重吨的蓝色之外无非是蓝色之下流转着压力更大的蓝色，我该是岛上唯一的中国人，虽然和中国阻隔了一整个大陆加上一整个大洋。绝缘中的绝缘，过渡中的过渡。雨，下得更大了。寒气透进薄薄的毛毡。决定不能再睡下去，索性起来，披上厚夹克，把窗扉合上。街上还没有一点破晓的消息。坐在临窗的桌前，捻亮壁灯，想写一封长长的航空信，但是信纸不够。便从手提袋里，捡出《白鲸记》，翻到《南太基》一章，麦尔维尔沉雄的男低音遂震荡着室内的空气。

“南太基！拿出你的地图来看一看。看它究竟占据世界的哪个角落；看它怎样立在那里，远离大陆，比砥柱灯塔更孤独。你看——只有一座土岗子，一肘弯沙；除了岸，什么背景都没有。此地的沙，你拿去充吸墨纸，二十年也用不完。爱说笑的人会对你说，岛民得自种野草，因为岛上原无野草；说蓟草要从加拿大运来；说为了封住一只漏油桶，岛民得去海外订购木塞；说他们在岛上把木片木屑携来携去，像在罗马携带十字架真迹的残片一样；说岛民都在门前种蕈，为了夏天好遮荫；说一片草叶便成绿洲，一天走过三片叶子便算是草原；说岛民穿流沙鞋子，像拉布兰人的雪靴；说大西洋将他们关起来，系起来，四面八方围起来，堵起来，隔成一个纯粹的岛屿，怪不得他们坐的椅子用的桌子都会发现粘着小蛤蜊，像黏附在玳瑁的背甲上那样。这些耸听的危言莫非说明南太基不是伊利诺易罢了。

“莫怪这些出生在岸边的南太基人要向海索取生活了！开始他们在沙滩上捉蟹；胆子大些，便涉水出去网鲭；经验既多，便坐船出海捕鳕；最后，竟遣出整队的艨艟巨舟，去探索水的世界，周而复始地环绕着泽国；或远窥伯令海峡；不分季节，不分海域，向旧约洪水也淹不死的最雄壮的宏伟兽群无尽止地挑战，最怪异的最嵯峨的兽群！

“就像这样，这些赤条条的南太基人，这些海上隐士，从他们海上的蚁丘出发，去蹂躏去征服水的世界，如众多的亚历山大；且相约分割大西洋，太平洋，印度洋，像海霸三邦瓜分波兰。任美国将墨西哥并入德克萨斯，吞罢加拿大再吞古巴；任英国占领印度，悬他们的火旗在太阳上；我们水陆球仍有三分之二属南太基人。因为海是南太基人的；他们拥有海，正如帝王拥有帝国；其他的舟子只能过路罢了。南太基的商船只是延长的桥梁；南太基的武装的船只是浮动的堡垒；即使海盗与私掠船员，纵横海上如响马纵横陆上，毕竟掠劫的只是其他的船只，像他们自身一样的飘零的陆地罢了，何曾要直接向无底的海洋讨生活。南太基人，只有他们才住在海上喧嚷在海上；只有他们，如圣经所载，是骑舟赴海，往返耕海像耕自己的大农场，海是他们的家；海是他们的生意，诺亚的洪水亦无法使之中断，虽然它淹没中国的亿万生灵……”

这真是《山海经》了。麦尔维尔只解诺亚避洪，未闻大禹治水罢了。窃笑一声，我继续读下去："南太基人生活在海上，像松鸡生活在平原；他们遁于波间，他们攀波浪像羚羊的猎人攀阿尔卑斯。陆上无家的海鸥，日落时收敛双翼，在波间摇撼入梦；相同地，夜来时，南太基人望不见陆地，卷起船帆卧下来休息，就在他们枕下，成群的海象和鲸冲波来去。"

不知何时雨已经歇了。下面的街上开始有人走动。不久，卵石道上曳过辘辘的车声。壁灯的黄晕，在渐明的曙色里显得微弱起来。阖上厚达八百页的《白鲸记》，捻熄了壁灯，我走向略有红意的曙色，把窗扉推开。蔷薇的吁息浮在空中，犹有湿湿的雨味自泥中漾起。

清晨嫩得簇簇新，没有一条皱纹。当街一排大榆树，垂着新沐的绿发，背光处的丛叶叠着层次不同的翠黑。饫着洗得透明的空气，忽然，我感到饿了。

从“殖民客栈”出来，一个灿亮而凉爽的早晨在外面迎我，立刻感觉头脑清醒，肺叶纯净，每一次呼吸都是一次新生。出了窄巷子，满身鲜翠的树影，榆树重叠着枫叶的影子，在刚炼出炉的金阳光中，一拍，便全部抖落了。粗卵石铺砌的大街上，晨曦亮得撩人眉睫。两边的红砖人行道，浮着荇藻纵横的树荫，菜贩子，瓜果贩子，卖花童子，在薄雾中张罗各自的摊位，烘出一派朝气。那淡淡的雾气，要叠叠不拢，要牵牵不破，在无风的空中悬着一张光之网。

大街向港口斜斜敞开，蓝色的水平被高矮不齐的船桅所分割，白漆的船身迎着太阳加倍地晃眼。星条旗在联邦邮局的上空微微拂动。圣玛丽天主堂从殖民式的白屋间巍然升起。终于走进一家海味店，点了一碗蛤蜊浓羹，面海而坐。港内泊着百十来只精巧的游艇和渔船，密樯稠桅之间，船的白和水的蓝对比得鲜丽刺眼。港外，是鸥的跑道鲸的大街，盛得满满蓝得恍恍惚惚的大西洋。这里是南太基，十九世纪中叶以前，这里是渔人的迦太基帝国，世界捕鲸业的京城。一八四〇年，全盛期的南太基点亮了大半个世界的蜡烛，那时，眼前的这港中，矗立七十艘三桅捕鲸船的幢幢帆影。在那以前，岛上住着四个印第安部落。然后是十七世纪的教友派移民。然后有人用三十金镑外加两顶海狸帽子就把南太基买了下来。但那些都是好久好久以前的事了。阖上厚厚的《白鲸记》，就统统给盖起来了。不信，你可以去问大西洋，它一定蓝成一种健忘的蓝来，把一切一切赖得一干二净。“哪，你点的蛤蜊浓羹！”浆得挺硬的女侍的白衣裙遮住了港景。

食罢蛤粥，沿着已经醒透了的大街缓缓步回市中心，向岛上唯一的租车行租到一辆敞篷汽车。那是一辆老克莱斯勒，车身高耸而轮廓鲁钝，一副方头大耳的土相，叙起年资来，至少至少是一九五六、五七年以前的出品，可以当我那辆小道奇的舅公而有余。只好付了五十元押金，跨上招摇的驾驶台，攲斜倾侧，且吆且喝地一路闯出城去。

过了浸信会教堂，过了曾掀起荷兰风的十七世纪老磨坊，老克莱斯勒转进一条接一条的红砖巷子。从从盛开的白蔷薇红玫瑰，从乳色的矮围栅里攀越出来，在蜘蛛吐丝的无风的晴朗里，从容地，把上午酿得好香。更烂更烂的花簇，从浅青的斜屋顶上泻落到篱门或夏廊，溅起多少浪沫。已经是九点多钟了，还有好多红顶白墙的漂亮楼房，赖在深邃的榆荫里不出来晒太阳。一出了橙子街，公路便豪阔地展开在沙岸，向司康赛那边伸延过去。我向油门狠狠踩下，立刻招来长长的海风，自起潮的水面。没遮拦的敞篷车在更没遮拦的荒地上迎风而起，我的须发，我的四肢百骸千万个汗毛孔皆乘风而起，变成一只怪狼狈的风筝。麦尔维尔所说一草成林的旱象，委实是夸张了。也许百年前确是如此，但眼前的海岸上，虽因岛小风大高树难生，在浅沼和洼地之间，仍有一蓬蓬的蓟和矮灌木。沙地起伏，成缓慢土丘。除了一座遗世独立的灯塔和几堆为世所遗的苍黑色块垒，此外，便只有一片蓝蒙蒙的虚无，名字叫大西洋，从此地一直虚无到欧洲。吞吐洋流的硕大海兽，仍在虚无的蓝域中，喷洒水柱，对着太阳和月光和诺亚以前就是那样子的星象。十九世纪似乎从未发生过，《白鲸记》只是一个雄壮的谣言，麦尔维尔的玩笑开得太大了。魁怪客，塔士提哥。依希美尔和阿哈布船长。麦老胡子啊，倒真像有那回事似的。

在纯然的蓝里浸了好久。天蓝蓝，海蓝蓝，发蓝蓝，眼蓝蓝，记忆亦蓝蓝乡愁亦蓝蓝复蓝蓝。天是一个珐琅盖子，海是一个瓷釉盒子，将我盖在里面，要将我咒成一个蓝疯子，青其面而蓝其牙，再掀开盖子时，连我的母亲也认不出是我了。我的心因荒凉而颤抖。台湾的太阳在水陆球的反面，等他来救我时，恐怕我已经蓝入膏肓，且蓝发而死，连蓝遗嘱也未及留下。细沙岸上，曝着被鸥啄空了的鳀骸，连绵数英里的腐鱼腥臭。乃知死亡不必是黑色的。巴巴地从纽约赶到这荒岛上来，没有看到充塞乎天地之间的那座白鲸，没有看到鼓潮驱浪的巨鲸队，不，连一扇鲸尾都没有看到，只捡到满湾的小鳀尸骸。我迟来了一百多年。除非敲开一道蓝色的门，觐海神于千寻之下，再也看不到十九世纪的捕鲸英雄了，再也看不到殉宝的海盗船，为童贞女皇开拓海疆的舰队，看不见，滑腻而性感的雌人鱼。海是最富的守财奴，永不泄露秘密的女巫。我迟来了好几千年。

我看我还是回去的好。风渐起。浪渐起。那蓝眼巫的咒语愈念愈凶了。何必调遣那么多英里的深阔，来威胁一个已够荒凉的异乡人？蓝色的宇宙围成三百六十度的隔绝，将一切都隔绝在蓝的那边，将我隔绝在蓝的这边，在一个既不古代也不现代的遗忘里。因为古代已锁在塔里，在我的祖国，已锁在我胸中，肺结核一般锁在我胸中。因为现代在高速而晕眩的纽约，食蚁兽吮人一般的纽约。因为你是不现实而且不成熟的，异乡人，只为了崇拜一枝男得充血的笔，一种雄厚如斧野犷如碑的风格，甘愿在大西洋的水牢里，做海神的一夕之囚。因为像那只运斤手一样，你也嗜伐嗜斩，总想向一面无表情的石壁上砍出自己的声音来。因为像它一样，你也罹了史诗的自大狂，幻想你必须饮海止渴嚼山充饥，幻想你的呼吸是神的气候，且幻想你的幻想是现实。

敞篷车在蓝色的吆喝声中再度振翼，向南太基港。所有的浪全卷过来拦截。回程船票仍在我袋中，渡轮仍在港里。这是越狱的唯一机会了。风渐小，浪渐不可闻。进了市区，在捕鲸业博物馆前停下来，不熄引擎，任克莱斯勒喃喃诉苦如一只大号的病猫。仍想在离去前再闯一次十九世纪的单行道。一跨进梁木丫杈的大陈列室，我的心膨胀起来。二十世纪被摒于门外。这是古鲸业史诗的资料室。百年前千年前的潮涨潮落，人与海的争雄与巍巍黑兽群的肉搏，节奏铿然起自每一件遗物。泪，从我的眶中溢出。泪是咸的，泪是对海的一声回答，说，我原自咸中来我不能忘记。在吊空的帆索和锚链下走过去，在四分仪和六分仪之间，在三桅船的模型和航海日志和单筒望远镜之间走过去，向一艘捕鲸快艇的真迹，耳际是十九世纪的风声，是鳕角到好望角到南中国海的涛声。我似乎呼吸着阿哈布船长呼吸过的恐怖和绝望的愤怒。昂起头来，横木板钉成的阔壁上，犀利的短渔叉排列成严厉的秩序，两柄长铁叉斜交而倚于其间。这是捕鲸人的兵器架；这些嗜血的凶手仍保持金属敌意的沉默，铮铮钬钬的沉默，虽然它们熟悉掷叉手的膂力和孤注一掷的意志，熟悉山岳般黑色的惊惶和绝望，和十几英亩的蓝被捣成鼎沸的白的那种混乱。

在一片巨大的阴影下回过头来，赫然，一柱史无前例的双头狼牙棒，头下尾上地倒立着，阻我的去路，石灰色的匙形骨分峙在左右，交合处是柱的根部。目光攀柱而上，越过粗大的梁木，止于柱尖的屋顶。两排巨齿深深地嵌在牙床里，最低的齿间钉着一张硬卡片，上书：“世界最大鲸颚，长十八英尺，左右齿数各为廿三。雄鲸身长八十三英尺。”所以这便是鱼类的砧板啊渔人万劫不返的地狱门！塔士提哥们魁怪客们走过去便走不过来了。独脚船长走过去便走不回来了。我走过来了可能走——渡轮的汽笛忽然响起，震动整个海港，而尤其重要的是，震破了蓝眼巫咒语的效力,及时震断了我的迷失和晕眩。大陆在砧板和地狱门的那边喊我，未来的一切在门外等我。因为，汽笛又响了。南太基啊，我想我应该走了。

——一九六六年九月二十六日

——选自纯文学版《望乡的牧神》

**附注：**

南太基（Nantucket）是美国东北角马萨诸塞慈州鳕岬之南的一个小岛，长十四英里，宽三英里半，距大陆约三十英里。十七世纪以迄十九世纪中叶，南太基一直是世界捕鲸业及制烛业中心之一。麦尔维尔（Herman Melville）的不朽巨著《白鲸记》（*Moby Dick*）开卷数章即以该岛为背景。一九六五年六月三十日，特去岛上一游，俾翻译《白鲸记》时，更能把握其气氛。文中所引《南太基》一章各段，原系艺术效果的安排，因此颇有删节，幸勿以译文不全罪我。

## 望乡的牧神

那年的秋季特别长，一直拖到感恩节，还不落雪。事后大家都说，那年的冬季，也不像往年那么长，那么严厉。雪是下了，但不像那么深，那么频。幸好圣诞节的一场还积得够厚，否则圣诞老人就显得狼狈失措了。

那年的秋季，我刚刚结束了一年浪游式的讲学，告别了第三十三张席梦思，回到密歇根来定居。许多好朋友都在美国，但黄用和华苓在爱奥华，梨华远在纽约，一个长途电话能令人破产。咪咪手续未备，还阻隔半个大陆加一个海加一个海关。航空邮简是一种迟缓的箭，射到对海，火早已熄了，余烬显得特别冷。

那年的秋季，显得特别长。草，在渐渐寒冷的天气里，久久不枯。空气又干，又爽，又脆。站在下风的地方，可以嗅出树叶，满林子树叶散播的死讯，以及整个中西部成熟后的体香。中西部的秋季，是一场弥月不熄的野火，从浅黄到血红到暗赭到郁沉沉的浓栗，从爱奥华一直烧到俄亥俄，夜以继日日以继夜地维持好几十郡的灿烂。云罗张在特别洁净的蓝虚蓝无上，白得特别惹眼。谁要用剪刀去剪，一定装满好几箩筐。

那年的秋季特别长，像一段雏形的永恒。我几乎以为，站在四围的秋色里，那种圆溜溜的成熟感，会永远悬在那里，不坠下来。终于一切瓜一切果都过肥过重了，从腴沃中升起来的仍垂向腴沃。每到黄昏，太阳也垂垂落向南瓜田里，红橙橙的，一只熟得不能再熟下去的，特大号的南瓜。日子就像这样过去。晴天之后仍然是晴天之后仍然是完整无憾饱满得不能再饱满的晴天，敲上去会敲出音乐来的稀金属的晴天。就这样微酩地饮着清醒的秋季，好怎么不好，就是太寂寞了。在西密歇根大学，开了三门课，我有足够的时间看书，写信。但更多的时间，我用来幻想，而且回忆，回忆在有一个岛上做过的有意义和无意义的事情，一直到半夜，到半夜以后。有些事情，曾经恨过的，再恨一次；曾经恋过的，再恋一次；有些无聊，甚至再无聊一次。一切都离我很久，很远。我不知道，我的寂寞应该以时间或空间为半径。就这样，我独自坐到午夜以后，看窗外的夜比圣经旧约更黑，万籁俱死之中，听两颊的胡须无赖地长着，应和着腕表巡回的秒针。

这样说，你就明白了。那年的秋季特别长。我不过是个客座教授，悠悠荡荡的，无挂无牵。我的生活就像一部翻译小说，情节不多，气氛很浓；也有其现实的一面，但那是异国的现实，不算数的。例如汽车保险到期了，明天要记得打电话给那家保险公司；公寓的邮差怪可亲的，圣诞节要不要送他件小礼品等等。究竟只是一部翻译小说，气氛再浓，只能当做一场逼真的梦罢了。而尤其可笑的是，读来读去，连一个女主角也不见。男主角又如此的无味。这部恶汉体（picaresque）的小说，应该是没有销路的。不成其为配角的配角，倒有几位。劳悌芬便是其中的一位。在我教过的一百六十几个美国大孩子之中，劳悌芬和其他少数几位，大概会长久留在我的回忆里。一切都是巧合。有一个黑发的东方人，去到密歇根。恰巧会到那一个大学。恰巧那一年，有一个金发的美国青年，也在那大学里。恰巧金发选了黑发的课。恰巧谁也不讨厌谁。于是金发出现在那部翻译小说里。

那年的秋季，本来应该更长更长的。是劳悌芬，使它显得不那样长。劳悌芬，是我给金发取的中文名字。他的本名是 Stephen Cloud，一个姓云的人，应该是洒脱的。劳悌芬倒不怎么洒脱。他毋宁是有些腼腆的，不像班上其他的男孩，爱逗着女同学说笑。他也爱笑，但大半是坐在后排，大家都笑时他也参加笑，会笑得有些脸红。后来我才发现他是戴隐形眼镜的。

同时，秋季愈益深了。女学生们开始穿大衣来教室。上课的时候，掌大的枫树落叶，会簌簌叩打大幅的玻璃窗。我仍记得，那天早晨刚落过霜，我正讲到杜甫的“秋来相顾尚飘蓬”。忽然瞥见红叶黄叶之上，联邦的星条旗扬在猎猎的风中，一种摧心折骨的无边秋感，自头盖骨一直麻到十个指尖。有三四秒钟我说不出话来。但脸上的颜色一定泄漏了什么。下了课，劳悌芬走过来，问我周末有没有约会。当我的回答是否定时，他说：

“我家在农场上，此地南去四十多英里。星期天就是万圣节了。如果你有兴致，我想请你去住两三天。”

所以三天后，我就坐在他西德产的小汽车右座，向南方出发了。

十月底的一个半下午，小阳春停在最美的焦距上，湿度至小，能见度至大，风景呈现最清晰的轮廓。出了卡拉马如（Kalamazoo），密歇根南部的大平原抚得好空好阔，浩浩乎如一片陆海，偶然的农庄和丛树散布如列屿。在这样响当当的晴朗里，这样高速这样平稳地驰骋，令人幻觉是在驾驶游艇。一切都退得很远，腾出最开敞的空间，让你回旋。秋，确是奇妙的季节。每个人都幻觉自己像两万英尺高的卷云那么轻，一大张卷云卷起来称一称也不过几磅。又像空气那么透明，连忧愁也是薄薄的，用裁纸刀这么一裁就裁开了。公路，像一条有魔术的白地毡，在车头前面不断舒展，同时在车尾不断卷起。

如是卷了二十几英里，西德的小车在一面小湖旁停了下来。密歇根原是千湖之州，五大湖之间尚有无数小泽。像其他的小泽一样，面前的这个湖蓝得染人肝肺。立在湖边，对着满满的湖水，似乎有一只幻异的蓝眼瞳在施术催眠，令人意识到一种不安的美。所以说秋是难解的。秋是一种不可置信而居然延长了这么久的奇迹，总令人觉得有点不妥。就像此刻，秋色四面，上面是土耳其玉的天穹，下面是普鲁士蓝的清澄，风起时，满枫林的叶子滚动香熟的灿阳，仿佛打翻了一匣子的玛瑙。莫奈和席思礼死了，印象主义的画面永生。

这只是刹那的感觉罢了。下一刻，我发现劳悌芬在喊我。他站在一株大黑橡下面。赤褐如焦的橡叶丛底，露出一间白漆木板钉成的小屋。走进去，才发现是一爿小杂货店。陈设古朴可笑，饶有殖民时期风味。西洋杉铺成的地板，走过时嘎嘎有声。这种小铺子在城市里是已经绝迹了。店主是一个满脸斑点的胖妇人。劳悌芬向她买了十几根红白相间的竿竿糖，满意地和我走出店来。

橡叶萧萧，风中甚有寒意。我们赶回车上，重新上路。劳悌芬把糖袋子递过来，任我抽了两根。糖味不太甜，有点薄荷在里面，嚼起来倒也津津可口。劳悌芬解释说：

“你知道，老太婆那家小店，开了十几年了。生意不好，也不关门。读初中起，我就认得她了，也不觉得她的糖有什么好吃。后来去卡拉马如上大学，每次回家，一定找她聊天，同时买点糖吃，让她高兴高兴。现在居然成了习惯，每到周末，就想起薄荷糖来了。”

“是蛮好吃。再给我一根。你也是，别的男孩一到周末就约chic去了，你倒去看祖母。”

劳悌芬红着脸傻笑。过了一会，他说：

“女孩子麻烦。她们喝酒，还做好多别的事。”

“我们班上的好像都很乖。例如路丝——”

“呃，满嘴的存在主义什么的，好烦。还不如那个老婆婆坦白！”

“你不像其他的美国男孩子。”

劳悌芬耸耸肩，接着又傻笑起来。一辆货车挡在前面，他一踩油门，超了过去。把一袋糖吃光，就到了劳悌芬的家了。太阳已经遍西。夕照正当红漆的仓库，特别显得明艳映颊。劳悌芬把车停在两层的木屋前，和他父亲的旅行车并列在一起。一个丰硕的妇人从屋里探头出来，大呼说：

“Steve！我晓得是你，怎么这样晚才回来！风好冷，快进来吧！”

劳悌芬把我介绍给他的父母和弟弟侯伯（Herbert）。终于大家在晚餐桌边坐定。这才发现，他的父亲不过五十岁，已经满头白发，可是白得整齐而洁净，反而为他清瘦的面容增添光辉。侯伯是一个很漂亮的，伶手俐脚的小伙子。但形成晚餐桌上暖洋洋的气氛的，还是他的母亲。她是一个胸脯宽阔，眸光亲切的妇人，笑起来时，启露白而齐的齿光，映得满座粲然。她一直忙着传递盘碟。看见我饮牛奶时狐疑的脸色，她说：

“味道有点怪，是不是？这是我们自己的母牛挤的奶，原奶，和超级市场上买到的不同。等会你再尝尝我们自己的榨苹果汁看。”

“你们好像不喝酒。”我说。

“爸爸不要我们喝，”劳悌芬看了父亲一眼，“我们只喝牛奶。”

“我们是清教徒，”他父亲眯着眼睛说，“不喝酒，不抽烟。从我的祖父起就是这样子。”

接着他母亲站起来，移走满桌子残肴，为大家端来一碟碟南瓜饼。

“Steve，”他母亲说，“明天晚上汤普森家的孩子们说了要来闹节的。‘不招待，就作怪’，余先生听说过吧？糖倒是准备了好几包。

就缺一盏南瓜灯。地下室有三四只空南瓜,你等会去挑一只雕一雕。我要去挤牛奶了。”

等他父亲也吃罢南瓜饼,起身去牛栏里帮他母亲挤奶时,劳悌芬便到地下室去。不久,他捧了一只脸盆大小的空干南瓜来,开始雕起假面来。他在上端先开了两只菱形的眼睛,再向中部挖出一只鼻子,最后,又挖了一张新月形的阔嘴,嘴角向上。接着也把假面推到我的面前,问我像不像。相了一会,我说:

“嘴好像太小了。”

于是他又把嘴向两边开得更大。然后他说:

“我们把它放到外面去吧。”

我们推门出去。他把南瓜脸放在走廊的地板上,从夹克的大口袋里掏出一截白蜡烛,塞到蒂眼里,企图把它燃起。风又急又冷,一吹,就熄了。徒然试了几次,他说:

“算了,明晚再点吧。我们早点睡。明天还要去打野兔子呢。”

第二天下午,我们果然背着猎枪,去打猎了。这在我说来,是有点滑稽的。我从来没有打猎的经验。军训课上,是射过几发子弹,但距离红心不晓得有好远。劳悌芬却兴致勃勃,坚持要去。

“上个周末没有回家。再上个周末,帮爸爸驾收割机收黄豆。一直没有机会到后面的林子里去。”

劳悌芬穿了一件粗帆布的宽大夹克,长及膝盖,阔腰带一束,显得五英尺十英寸上下的身材，分外英挺。他把较旧式的一把猎枪递给我，说：

“就凑合着用一下吧。一九五八年出品，本来是我弟弟用的。”看见我犹豫的颜色，他笑笑说：“放松一点。只要不向我身上打就行。很有趣的，你不妨试试看。”

我原有一肚子的话要问他。可是他已经领先向屋后的橡树林欣然出发了。我端着枪跟上去。两人绕过黄白相间的耿西牛群的牧地，走上了小木桥彼端的小土径，在犹青的乱草丛中蜿蜒而行。天气依然爽朗朗地晴。风已转弱，阳光不转瞬地凝视着平野，但空气拂在肌肤上，依然冷得人神志清醒，反应敏锐。舞了一天一夜的斑斓树叶，都悬在空际，浴在阳光金黄的好脾气中。这样美好而完整的静谧，用一发猎枪子弹给炸碎了，岂不可惜。

“一只野兔也不见呢。”我说。

“别慌。到前面的橡树丛里去等等看。”

我们继续往前走。我努力向野草丛中搜索，企图在劳悌芬之前发现什么风吹草动；如此，我虽未必能打中什么，至少可以提醒我的同伴。这样想着，我就紧紧追上了劳悌芬。蓦地，我的猎伴举起枪来，接着耳边炸开了一声脆而短的骤响。一样毛茸茸的灰黄的物体从十几码外的黑橡树上坠了下来。

“打中了！打中了！”劳悌芬向那边奔过去。

“是什么？”我追过去。

等到我赶上他时，他正挥着枪柄在追打什么。然后我发现草坡下，劳悌芬脚边的一个橡树窟窿里，一只松鼠尚在抽搐。不到半分钟，它就完全静止了。

“死了。”劳悌芬说。

“可怜的小家伙，”我摇摇头。我一向喜欢松鼠。以前在爱奥华念书的时候，我常爱从红砖的古楼上，俯瞰这些长尾多毛的小动物，在修得平整的草地上嬉戏。我尤其爱看它们躬身而立，捧食松果的样子。劳悌芬捡起松鼠。它的右腿渗出血来，修长的尾巴垂着死亡。劳悌芬拉起一把草，把血斑拭去说：

“它掉下来，带着伤，想逃到树洞里去躲起来。这小东西好聪明。带去给我父亲剥皮也好。”

他把死松鼠放进夹克的大口袋里，重新端起了枪。

“我们去那边的树林子里再找找看。”他指着半英里外的一片赤金和鲜黄。想起还没有庆贺猎人，我说：

“好准的枪法，刚才根本没有看见你瞄准，怎么它就掉下来了。”

“我爱玩枪。在学校里，我还是预备军官训练队的上校呢。每年冬季，我都带侯伯去北部的半岛打鹿。这一向眼睛差了。隐形眼镜还没有戴惯。”

这才注意到劳悌芬的眸子是灰蒙蒙的，中间透出淡绿色的光泽。我们越过十二号公路。岑寂的秋色里，去芝加哥的车辆迅疾地扫过，曳着轮胎磨地的咝咝和掠过你身边时的风声。一辆农场的拖拉机，滚着齿槽深凹的大轮子，施施然碾过，车尾扬着一面小红旗。劳悌芬对车上的老叟挥挥手。

“是汤普森家的丈人。”他说。

“车上插面红旗子干嘛？”

“哦，是州公路局规定的。农场上的拖拉机之类，在公路上穿来穿去，开得太慢，怕普通车辆从后面撞上去。挂一面红旗，老远就看见了。”

说着，我们一脚高一脚低走进了好大一片刚收割过的田地。阡陌间歪歪斜斜地还留着一行行的残梗，零零星星的豆粒，落在干燥的土块里。劳悌芬随手折起一片豆荚，把荚剥开，淡黄的豆粒滚入了他的掌心。

“这是汤普森家的黄豆田。尝尝看，很香的。”

我接过他手中的豆子，开始尝起来。他折了更多的豆荚，一片一片地剥着。两人把嚼不碎的豆子吐出来。无意间，我哼起“高粱肥，大豆香，遍地黄金少灾殃……”

“嘿，那是什么？”劳悌芬笑起来。

“二次大战时大家都唱的一首歌……那时我们都是小孩子。”说着，我的鼻子酸了起来。两人走出了大豆田，又越过一片尚未收割的玉蜀黍。劳悌芬停下来，笑得很神秘。过了一会，他说：

“你听听看，看能听见什么。”

我当真听了一会。什么也没有听见。风已经很微。偶尔，玉蜀黍的干穗谷，和邻株磨出一丝窸窣。劳悌芬的浅灰绿瞳子向我发出问询。

我茫然摇摇头。

他又阔笑起来。

“玉米田，多耳朵。有秘密，莫要说。”

我也笑起来。

“这是双关语，”他笑道，“我们英语管玉米穗叫耳朵。好多笑话都从它编起。”

接着两人又默然了。经他一说，果然觉得玉蜀黍秆上挂满了耳朵。成千的耳朵都在倾听，但下午的遗忘覆盖一切，什么也听不见。一枚硬壳果从树上跌下来，两人吓了一跳。劳悌芬俯身拾起来，黑褐色的硬壳已经干裂。

“是山胡桃呢。”他说。

我们继续向前走。杂树林子已经在面前。不久，我们发现自己已在树丛中了。厚厚的一层落叶铺在我们脚下。卵形而有齿边的是桦，瘦而多棱的是枫，橡叶则圆长而轮廓丰满。我们踏着千叶万叶已腐的，将腐的，干脆欲裂的秋季向更深处走去，听非常过瘾也非常伤心的枯枝在我们体重下折断的声音。我们似乎践在暴露的秋筋秋脉上。秋日下午那安静的肃杀中，似乎，有一些什么在我们里面死去。最后，我们在一截断树干边坐下来。一截合抱的黑橡树干，横在枯枝败叶层层交叠的地面，龟裂的老皮形成阴郁的图案，记录霜的齿印，雨的泪痕。黑眼眶的树洞里，覆盖着红叶和黄叶，有的仍有潮意。

两人靠着断干斜卧下来，猎枪搁在断柯的杈丫上。树影重重叠叠覆在我们上面，蔽住更上面的蓝穹。落下来的锈红蚀褐已经很多，但仍有很多的病叶，弥留在枝柯上面，犹堪支撑一座两丈多高的镶黄嵌赤的圆顶。无风的林间，不时有一张叶子飘飘荡荡地坠下。而地面，纵横的枝叶间，会传来一声不甚可解的窸窣，说不出是足拨的或是腹游的路过。

“你看，那是什么？”我转向劳悌芬。他顺我指点的方向看去。那是几棵银桦树间一片凹下去的地面，里面的桦叶都压得很平。

“好大的坑。”我说。

“是鹿，”他说，“昨夜大概有鹿来睡过。这一带有鹿。如果你住在湖边，就会看见它们结队去喝水。”

接着他躺了下来，枕在黑皮的树干上，穿着方头皮靴的脚交叠在一起。他仰面凝视叶隙透进来的碎蓝色。如是仰视着，他的脸上覆盖着纷沓的游移的叶影，红的朦胧叠着黄的模糊。他的鼻子投影在一边的面颊上，因为太阳已沉向西南方，被桦树的白干分割着的西南方，牵着一线金熔熔的地平。他的阔胸脯微微地起伏。

“Steve，你的家园多安静可爱。我真羡慕你。”

仰着的脸上漾开了笑容。不久，笑容静止下来。

“是很可爱啊，但不会永远如此。我可能给征到越南去。”

“那样，你去不去呢？”我说。

“如果征到我，就必须去。”

“你——怕不怕？”

“哦，还没有想过。美国的公路上，一年也要死五万人呢。我怕不怕？好多人赶着结婚。我同样地怕结婚。年纪轻轻的，就认定一个女孩，好没意思。”

“你没有女朋友吗？”我问。

“没有认真的。”

我茫然了。躺在面前的是这样的一个躯体，结实，美好，充溢的生命一直到指尖和趾尖。就是这样的一个躯体，没有爱过，也未被爱过,未被情欲燃烧过的一截空白。有一个东方人是他的朋友。冥冥中，在一个遥远的战场上，将有更多的东方人等着做他的仇敌。一个遥远的战场，那里的树和云从未听说过密歇根。

这样想着，忽然发现天色已经晚了。金黄的夕暮淹没了林外的平芜。乌鸦叫得原野加倍的空旷。有谁在附近焚烧落叶，空中漫起灰白的烟来，嗅得出一种好闻的焦味。

“我们回去吃晚饭吧。”劳悌芬说。

那年的秋季特别长，似乎，万圣节来得也特别迟。但到了万圣节，白昼已经很短了。太阳一下去，天很快就黑了，比圣经的封面还黑。吃过晚饭，劳悌芬问我累不累。

“不累。一点儿也不累。从来没有像这样好兴致。”

“我们开车去附近逛逛去。”

“好啊——今晚不是万圣节前夕吗？你怕不怕？”

“怕什么？”劳悌芬笑起来，“我们可以捉两个女巫回来。”

“对！捉回来，要她们表演怎样骑扫帚！”

全家人都哄笑起来。劳悌芬和我穿上厚毛衫与夹克。推门出去，在寒颤的星光下，我们钻进西德的小车。车内好冷，皮垫子冷人臀股，一切金属品都冰人肘臂。立刻，车窗上就呵了一层翳翳的雾气。车子上了十二号公路，速度骤增，成排的榆树向两侧急急闪避，白脚的树干反映着首灯的光，但榆树的巷子外，南密歇根的平原罩在一件神秘的黑巫衣里。劳悌芬开了暖气。不久，我的膝头便感到暖烘烘了。

“今晚开车特别要小心，”劳悌芬说，“有些小孩子会结队到邻近的村庄去捣蛋。小孩子边走边说笑，在公路边上，很容易发生车祸。今年，警察局在报上提醒家长，不要让孩子穿深色的衣服。”

“你小时候有没有闹过节呢？”

“怎么没有？我跟侯伯闹了好几年。”

“怎么一个捣蛋法？”

“哦，不给糖吃的话，就用烂泥糊在人家门口。或在窗子上画个鬼，或者用粉笔在汽车上涂些脏话。”

“倒是蛮有意思的。”

“现在渐渐不作兴这样了。父亲总说，他们小时候闹得比我们还凶。”

说着，车已上了跨越大税路的陆桥。桥下的车辆四向来去地疾驶着，首灯闪动长长的光芒，向芝加哥，向陀里多。

“是印地安纳的超级税道。我家离州界只有七英里。”

“我知道。我在这条路上开过两次的。”

“今晚已经到过印地安纳了。我们回去吧。”

说着，劳悌芬把车子转进一条小支道，绕路回去。

“走这条路好些，”他说，“可以看看人家的节景。”

果然远处霎着几星灯火。驶近时，才发现是十几户人家。走廊的白漆栏杆上，皆供着点燃的南瓜灯，南瓜如面，几何形的眼鼻展览着布拉克和毕卡索，说不清是恐怖还是滑稽。有的廊上，悬着骑帚巫的怪异剪纸。打扮得更怪异的孩子们,正在拉人家的门铃。灯火自楼房的窗户透出来，映出洁白的窗帷。

接着劳悌芬放松了油门。路的右侧隐约显出几个矮小的人影。然后我们看出，一个是王，戴着金黄的皇冠，持着权杖，披着黑色的大氅。一个是后，戴着银色的后冕，曳着浅紫色的衣裳。后面一个武士，手执斧钺，不过四五岁的样子。我们缓缓前行，等小小的朝廷越过马路。不晓得为什么，武士忽然哭了起来。国王劝他不听，气得骂起来。还是好心的皇后把他牵了过去。

劳悌芬和我都笑起来。然后我们继续前进。劳悌芬哼起《出埃及》中的一首歌，低沉之中带点凄婉。我一面听，一面数路旁的南瓜灯。最后劳悌芬说：

“那一盏是我们家的南瓜灯了。”

我们把车停在铁丝网成的玉蜀黍圆仓前面。劳悌芬的母亲应铃来开门。我们进了木屋，一下子，便把夜的黑和冷和神秘全关在门外了。

“汤普森家的孩子们刚来过，”他的妈妈说，“爱弟装亚述王，简妮装贵妮薇儿，佛莱德跟在后面，什么也不像，连‘不招待，就作怪’都说不清楚。”

“表演些什么？”劳悌芬笑笑说。

“简妮唱了一首歌。佛莱德什么都不会，硬给哥哥按在地上翻了一个筋斗。”

“汤姆怎么没来？”

“汤姆吗？汤姆说他已经大了，不搞这一套了。”

那年的秋季特别长，似乎可以那样一直延续下去。那一夜，我睡在劳悌芬家楼上，想到很多事情。南密歇根的原野向远方无限地伸长，伸进不可思议的黑色的遗忘里。地上，有零零落落的南瓜灯。天上，秋夜的星座在人家的屋顶上电视的天线上在光年外排列百年前千年前第一个万圣节前就是那样的阵图。我想得很多，很乱，很不连贯。高粱肥。大豆香。从越战想到韩战想到八年的抗战。想冬天就要来了空中嗅得出雪来今年的冬天我仍将每早冷醒在单人床上。大豆香。想大豆在密歇根香着在印地安纳在俄亥俄香着的大豆在另一个大陆有没有在香着？劳悌芬是个好男孩我从来没有过弟弟。这部翻译小说，愈写愈长愈没有情节而且男主角愈益无趣，虽然气氛还算逼真。南瓜饼是好吃的，比苹果饼好吃些。高粱肥。大豆香。大豆香后又怎么样？我实在再也吟不下去了。我的床向秋夜的星空升起，升起。大豆香的下句是什么？

那年的秋季特别长，所以说，我一整夜都浮在一首歌上。那些尚未收割的高粱，全失眠了。这么说，你就完全明白了，不是吗？那年的秋季特别长。

——一九六六年十月二十四日

——选自纯文学版《望乡的牧神》

# 给莎士比亚的一封回信

**莎士比亚先生：**

年初拜读您在斯特拉福投邮的大札，知悉您有意来中国讲学，真是惊喜交加，感奋莫名！可是我的欣悦并没有维持多久。年来为您讲学的事情，奔走于学府与官署之间，舌敝唇焦，一点也不得要领。您的全集，皇皇四十部大著，果真居则充栋，出则汗人，搬来运去，实在费事，但在某些人的眼中，分量并没有这样重，因此屡遭退件，退稿。我真是不好意思写这封回信，不过您既已嘱咐了我，我想我还是应该把和各方接洽的前后经过，向您一一报告于后。

首先，我要说明，我们这儿的文化机构，虽然也在提倡所谓文艺，事实上心里是更重视科学的。举个例，我们这儿的文学教授们，只有在“长期发展科学”的名义下，才能申请到文学研究的津贴；好像雕虫末技的文学，要沾上科学之光，才算名正言顺，理直气壮。您不是研究太空或电子的科学家，因此这儿对您的申请，坦白地说，并不那样感兴趣。我们是一个讲究学历和资格的民族：在科举的时代，讲究的是进士；在科学的时代，讲究的是博士。所以当那些审查委员们在“学历”一栏下，发现您只有中学程度，在“通晓语文”一栏中，只见您“拉丁文稍解，希腊文不通”的时候，他们就面有难色了。也真是的，您的学历表也未免太寒碜了一点；要是您当日也曾去牛津或者剑桥什么的注上一册，情形就不同了。

当时我还为您一再辩护，说您虽然没上过大学，全世界还没有一家大学敢说不开您一课。那些审查委员听了我的话，毫不动容，连眉毛也不抬一根，只说："那不相干。我们只照规章办事。既然缴不出文凭，就免谈了。"

后来我灵机一动，想到您的作品，就把您的四十部大著，一股脑儿缴了上去。隔了好久，又给一股脑儿退了回来，理由是"不获通过"。我立刻打了一个电话去，发现那些审查委员还没散会，便亲自赶去那官署向他们请教。

"尊友莎君的呈件不合规定。"一个老头子答道。

"哦——为什么呢？"

"他没有著作。"

"莎士比亚没有著作？"我几乎跳了起来，"他的诗和剧本不算著作吗？"

"诗，剧本，散文，小说，都不合规定。我们要的是'学术著作'。"(他把"学术"两字特别加强，但因为他的乡音很重，听起来像在说"瞎说猪炸"。)

"瞎说猪炸？什么是——"

"正正经经的论文。譬如说，名著的批评、研究、考证，等等，才算是瞎说猪炸。"

"您老人家能举个例吗？"我异常谦恭地说。

他也不回答我，只管去卷宗堆里搜寻，好一会儿才从一个卷宗里抽出一沓表格来。“哪，像这些。哈姆雷特的心理分析，论哈姆雷特的悲剧精神，从佛洛依德的观点论哈姆雷特和他母亲的关系，哈姆雷特著作年月考，Thou 和 You 在哈姆雷特剧中的用法，哈姆雷特史无其人说……”

“我明白您的意思了。假如莎士比亚写一篇十万字的论文，叫哈姆雷特脚有鸡眼考……”

“那我们就可以考虑考虑了。”他说。

“可是，说了半天，哈姆雷特就是莎士比亚的作品呀。与其让莎士比亚去论哈姆雷特的鸡眼，为什么不能让他干脆缴上哈姆雷特原书呢？”

“那怎么行？哈姆雷特是一本无根无据的创作，作不得数的。哈姆雷特脚有鸡眼考就有根有据了，根据的就是哈姆雷特。有根据，有来历，才是瞎说猪炸。”

显然，您要来我们这儿讲学的事情，无论是在学历上或著作上，都是不能通过的。在“曾获何种荣誉”一栏里，我也没有办法为您填上什么。您那个时候还没有诺贝尔、普利泽、巴林根等等奖金，也不时兴颁赠什么荣誉博士学位。您的外文起码得很，根本不可能去国外讲学，或者出席国际笔会之类的大场面。桂冠呢，您那时候倒是有的，可惜您无缘一戴。

对了，说到奖金，我也曾为您申请过的，不过您千万不要见怪，我在这方面的企图也不成功。有一个奖金委员会的理由是：“主题暧昧，意识模糊。”另一个委员会的评语是：“主题不够积极，没有表现人性的光明面。”还有一个评审会的意见，也大同小异，不外是说您的作品“缺乏时代意识，没有现实感；又太浪漫，不合古典的三一律”等等。我想，他们的批评，在他们自己看来，也是诚恳的。例如，有一位文学批评的权威，就指责您不该在《李耳王》中让那些不孝的女儿反叛父亲，又说哈姆雷特王子不够积极和坚决，同时剧终忠奸双方玉石俱毁，也显得用意含混，不足为训。还有人说，罗密欧与朱丽叶的殉情未免过分夸张爱情，对青少年们恐怕会产生不良的影响。至于那卷《十四行诗集》，也有人说它太消极，而且有浓厚的个人主义的色彩云云。

至于大作在此间报纸副刊或杂志上发表，机会恐怕也不太多。我们的编辑先生所欢迎的，还是以武侠、黑幕或者女作家们每一张稿纸洒一瓶香水的“长篇哀艳悱恻奇情悲剧小说”为主。我想，您来这儿讲学的事，十有九成是吹了。没有把您的嘱咐办妥，我感到非常的抱歉。不过我相信您不会把这些放在心上的。您所要争取的，是千古，不是目前，是全人类的崇敬，不是几伙外行的喋喋不休，对吗？凉风起自天末，还望您善自珍重。后会有期，说不定我会去西敏寺拜望您的。敬祝

健康

余光中 拜上

——一九六七年十一月四日

——选自纯文学版《望乡的牧神》

# 下游的一日

那天在观音山下一个尼姑也没有见到。修女，倒是有好几位。就坐在第一排，白巾白袍，像一行文静的“洋百合”。湛湛的江水，巨幅长玻璃外自在地流，蓝悠悠，几只水禽在晚秋的艳阳中闪着白羽。这是珐琅瓷油成的亮晴天，空中有许多蓝，蓝中有许多金，有谁要晴朗的样品，这就是。玻璃的这边，他听见自己的声音，经过麦克风放大而显得有些变质的自己的声音，在一座线条清晰，多铝多玻璃的大厅上，激起一派回响。他诵的大半是出国前的一些作品。那里面当然也是他自己，只是已经有一点陌生罢了。才五六年，那一个自己，竟然已经有一点像标本了。他几乎想坐下来好好想一想，好像灵魂上发现了一条皱纹，需要将它熨平。不过台上人是没有这种自由的。台上人一恍惚，就会造成一段荒谬的冷场。忽然他发现有一双眼睛正投向窗外，被外面的风景映起反光。那是一双年轻的眼睛，里面有很多水，水面有很多光；他羡慕她有机会在这种晴得虚幻的日子，一面听讲，一面出神。他也经过大二的日子，知道肉体参加众人，让神魂飞到远方去的那种情味。可是其他的眼睛都向他集中，像许多敏感的触须在合编一张网，要捕捉他的眼睛。这是带有一点催眠的意味的。眼与眼的对视，久了，就超出灵魂所能负担的程度，因为真相总是可畏的。一位音乐家（是帕嘉尼尼吗？）在行经鱼尸并列的市场时，忽然想起他当晚有场演奏会。如果这不是一个笑话，那位音乐家的孤绝感，也未免太尼采了吧。他感觉中的听众，却像希腊神话中的百眼兽，眈眈，睽睽，令人心悸。他当然并不怕那些听众。再大的百眼兽，他自信也能驯服，甚且逗它发笑。他怕的毋宁说是双眼兽：目光停留在一张脸上，变成一比一的对视，情形就大不同了。

双眼兽是有灵魂的。百眼兽有没有灵魂，就很成问题了。百眼兽对他的要求，是表演。所谓演讲，本来就是一半讲，一半演，演得那头百眼兽仿若被催眠，否则，被催眠的就是他自己了。站在台上的，当然也是他自己，至少是他许多自己中的一个，那个自己为他赢得许多掌声，许多笑靥，许多眼睛的骤然发光。可是那并不是他最喜欢的自己。两年来，他几乎记不得做过多少次的驯兽师了。兽有大有小，愈大的愈像兽，而愈像兽的，驯起来，也就愈加刺激，富于冒险的意味。不过那种经验总是很寂寞的，因为你总是以一对百，甚至以一当千。对他们，你是一个熟悉的名字，启开一些封面，他们就可以审视你灵魂的标本，你的秘密是公开的；对于你，他们永远是未知数，他们，只是许多陌生的总和。坐在暗处的，固然寂寞，但站在亮中的，另有一种寂寞，寂寞得紧张，而且疲倦。

此刻，潜在他意识深处的，是一个含糊的，有点隐隐发痛的欲望。在自己声音间歇的空隙，那蠢蠢的欲望在搔痒他的灵魂，说：“为什么不选一双柔和的眼睛，仅仅是一双，而且对它说：‘这样好的天气，这样贵的阳光，跟我一同出去吧，去细密的相思树下，或是去江边，听我说一些上游的故事。你是大一吧？是吗，我猜得不错。从你的眼睛，从你流盼时清爽的眼神，我猜得出你是新人。我也曾是大一的新人，在一所也是教会的大学。我敢打赌，那时候，我比你更寂寞，更容易受伤，更充满矛盾，对外面的世界，更加神往。江边真是美好，这阳光，像透明的黄玉，在这种不可置信的完美中，你该坐在一块陨星似的怪石上，想一些上游的事情。'”

这只是刹那间朦胧的欲望罢了，他当然不能走下台去，拾起那双眼睛。事实上，当他的眼光再度从手中的书页向下面扫掠，那双眼睛，不，连那张脸也不见了。下一瞬，他只看见一只眈眈而视的百眼兽。这种失落感，在他，已经是寻常事了。记忆里，有许多许多脸，不一定都怎么美丽，但是有灵气，有个性，有反应迅速的光彩。他记得那些脸，像太阳记得盛开的向日葵们。当然不全似向日葵，因为有的典丽清雅，像莲，有的俊逸倜傥，像水仙。因为曾经出现在他粉笔的射程内的，有嫘祖的女儿，也有海伦的后裔。回国已经两年，偶尔在变幻的晚云上，或是因在亚热带湿闷的雨季，他会记起那些脸来，轮廓分明眼神熠熠褐发飘动的那些脸……倪丹啊，文葩啊，史悌芬啊，他会对自己默默吟念。不过他是生存在这样的一个世界，留下来的固然不少，但失落的无疑更多更多。那些脸啊那些脸，嫘祖的和海伦的脸，一张继一张，在时间之流上漂浮而去，一朵接一朵，如莲。“当然，我不是捕蝶人，”他这样对自己分辩，“只是每飞走一只燕子，便减掉一点春天。”上星期六他经过一方水池，见一朵孤莲在秋日的金阳里抵抗十月底的凉风，不禁立定了怔怔而视，直到他打出一个喷嚏。

他仍然在朗诵自己的作品。他听见自己带一点江南腔的不标准国语，在大厅晴明的空间荡起回音。据说那就是他的声调，在收音机和录音带上都是那样，带那么一点磁性，节奏矜持而舒缓，但音色颇为圆熟。这一点，他是颇引为自豪的。小说家华丽瑜——性急而豪快的“学妹”——就一直嫌他说话太慢，而他，总觉得她口齿太快，心还没到，舌已先摇。想到华丽瑜，他忽然若有所失。前天还接到她一封国际邮简：“怎么样？泡在岛上做猢狲王，不想出来蹓蹓？万圣节快到了，枫叶和橡叶烧成一片。还记得五大湖区的秋天吗？”这真是从何说起。他怎会忘记那种成熟之美，浑然而厚的那种大陆性气候？他怎会忘记那种纯然透明的空气，一脚踏出户外，扑面就是一阵开胃的草香，你觉得发根一下子浸在冷得醒鼻的风里，清洁的肺浮在空中，翼然如云，而阳光灿灿，怎么水晶球里泻着黄金？真的，万圣节又要到了，明天就是万圣节的前夕。想着，他果真翻到十年前留学时所写的，一首歌吟万圣节的作品，朗诵起来。于是有浓郁的土香升起，掺着一股南瓜的气味。

阳历，是万圣节，阴历，正是重阳日。他告诉自己，今天是他的生日。对于每个人，自己来到这世界的那一天，总是带一点神秘，且有催眠的力量。对于他自己，重九这日子更是如此。根据西方的迷信，诗神亚波罗，酒神戴奥奈塞司，天神宙斯，巫师墨林，众神之使者赫尔弥斯，都以冬至这一天为生日。难怪格瑞夫斯的第七个孩子生在冬至，诗人竟得意到赋诗以庆，写了那篇《冬至喻璜儿》。自己竟然诞生在重九，他也暗暗感到自豪。因为这也是诗和酒的日子，菊花的日子，茱萸的日子。登高临风，短发落帽，老诗人悲秋亦自悲的日子。他曾经自称“茱萸的孩子”，遗憾的是，已故的母亲不能欣赏这样的句子。终于又是重九了，在这无所谓秋天不秋天的岛上。怎么忽忽竟已是第十九个重九了？在大陆，这样烂熟的小阳春，风景一定停留在美的焦点，人们向海拔更高处攀去。可是登高不为望远，为避难，为了逃一个大劫，他这样提醒自己。于是自豪之中，又感到深沉的哀伤。他的生日就是这样：名义是登高临远，慷慨逍遥，但脚下是不幸，是受苦受难的大地。他那一代的孩子，在一种隐喻的意义上说来，都似乎诞生在重九那一天，那逃难的日子。两次大战之间的孩子，抗战的孩子，在太阳旗的阴影下咳嗽的孩子，咳嗽，而且营养不良。南京大屠城的日子，樱花武士的军刀，把诗的江南词的江南砍成血腥的屠场。记忆里，他的幼年很少玩具。只记得，随母亲逃亡，在高淳，被日军的先遣部队追上。佛寺大殿的香案下，母子相倚无寐，枪声和哭声中，挨过最长的一夜和一个上午，直到殿前，太阳徽的骑兵队从古刹中挥旗前进。到现在他仍清晰记得，火光中，凹凸分明，阴影森森，庄严中透出狞怒的佛像。火光抖动，每次都牵动眉间和鼻沟的黑影，于是他的下颚向母亲臂间陷得更深。其后几个月，一直和占领军捉迷藏，回溯来时的路，向上海，记不清走过多少阡陌，越过多少公路，只记得太湖里沉过船，在苏州发高烧，劫后和桥的街上，踩满地的瓦砾，尸体和死寂得狗都不叫的月光。

“月光光，月是冰过的砒霜。月如砒，月如霜，落在谁的伤口上？”诵完最后一首诗，那百眼兽便骚动起来，掌声四起，像一群受惊的野雁。终于响声落定，外面的风景溢进窗来。女孩子们的笑声，呼声，溢向户外，投向石院中丰盛的阳光。

女孩子们被圣心的钟声召走后，一位身材修长的修女开始带他参观这座女子大学，且用夹英文的三明治中文，向他娓娓介绍建筑的风格。浓密的相思树丛里略带鸽灰调子的白色校舍，在半下午的艳阳中显得分外干净悦目。向阳和背光的各式墙面，交错形成雅趣的几何构图。这是一座新型的现代建筑，设计人的品味显然倾向纯净主义，那样豪爽地大量使用玻璃，引进几乎是泛滥的光。真的，现代建筑是雕刻的延长。整座校舍像一颗坦然开放的心，开向天光。当光沛然泻下，灵魂乃勃然升起。

“这是岛上最迷人的建筑了。”他赞叹说。

“谢谢你，”修女说，“这座建筑物处处埋伏着心机。每转一个弯，你就发现一个不同的雕塑品。我来这里已经两年，到现在，还没有完全看清楚。”

“恐怕天使也要迷路呢。”

她笑了一下，接着又为他推开一扇门。

“在某种意义上说来，”他得意洋洋，大发议论，“建筑家的心灵和作曲家的心灵是很相似的。前者在设计的过程中，必须同时顾到一个立体的各部分在不同的角度所呈现的形象，正如后者在经营一个交响曲时，必须在听觉的想象中，听见那么多不同的乐器各自的和综合的声音……”

“根据你的说法，”她打断他的宏论，“我们正走上这座塔楼最迷人的一弯旋律了。”

说着她领他步上一座回旋梯，从楼底攀向三楼。四壁呈圆柱形，每走一步，就改一个方向，同时也升高一级，而每升数级，肘边便开启一道垂直而狭长的窗，引进现代的也是中世纪的光。但丁啊但丁。他的心境顿然内外皆通明。肉身和灵魂休止了战争。他正想说：“这样的无阻无碍令我惊惶。”忽然发现他们已经在户外，莫遮莫拦的空间匍匐在他们脚下，那样虚无而灿烂的空间，风，吹过，光，泻过，圆圆的蓝在四周运转。他紧张地侧过脸来，准备看见，同时又害怕看见什么有翼的东西。

“你看，对岸的一草一木都这么清清楚楚。”她说。

何止是清楚！简直是透明。他觉得，只要他肯看，他可以看见任何东西和它们背面的一切。他甚至觉得，他能够看见自己的头顶和脚底，立在光中，他看得见自己的四十个影子。他兴奋地想告诉她，今天是他的生日，而她一定是一个天使，带他到这样高的地方。一定，有什么劫难就这样躲过。可是他忍住了不说，因为在蓝渺蓝茫的中央，似乎有什么启示在向他开放，只向他开放，而一落言诠，一切恐立刻会消逝。

接着他意识到，她说这里已经是河的下游，顺流而下，不远处便是海口。事实上，他只有一只耳朵在听她说话。另一只，听见的是上游的水声，是过去，是过去十八年的水声，风声。因为都市在上游，那百万人蚁聚蜂拥的都市，令人兴奋，无聊，窒息，每到雨季就令人霉腐，风季，就令人做噩梦，那都市。因为他的家，他的妻，他的小女孩们在上游，那城市，因为他的老师和学生在上游，他的学生，他的读者和听众，朋友和敌人。日落时，他仍将回到那里，因为不能不回去。天网恢恢，疏而不失。因为有一个老人坐在夕照里，等他的儿子。一个女人卧在床上，等她的丈夫。一窝白皙的女孩在梦中，梦见她们的爸爸。因为有敌人等他们争论的对手，有更多的朋友等他去输血，输信仰，输希望。因为有众多的读者，听众，学生，无形的，有形的，那些百眼兽，在等待它们的驯兽师，兽医，饲料。因为有一群猛烈的编辑埋伏在那里，一扑而上，准备舐食他的脑髓和心。有一把梳子，要收割他的落发。一柄剃刀，要刈尽他忧烦的髭须。几百亩的稿纸，要派克二十一去开垦。因为，血肉之躯，日日夜夜，谁能抵抗那许多电话，限时信，通知通知通知？危机四伏的日历，战战兢兢走过去，像走过一个布雷区。

初来岛上，那都市还是颇有田园风的小城。那时，红色计程车的蟹族尚未横行，单车骑士还有点潇洒的古典意味，他和同班的年轻骑士可以并辔疾驰，直到碧潭的桥下。回家的路上，他惯于停下来，为了贪看白鹭的那种白，稻田的那种青青。而一早，送报人便蹿进所有的巷子，“像松鼠赛跑”。夜里，按摩者的笛音由远而近，由近而渺，似乎告诉他，诗人并不是唯一无寐的心。那时，他髭须初生，和剃刀还不很亲近，领带可畏如吊索，女同学面前不肯戴眼镜。一切皆在未定之天，那样寂寞，那样年轻。

一辆火车正迤迤驶过对岸，曳着抒情的烟，向入海口的方向。那是他六年前往返驶行的一条路，每星期往返一次，而观音山就像仰卧的观音，在车窗外四起的暮色中伴他而行。这些事，在岛上发生的这一切细故琐事，当他在新大陆高速梦游的岁月，皆已轮廓模糊，今日忽然像对准了焦点的镜面，一草一木，秋毫悉现，延伸在他的面前。一刹那，他仿若立在时间的此岸，一览百里地眺视彼岸的风景。而碧澄澄的时间仍向前流着，向前面的海口，即使这样完美浑圆的一日，也将毫无痛楚地流去。不久他又将回到那城市，再度投入那大磨子，让四肢百骸七情六欲接受与生俱来的重吨碾磨。天网恢恢。人网恢恢。肺癌织成的烟网，尘网，细菌之网亦恢恢。美丽的城市啊美丽得多么危险！他庆幸河流有入海口也有两岸，城市有中心也有四郊。他庆幸有一个生日，至少有一个生日能这样度过，这颗心能跳出时间的磁场，这个灵魂能升到天使的高度，这个日子竟如此甘洌可口，像用一根细长干净的麦管，向一只蓝玻璃杯中吸金红的橙汁。他知道，像所有佳日的夕暮一样，回城的车中，一种悔恨加心怯之情，必定当面向他袭来，像刚刚参加过一位情人的葬礼。

——一九六八年十一月十一日

——选自纯文学版《焚鹤人》

# 丹佛城

## ——新西域的阳关

城，是一片孤城。山，是万仞石山。城在新的西域。西域在新的大陆。新大陆在一九六九年初秋。你问："谁是张骞？"所有的白杨都在风中摇头,萧萧。但即使新大陆也不太新了。四百年前，还是红番各族出没之地，侠隐和阿拉帕火的武士纵马扬戈，呼啸而过。然后来了西班牙人。然后来了联邦的骑兵。忽然发一声喊："黄金，黄金，黄金！"便招来汹涌的淘金潮，喊热了荒冷的西部。于是凭空矗起了奥马哈，丹佛，雷诺。最后来的是我，来教淘金人的后人如何淘如何采公元前东方的文学——另一种金矿，更贵，更深。这件事，不想就不想，一想，就叫人好生蹊跷。

一想起西域，就觉得好远，好空。新西域也是这样。科罗拉多的面积七倍于台湾，人口不到台湾的七分之一。所以西出阳关，不，我是说西出丹佛，立刻车少人稀。事实上，新西域四向竞走的现代驿道，只是千里漫漫的水泥荒原，只能行车，不可行人。往往，驶了好几十里，敻不见人，鹿，兔，臭鼬之类倒不时掠过车前。西出阳关，何止不见故人，连红人也见不到了。

只见山。在左。在右。在前。在后。在脚下。在额顶。只有山永远在那里，红人搬不走，淘金人也淘它不空。在丹佛城内，沿任何平行的街道向西，远景尽处永远是山。西出丹佛，方觉地势渐险，已惊怪石当道，才一分神，早陷入众峰的重围了。于是蔽天塞地的落矶大山连嶂竞起，交苍接黛，一似岩石在玩叠罗汉的游戏。而要判断最后是哪一尊罗汉最高，简直是不可能的。因为三盘九弯之后，你以为这下子总该登峰造极了吧，等到再转一个坡顶，才发现后面，不，上面还有一峰，在一切借口之外傲然拔起，耸一座新的挑战。这样，山外生山，石上擎石，逼得天空也让无可让了。因为这是科罗拉多，新西域的大石帝国，在这里，石是一切。落矶山是史前巨恐龙的化石，蟠蟠蜿蜿，矫乎千里，龙头在科罗拉多，犹有回首攫天吐气成云之势，龙尾一摆，伸出加拿大之外，昂成阿拉斯加。对于大石帝国而言，美利坚合众国只是两面山坡拼成，因为所谓大陆分水岭（Continental Divide），鼻梁一样，不偏不颇切过科罗拉多的州境。我说这是大石帝国，因为石中最崇高的一些贵族都簇拥在这里，成为永不退朝的宫廷。海拔一万四千英尺以上的雪峰，科罗拉多境内，就拥有五十四座，郁郁垒垒，亿万兆吨的花岗岩片麻岩在重重叠叠的青苍黯黮之上，擎起炫人眼眸的皑皑，似乎有一个冷冷的声音在上面说：“最白的即是最高。”也就难怪丹佛的落日落得特别的早，四点半钟出门，天就黑下来了。西望落矶诸峰，横障着多少重多少重的翠屏风啊！西行的车辆，上下盘旋为劳，一过下午三点，就落进一层深似一层的山影中了。

树，是一种爱攀山的生命，可是山太高时，树也会爬不上去的。秋天的白杨，千树成林，在熟得不能再熟的艳阳下，迎着已寒的山风翻动千层的黄金，映人眉眼，使灿烂的秋色维持一种动态美。世彭戏呼之为“摇钱树”，化俗为雅，且饶谐趣。譬如白杨，爬到八千多英尺，就集体停在那里，再也爬不上去了。再高，就只有针叶直干的松杉之类能够攀登。可是一旦高逾万二三千英尺，越过了所谓“森林线”(timber line)，即高贵挺拔的柏树也不胜苦寒，有时整座森林竟会秃毙在岭上，苍白的树干平行戟立得触目惊心，车过时，像检阅一长列死犹不仆的僵尸。

入山一深，感觉就显得有点异样。空气稀薄，呼吸为难，好像整座落矶山脉就压在你胸口。同时耳鸣口干，头晕目涩，暂时产生一种所谓“高眩”（vertigo）的症状。耶诞之次日，叶珊从西岸飞来山城，饮酒论诗，谈天说地，相与周旋了七夕才飞去。一下喷射机，他就百症俱发，不胜晕山之苦。他在柏克丽住了三年，那里的海拔只有七十五英尺，一听我说丹佛的高度是五二八零，他立刻心乱意迷，以后数日，一直眼花落井，有若梦游。乃知枕霞餐露，骑鹤听松等等传说，也许可以期之费长房王子乔之属，像我们这种既抛不掉身份证又缺不了特效药的凡人，实在是难可与等期啊。费长房王子乔杳不可追，倒也罢了。来到大石帝国之后，竟常常想念两位亦仙亦凡的人物：一位是李白，另一位是米芾。不提苏轼，当然有欠公平，可是高处不胜寒的人，显然是不宜上落矶山的。

至于韩愈那样“小鸡”气，上华山而不敢下，竟觳觫坐地大哭，“恐高症”显然进入三期，不来科罗拉多也罢。李白每次登高，都兴奋得很可笑也很可爱。在峨眉山顶，“余亦能高咏”的狂士，居然“不敢高声语，恐惊天上人”，真是憨得要命吧。只是跟这样的人一起驾车，安全实在可忧。我来丹佛，驾车违警的传票已经拿过四张。换了李白，斗酒应得传票百张。至于米芾那石癫，见奇石必衣冠而拜，也是心理分析的特佳对象。我想他可能患有一种“岩石意结”(rock complex)，就像屈原可能患有“花狂”(floramania)一样。石奇必拜，究竟是什么用意呢？拜它的清奇高古呢，还是拜它的头角峥嵘？拜它的坚贞不移呢，还是拜它的神骨仙姿？总之这样的石痴石癖，与登落矶大山，一定大有可观，说不定真会伏地不起，蝉蜕而成拜石教主呢。

说来说去，登高之际，生理的不适还在其次，心理的不安恐怕更难排除。人之为物，卑琐自囿得实在可怜。上了山后，于天为近，于人为远，一面兴奋莫名，飘飘自赏，一面又惶恐难喻，悚然以惊，怅然以疑。这是因为登高凌绝，灵魂便无所逃于赤裸的自然之前，而人接受伟大和美的容量是有限的，一次竟超过这限度，他就有不胜重负之感。将一握畏怯的自我，毫无保留地掷入大化，是可惧的。一滴水落入海中，是加入，还是被并吞？是加入的喜悦，还是被吞的恐惧？这种不胜之感，恐怕是所谓“恐闭症”的倒置吧。也许这种感觉，竟是放大了的“恐闭症”也说不定，因为入山既深，便成山囚，四望莫非怪石危壁，可堪一惊。因为人实在已经被文明娇养惯了，一旦拔出红尘十丈，市声四面，那种奇异的静便使他不安。所以现代人的狼狈是双重的：在工业社会里，他感到孤绝无援，但是一旦投入自然，他照样难以欣然神会。

而无论入山见山或者入山浑不见山，山总在那里是一件事实。也许踏破名山反而不如悠然见南山。时常，在丹佛市的闹街驶行，一脉青山，在车窗的一角悠然浮现，最能动人清兴。我在寺钟女子学院的办公室在崔德堂四楼。斜落而下的鳞鳞红瓦上，不时走动三五只灰鸽子，嘀嘀咕咕一下午的慵倦和温柔。偶尔，越过高高的橡树顶，越过风中的联邦星条旗和那边惠德丽教堂的联鸣钟楼，落矶诸峰起伏的山势，似真似幻地涌进窗来。在那样的距离下，雄浑的山势只呈现一勾幽渺的轮廓，若隐若现若一弦琴音。最最壮丽是雪后，晚秋的太阳分外灿明，反映在五十英里外的雪峰上，皎白之上晃荡着金红的霞光，那种精巧灵致的形象，使一切神话显得可能。

每到周末，我的车首总指向西北，因为世彭在丹佛西北廿五英里的科罗拉多大学教书，他家就在落矶山黛青的影下。那个山城就叫波德（Boulder），也就是庞然大石之义。一下了超级大道，才进市区，嵯峨峻峭的山势，就逼在街道的尽头，举起那样沉重的苍青黛绿，俯临在市镇的上空，压得你抬不起眼睫。愈行愈近，山势愈益耸起，相对的，天空也愈益缩小，终于巨岩争立，绝壁削面而上，你完完全全暴露在眈眈的巉崄之中。每次进波德，我都要猛吸一口气，而且坐得直些。

到了山脚下的杨宅，就像到了家里一样，不是和世彭饮酒论戏（他是科大的戏剧教授），便是和他好客的夫人惟全摊开楚河汉界，下一盘象棋。晚餐后，至少还有两顿消夜，最后总是以鬼故事结束。子夜后，市镇和山都沉沉睡去，三人才在幢幢魅影之中，怵然上楼就寝。他们在楼上的小书房里，特为我置了一张床，我戏呼之为“陈蕃之榻”。戏剧教授的书房，不免挂满各式面具。京戏的一些，虽然怒目横眉，倒不怎么吓人，唯有一张歌舞伎的脸谱，石灰白的粉面上，一对似笑非笑的细眼，红唇之间嚼着一抹非齿非舌的墨黑的什么，妩媚之中隐隐含着狰狞。只要一进门，她的眼睛就停在我的脸上，眯得我背脊发麻。所以第一件事就是把她取下来，关到抽屉里去。然后在落矶山隐隐的鼾息里，告诉自己这已经够安全了，才勉强裹紧了毛毡入睡。第二天清晨，拉开窗帷，一大半是山，一小半是天空。而把天挤到一边去的，是屹屹于众山之上和白雾之上的奥都本峰，那样逼人眉睫，好像一伸臂，就染得你满手的草碧苔青。从波德出发，我们常常深入落矶山区。九月间，到半山去看白杨林子，在风里炫耀黄金，回来的途中，系一枝白杨在汽车的天线上，算是俘虏了几片秋色。中秋节的午夜，我们一直开到山顶，在盈耳的松涛中，俯瞰三千英尺下波德的夜市。也许是心理作用，那夜的月色特别清亮，好像一抖大衣，便能抖落一地的水银。山的背后是平原是沙漠是海，海的那边是岛，岛的那边是大陆，旧大陆上是长城是汉时关秦时月。但除了寂寂的清辉之外，头顶的月什么也没说。抵抗不住高处的冷风，我们终于躲回车中，盘盘旋旋，开下山来。

月下的山峰，景色的奇幻，只有雪中的山峰可以媲美。先是世彭说了一个多月，下雪天一定要去他家，围着火锅饮酒听戏，然后踏雪上山，看结满坚冰的湖和山涧。他早就准备了酒，花生和一大锅下酒菜，偏偏天不下雪。然后十月初旬的一个早晨，在异样的寂静中醒来，觉得室内有一种奇幻的光。然后发现那只是一种反射，一层流动的白光浮漾在天花板上。四周阒阒寞寞，下面的街上更无一点车声。心知有异，立刻披衣起床。一拉窗帷，那样一大幅皎白迎面给我一掴，打得我猛抽一口气。好像是谁在一挥杖之间，将这座钢铁为筋水泥为骨的丹佛城吹成了童话的魔境，白天白地，冷冷的温柔覆盖着一切。所有的树都枝柯倒悬如垂柳，不胜白天鹅绒的重负。而除了几缕灰烟从人家烟囱的白烟斗里袅袅升起之外，茫然的白毫无遗憾的白将一切的一切网在一片惘然的忘记之中，目光尽处，落矶山峰已把它重吨的沉雄和苍古羽化为几两重的一盘奶油蛋糕,好像一只花猫一舐就可以舐净那样。白。白。白。白外仍然是白外仍然是不分郡界不分州界的无疵的白，那样六角的结晶体那样小心翼翼的精灵图案一寸一寸地接过去接成千里的虚无什么也不是的美丽，而新的雪花如亿万个降落伞似的继续在降落，降落在落矶山的蛋糕上那边教堂的钟楼上降落在人家电视的天线上最后降落在我没戴帽子的发上。当我冲上街去张开双臂几乎想大嚷一声结果只喃喃地说："冬啊冬啊你真的来了我要抱一大捧回去装在航空信封里寄给她一种温柔的思念美丽的求救信号说我已经成为山之囚后又成为雪之囚白色正将我围困。"雪花继续降落，蹑手蹑脚，无声地依附在我的大衣上。雪花继续降落，像一群伶俐的精灵在跟我捉迷藏，当我发动汽车，用雨刷子来回驱逐挡风玻璃上的积雪。

最过瘾是在第二天，当积雪的皑皑重负压弯了枫榆和黑橡的枝丫，且造成许多断柯。每条街上都多少纵横着一些折枝，汽车迂回绕行其间，另有一种雅趣。行过两线分驶的林荫大道，下面溅起炙炙响的雪水，上面不时有零落的雪块自高高的枝丫上滑下，砰然落在车顶，或堕在挡风玻璃上，扬起一阵飞旋的白霰。这种美丽的奇袭最能激人豪兴，于是在加速的驶行中我吆喝起来，亢奋如一个马背的牧人。也曾在五湖平原的密歇根冻过两个冰封的冬季，那里的雪更深，冰更厚，却没有这种奇袭的现象，因为中西部下雪，总在感恩节的附近，到那时秋色已老，叶落殆尽，但余残枝，因此雪的负荷不大。丹佛城高一英里，所谓高处不胜寒，一到九月底十月初，就开始下起雪来，有的树黄叶未落，有的树绿叶犹繁，乃有折枝满林断柯横道的异景。等到第三天，积雪成冰，枝枝丫丫就变成一丛丛水晶的珊瑚，风起处，琅琅相击有声。冰柱从人家的屋檐上倒垂下来，扬杖一挥，乒乒乓乓便落满一地的碎水晶。我的白车车首也悬满冰柱，看去像一只乱髭鬑鬑的大号白猫，狼狈而可笑。

高处不胜寒，孤峙在新西域屋顶上的丹佛城，入秋以来，已然受到九次风雪的袭击。雪大的时候，丹佛城瑟缩在零下的气温里，如临大敌，有人换上雪胎，有人在车胎上加上铁链，辚辚辘辘，有一种重坦克压境的声威。州公路局的扫雪车全部出动，对空降的冬之白旅展开防卫战，在除雪之外，还要向路面的顽雪坚冰喷沙撒盐，维持数十万辆汽车的交通。我既不换雪胎，更不能忍受铁链铿铿对耳神经的迫害，因此几度陷在雪泥深处，不得不借路人之力，或者招来庞然如巨型螳螂的拖车，克服美丽而危险的“白祸”。当然，这种不设防的汽车，只能绕着丹佛打转。上了万尺的雪山，没有雪胎铁链，守关人就要阻止你前进。真正大风雪来袭的时候，地面积雪数尺，空中雪扬成雾，百里茫茫，公路局就要在险隘的关口封山，于是一切车辆，从横行的黄貂鱼到猛烈的美洲豹到排天动地而来体魄修伟像一节火车车厢的重吨大卡车，都只能偃然冬蛰了。

就在第九次风雪围攻丹佛的开始，叶珊从西海岸越过万仞石峰飞来这孤城。可以说，他是骑在雪背上来的，因为从丹佛国际机场接他出来不到两分钟，那样轻巧的白雨就那样优优雅雅舒舒缓缓地下下来了。叶珊大为动容，说自从别了爱奥华，已经有三年不见雪了。我说爱奥华的那些往事提它做什么，现在来了山国雪乡，让我们好好聊一聊吧。当晚钟玲从威斯康辛飞来，我们又去接她，在我的楼上谈到半夜，才冒着大雪送她回旅店。那时正是耶诞期间，现代语文协会在丹佛开年会，英文，法文，德文，意大利文，西班牙文，甚至中文日文的各种语文学者，来开会的多到八千人，一时咬牙切齿，喃喃喊喊，好像到了拜波之塔一样。第二天，叶珊正待去开会，我说："八千学者，不缺你一个，你不去，就像南极少了一头企鹅，谁晓得！"叶珊为他的疏懒找到一个遁词，心安理得，果然不甚出动，每天只是和我孵在一起，到了晚上，便燃起钟玲送我的茉莉蜡烛，一更，二更，三更，直聊到舌花谢尽眼花灿烂才各自爬回床去。临走前夕，为了及时送他去乘次晨七时的飞机，我特地买了一架华美无比的西德闹钟，放在他枕边。不料到时它完全不闹，只好延到第二天走。凭空多出来的一天，雪霁云开，碧空金阳的晴冷气候，爽朗得像一个北欧佳人。我载叶珊南下珂泉，去瞻仰有名的"众神乐园"。车过梁实秋闻一多的母校，叶珊动议何不去翻查两位前贤的"底细"，我笑笑说："你算了吧。"第二天清晨，闹钟响了，我的客人也走了。地上一排空酒瓶子，是他七夕的成绩。而雪，仍然在下着。

等到刘国松挟四十幅日月云烟也越过大哉落矶飞落丹佛时，第九场雪已近尾声了。身为画家，国松既不吸烟，也不饮酒，甚至不胜啤酒，比我更清教。我常笑他不云不雨，不成气候。可是说到饕餮，他又胜我许多。于是风自西北来，吹来世彭灶上的饭香，下一刻，我们的白车便在丹佛波德间的公路上疾驶了。到波德正是半下午的光影，云翳寒日，已然西倾。先是前几天世彭和我踹着新雪上山，在皓皓照人的绝壁下，说这样的雪景，国松应该来膜拜一次才对。现在画家来了，我们就推他入画。车在势蟠龙蛇黛黑纠缠着皎白的山道上盘旋上升，两侧的冰壁上淡淡反映冷冷的落晖。寂天寞地之中，千山万山都陷入一种清癯而古远的冷梦，像在追忆冰河期的一些事情。也许白发的朗士峰和劳伦斯峰都在回忆，六千万年以前，究竟是怎样孔武的一双手，怎样肌腱勃怒地一引一推，就把它们拧得这样皱成一堆，鸟在其中，兔和松鼠和红狐和山羊在其中，松柏和针枞和白杨在其中，科罗拉多河阿肯索河诞生在其中。道旁的乱石中，山涧都已结冰，偶然，从一个冰窟窿底，可以隐隐窥见，还没有完全冻死的涧水在下面琤琤琮琮地奔流，向暖洋洋的海。一个戴遮耳皮帽的红衣人正危立在悬崖上，向乱石堆中的几只啤酒瓶练靶，枪声瑟瑟，似乎炸不响凝冻的寒气，只擦出一条尖细的颤音。

转过一个石岗子，眼前豁然一亮，万顷皑皑将风景推拓到极远极长，那样的空阔白颤颤地刷你的眼睛。在猛吸的冷气中，一瞬间，你幻觉自己的睫毛都冻成了冰柱。下面，三百英尺下平砌着一面冰湖，从此岸到彼岸，一抚十英里的湖面是虚无的冰，冰，冰上是空幻的雪，此外一无所有，没有天鹅，也没有舞者。只有冷然的音乐，因为风在说，这里是千山啊万山的心脏，一片冰心，浸在白玉的壶里。如此而已，更无其他。忽然，国松和世彭发一声喊，挥臂狂呼像叫阵的印第安人，齐向湖面奔去。雪，还在下着。我立在湖岸，把两臂张到不可能的长度，就在那样空无的冰空下，一刹间，不知道究竟要拥抱天，拥抱湖，拥抱落日，还是要拥抱一些更远更空的什么，像中国。

——一九七〇年一月于丹佛

——选自纯文学版《焚鹤人》

# 山盟

山，在那上面等他。从一切历书以前，峻峻然，巍巍然，从五行和八卦以前，就在那上面等他了。树，在那上面等他。从汉时云秦时月从战国的鼓声以前，就在那上面。就在那上面等他了，虬虬蟠蟠，那原始林。太阳，在那上面等他。赫赫洪洪荒荒。太阳就在玉山背后。新铸的古铜锣。当的一声轰响，天下就亮了。

这个约会太大，大得有点像宗教。一边是，山，森林，太阳，另一边，仅仅是他。山是岛的贵族，正如树是山的华裔。登岛而不朝山，是无礼。这山盟，一爽竟爽了二十年。其间他曾经屡次渡海，膜拜过太平洋和巴士海峡对岸，多少山。在科罗拉多那山国一闭就闭了两年，海拔一英里之上，高高晴晴冷冷，是六百多天的乡愁。一万四千英尺以上的不毛高峰，狼牙交错，白森森将他禁锢在里面，远望也不能当归，高歌也不能当泣。他成了世界上最高的浪子，石囚。只是山中的岁月，太长，太静了，连摇滚乐的电吉打也不能一声划破。那种高高在上的岑寂，令他不安。一场大劫正蹂躏着东方，多少族人在水里，火里，唯独他学桓景登高避难，过了两个重九还不下山。

春秋佳日，他常常带了四个小女孩去攀落矶山。心惊胆战，脚麻手酸，好不容易爬到峰巅。站在一丛丛一簇簇的白尖白顶之下，反而怅然若失了。爬啊爬啊爬到这上面来了又怎么样呢？四个小女孩在新大陆玩得很高兴。她们只晓得新大陆,不晓得旧大陆。“问君西游何时还?畏途巉岩不可攀。”忽然他觉得非常疲倦。体魄魁梧的昆仑山，在远方喊他。母亲喊孩子那样喊他回去，那昆仑山系，所有横的岭侧的峰，上面所有的神话和传说。落矶山美是美雄伟是雄伟，可惜没有回忆没有联想不神秘。要神秘就要峨眉山五台山普陀山武当山青城山华山庐山泰山，多少寺多少塔多少高僧，隐士，豪侠。那一切固然令他神往，可是最最萦心的，是噶达素齐老峰。那是昆仑山之根，黄河之源。那不是朝山，是回家，回到一切的开始。有一天应该站在那上面,下面摊开整幅青海高原，看黄河，一条初生的脐带，向星宿海吮取生命。他的魂魄，就化成一只雕，向山下扑去。浩大圆浑的空间，旋，令他目眩。

那只是，想想过瘾罢了。山不转路转，路不转人转。七四七才是一只越洋大雕，把他载回海岛。一九七二年。昆仑山仍在神话和云里。黄河仍在诗经里流着。岛有岛神,就先朝岛上的名山吧。

上山那一天，正碰上寒流，气温很低。他们向冷上加冷的高处出发。朱红色的小火车冲破寒雾,在渐渐上升的轨道上奔驰起来，不久，嘉义城就落在背后的平原上了。两侧的甘蔗田和香蕉变成相思树和竹林。过了竹崎，地势渐高渐险，轨旁的林木也渐渐挺直起来，在已经够陡的坡上，将自己拔向更高的空中。最后，车窗外升起铁杉和扁柏，像十里苍苍的仪队，在路侧排开。也许怕风景不够柔媚，偶尔也亮起几树流霞一般明艳的重复樱花，只是惊喜的一瞥，还不够为车道镶一条花边。

路转峰回，小火车呜呜然在狭窄的高架桥上驰过。隔着车窗，山谷愈来愈深，空空茫茫的云气里，脚下远远的，只浮出几丛树尖，下临无地，好令人心悸。不久，黑黝黝的山洞一口接一口来吞噬他们的火车。他们被咽进了山的盲肠里，汽笛的惊呼在山的内脏里回荡复回荡。阿里山把他们吞进去吞进去又吐出来，算是朝山之前的小小磨炼。后来才发现，山洞一共四十九条，窄桥一共八十九座。一关关闯上去，很有一点《西游记》的味道。

过了十字路，山势益险，饶它是身材窈窕的迷你红火车，到三千多英尺的高坡上，也回身乏术了。不过，难不倒它。行到绝处，车尾忽然变成车头，以退为进，潇潇洒洒，循着Z字形 zigzagzig 那样倒溜冰一样倒上山去。同时森林愈见浓密，枝叶交叠的翠盖下，难得射进一隙阳光。浓影所及，车厢里的空气更觉得阴冷逼人。最后一个山洞把他们吐出来，洞外的天蓝得那样彻底，阿里山，已经在脚下了。

终于到了阿里山宾馆，坐在餐厅里。巨幅玻璃窗外，古木寒山，连绵不绝的风景匍匐在他的脚下。风景时时在变，白云怎样回合群峰就怎样浮浮沉沉像嬉戏的列岛。一队白鸽在谷口飞翔，有时退得远远的，有时浪沫一样地忽然卷回来。眺者自眺，飞者自飞。目光所及，横卧的风景手卷一般展过去展过去展开米家霭霭的烟云。他不知该餐脚下的翠微，或是，回过头来，满桌的人间烟火。山中清纯如酿的空气，才吸了几口，饥意便在腹中翻腾起来。他饿得可以餐赤松子之霞，饮麻姑之露。

“爸爸，不要再看了。”佩佩说。

“再不吃，獐肉就要冷了。”咪也在催。

回过头来，他开始大嚼山珍。

午后的阳光是一种黄澄澄的幸福，他和矗立的原始林和林中一切鸟一切虫自由分享。如果他有那样一把剪刀，他真想把山上的阳光剪一方带回去，挂在他们厦门街的窗上，那样，雨季就不能围困他了。金辉落在人肌肤上，干爽而温暖，可是四周的空气仍然十分寒冽，吸进肺去，使人神清意醒，有一种要飘飘升起的感觉。当然，他并没有就此飞逸，只是他的眼神随昂昂的杉柏从地面拔起，拔起百尺的尊贵和肃穆之上，翠矗青盖之上，是蓝空，像传说里要我们相信的那样酷蓝。

而且静。海拔七千英尺以上那样的，万籁沉淀到底，阒寂的隔音。值得歌颂的，听觉上全然透明的灵境。森林自由自在地行着深呼吸。柏子闲闲落在地上。绿鸠像隐士一样自管自地吟啸。所以耳神经啊你就像琴弦那么松一松吧今天轮到你休假。没有电铃会奇袭你的没有电话没有喇叭会施刑。没有车要躲灯要看没有繁复的号码要记没有钟表。就这么走在光洁的青板石道上，听自己清清楚楚的足音，也是一种悦耳的音乐。信步所之，要慢，要快，或者要停。或者让一只蚂蚁横过，再继续向前。或者停下来，读一块开裂的树皮。

或者用惊异的眼光，久久，向僵毙的断树桩默然致敬。整座阿里山就是这么一所户外博物馆，到处暴露着古木的残骸。时间，已经把它们雕成神奇的艺术。虽死不朽，丑到极限竟美了起来。据说，大半是日治时代伐余的红桧巨树，高贵的躯干风中雨中不知矗立了千年百年，砉砉的斧斤过后，不知在什么怀乡的远方为栋为梁，或者凌迟寸磔，散作零零星星的家具器皿。留下这一盘盘一埼埼硕老无朋的树根，夭矫顽强，死而不仆，而日起月落秦风汉雨之后，虬蟠纠结，筋骨尽露的指爪，章鱼似的，犹紧紧抓住当日哺乳的后土不放。霜皮龙鳞，肌理纵横，顽比锈铜废铁，这些久僵的无头尸体早已风化为树精木怪。风高月黑之夜，可以想见满山蠢蠢而动，都是这些残缺的山魈。

幸好此刻太阳犹高，山路犹有人行。艳阳下，有的树桩削顶成台，宽大可坐十人。有的扭曲回旋，畸陋不成形状。有的枯木命大，身后春意不绝，树中之王一传而至二世，再传而至三世，发为三代同堂，不，同根的奇观。先主老死枯槁，蚀成一个巨可行牛的空洞；父王的僵尸上，却亭亭立着青翠的王子。有的昂然庞然，像一个象头，鼻牙嵯峨，神气俨然。更有一些断首缺肢的巨桧，狞然戟刺着半空，犹不甘忘却，谁知道几世纪前的那场暴风雨，劈空而来，横加于他的雷殛。

正嗟叹间，忽闻重物曳引之声，沉甸甸地，碾地而来。异声愈来愈近，在空山里激荡相磨，很是震耳。他外文系出身，自然而然想起凯兹奇尔的仙山中，隆隆滚球为戏的那群怪人。大家都很紧张。小女孩们不安地抬头看他。碾声更近了。隔着繁密的林木，看见有什么走过来。是——两个人。两个血色红润的山胞，气喘咻咻地拖着直径几约两英尺的一截木材，碾着青石板路跑来。怪不得一路上尽是细枝横道，每隔尺许便置一条。原来拉动木材，要靠它们的滑力。两个壮汉哼哼哈哈地曳木而过，脸上臂上，闪着亮油油的汗光。

姐妹潭一掬明澄的寒水，浅可见底。迷你小潭，传说着阿里山上两姐妹殉情的故事。管它是不是真的呢，总比取些道貌可憎的名字好吧。

“你们四姐妹都丢个铜板进去，许个愿吧。”

“看你做爸爸的，何必这么欧化？”

“看你做妈妈的，何必这么缺乏幻想。管它。山神有灵，会保佑她们的。”

珊珊、幼珊、佩珊，相继投入铜币。眼睛闭起，神色都很庄重，丢罢，都绽开满意的笑容。问她们许些什么大愿时，一个也不肯说。也罢。轮到最小的季珊，只会嬉笑，随随便便丢完了事。问她许的什么愿，她说，我不知道，姐姐丢了，我就要丢。

他把一枚铜币握在手边，走到潭边，面西而立，心中暗暗祷道：“希望有一天能把这几个小姐妹带回家去，带回她们真正的家，去踩那一片博大的后土。新大陆，她们已经去过两次，玩过密歇根的雪，涉过落矶山的溪，但从未被长江的水所祝福。希望，有一天能回到后土上去朝山，站在全中国的屋脊上，说，‘看啊，黄河就从这里出发，长江就在这里吃奶。’要是可能，给我七十岁或者六十五，给我一间草庐，在庐山，或是峨眉山上，给我一根藤杖，一卷七绝，一个琴僮，几位棋友和许多猴子许多云许多鸟。不过这个愿许得太奢侈了。阿里山神啊，能为我接通海峡对面，五岳千峰的大小神明吗？”

姐妹潭一展笑靥，接去了他的铜币。

“爸爸许得最久了。”幼珊说。

“到了那一天，无论你们嫁到多远的地方去，也不管我的事了。”他说。

“什么意思吗？”

“只有猴子做我的邻居。”他说。

“哎呀好好玩！”

“最后，我也变成一只——千年老猿。像这样。”他做出欲攫季珊的姿态。

“你看爸爸又发神经了。”

慈云寺缺乏那种香火庄严禅房幽深的气氛。岛上的寺庙大半如此，不说也罢。倒是那所“阿里山森林博物馆”，规模虽小，陈设也简陋单调，离国际水准很远，却朴拙天然，令人觉得可亲。他在那里面很低回了一阵。才一进馆,颈背上便吹来一股肃杀的冷气。昂过头去。高高的门楣上，一把比一把狞恶，排列着三把青锋逼人的大钢锯。森林的刽子手啊，铁杉与红桧都受害于你们的狼牙。堂下陈列着阿里山五木的平削标本，从浅黄到深灰，色泽不一，依次是铁杉、峦大杉、台湾杉、红桧、扁柏。露天走廊通向陈列室。阿里山上的飞禽走兽，从云豹、麂、山猫、野山羊、黄鼠狼到白头鼯鼠，从绿鸠、蛇鹰到黄鱼鸮，莫不展现它们生命的姿态。一个玻璃瓶里，浮着一具小小的桃花鹿胚胎，白色的胎衣里，鹿婴的眼睛还没有睁开。令他低回的，不是这些，是沿着走廊出来，堂上庞然供立，比一面巨鼓还要硕大的，一截红桧木的横剖面。直径宽于一只大鹰的翼展，堂堂的木面竖在那里，比人还高。树木高贵的族长，它生于宋神宗熙宁十年，也就是公元一〇七七年。民国元年（一九一二年),也就是日本明治四十五年,日本人采伐它,千里迢迢,运去东京修造神社。想行刑的那一天,须髯临风,倾天柱,倒地根，这长老长啸仆地的时候，已经有八百三十五岁的高龄了。一个生命,从北宋延续到清末,成为中国历史的证人。他伸出手去,抚摸那伟大的横断面。他的指尖溯帝王的朝代而入，止于八百多个同心圆的中心。多么神秘的一点，一个崇高的生命便从此开始。那时苏轼正是壮年，宋朝的文化正盛开，像牡丹盛开在汴梁，欧阳修墓土犹新，黄庭坚周邦彦的灵感犹畅。他的手指按在一个古老的春天上。美丽的年轮轮回着太阳的光圈，一圈一圈向外推开，推向元，推向明，推向清。太美了。太奇妙了。这些黄褐色的曲线，不是年轮，是中国脸上的皱纹。推出去，推向这海岛的历史。哪，也许是这一圈来了葡萄牙人的三桅战船。这一年春天，红毛鬼闯进了海峡。这一年，国姓爷的楼船渡海东来。大概是这一圈杀害了吴凤。有一年龙旗降下升起太阳旗。有一年他自己的海轮来泊在基……不对不对，那是最外的一圈之外了，哪，大约在这里。他从古代的梦中，醒来，用手指划着虚空。

“爸爸，你在干什么呀？”季珊抬头看着他。

他抓住她的小手指，从外向内数，把她的指尖按在第十六圈上。

“公公就是这一年。”他说。

“公公这一年怎么啦？”她问。

走回宾馆，太阳就下山了。宋朝以前就是这样子，汉以前周以前就是这太阳，神农和燧人以前。在那尊巨红桧的心中，春来春去，画了八百圈年轮的长老，就是这太阳。在他眼中，那红桧和岛上一切的神木，都像小孩子一样幼稚吧。后羿留给我们的，这太阳。

此刻他正向谷口落下去，像那巨红桧小时候看见的那样，缓缓落了下去。千树万树，在无风的岑寂中肃立西望，参加一幕壮丽无比的葬礼。火葬烧着半边天。宇宙在降旗。一轮橙红的火球降下去，降下去，圆得完美无憾的火球啊怪不得一切年轮都是他的模仿因为太阳造物以他自己的形象。

快要烧完了。日轮半陷在暗红的灰烬里，愈沉愈深。山口外，犹有殿后的霞光在抗拒四周的夜色，横陈在地平线上的，依次是惊红骇黄怅青惘绿和深不可泳的诡蓝渐渐沉溺于苍黛。怔望中，反托在空际的林影全黑了下来。

最后，一切都还给纵横的星斗。

但是太阳会收复世界的，在玉山之巅。在崦嵫山里这只火凤凰会铸冶新的光芒。高处不胜苦寒。他在两条厚毛毯里，瑟缩犹难入梦，盘盘旋旋的山路，还在腿上作麻。夜，太静了。毛黑茸茸的森林似乎有均匀的鼾息。不要错过日出不要，他一再提醒自己。我要亲自看神怎样变戏法，那只火凤凰怎样突破蛋黄怎样飞起来，不要错过不要。他似乎枕在一座活火山上，有一种美丽的不安。梦是一床太短的被，无论如何也盖不完满。约会女友的前夕，从前，也有过这症状。无以名之，叫它做幸福症吧。睡吧睡吧不要真错过了不要。

走到祝山顶上，已经是六点半了。虽然是华氏四十度的气温，大家都喘着气，微有汗意。脸上都红彤彤的，“阿里山的姑娘”，他戏呼她们。天色透出鱼肚白，群峰睡意尚未消尽。雾气在下面的千壑中聚集。没有风。只有一只鸟，在新鲜的静寂中试投着它的清音。啾啾唧啾啾唧啭啭唧唧。屏息地期待中，东方的天壁已经炙红了一大片。“快起来了，快起来了。”他回过头去，观日楼下的广场上，已然麇集了百多位观众，在迎接太阳的诞生。已经冻红的脸上，更反映着熊熊的霞光。

“上来了！”

“上来了！”

“太阳上来了上来了！”

浩阔的空间引爆出一阵集体的欢呼。就在同时，巍峨的玉山背后，火山猝发一样迸出了日头，赤金晃晃，千臂投手向他们投过来密密集集的标枪。失声惊呼的同时，一阵刺痛，他的眼睛也中了一枪。簇簇的光，簇新簇新的光，刚刚在太阳的丹炉里炼成，猬集他一身。在清虚无尘的空中飞啊飞啊飞了八分钟，扑到他身上这簇光并未变冷。巨铜锣玉山上捶了又捶，神的噪音金熔熔的赞美诗火山熔浆一样滚滚而来，观礼的凡人全擎起双臂忘了这是一种无条件降服的仪式在海拔七千英尺以上。一座峰接一座峰在接受这样灿烂的祝福，许多绿发童子在接受那长老摩挲头颅。不久，福建和浙江也将天亮。然后是湖北和四川。庐山与衡山。秦岭与巴山。然后是漠漠的青海高原。溯长江溯黄河而上噫吁戏危乎高哉天苍苍野茫茫的昆仑山天山帕米尔的屋顶。太阳抚摸的，有一天他要用脚踵去膜拜。

可是他不能永远这样许下去，这长愿。四个小女孩在那边喊他。小红火车在高高的站上喊他，因为嘉义在下面的平原上喊小红火车。该回家了，许多声音在下面那世界喊他。许多街许多巷子许多电话电铃许多开会的通知限时信。许多电梯许多电视天线在许多公寓的屋顶。许多许多表格在阴暗的许多抽屉等许多图章的打击。第二手的空气。第三流的水。无孔不入无坚不摧，文明的赞美诗，噪音。什么才是家呢？他属于下面那世界吗？

火车引吭高呼。他们下山了。六千英尺。五千五。五千。他的心降下去，四十九个洞。八十九座桥。煞车的声音起自铁轨，令人心烦。把阿里山还给云豹。还给鹰和鸠。还给太阳和那些森林。荷兰旗。日本旗。森林的绿旌绿帜是不降的旗。四十九个洞。千年亿年。让太阳在上面画那些美丽的年轮。

——一九七二年二月廿八日

——选自九歌版《听听那冷雨》

# 听听那冷雨

惊蛰一过，春寒加剧。先是料料峭峭，继而雨季开始，时而淋淋漓漓，时而淅淅沥沥，天潮潮地湿湿，即连在梦里，也似乎把伞撑着。而就凭一把伞，躲过一阵潇潇的冷雨，也躲不过整个雨季。连思想也都是潮润润的。每天回家，曲折穿过金门街到厦门街迷宫式的长巷短巷，雨里风里，走入霏霏令人更想入非非。想这样子的台北凄凄切切完全是黑白片的味道，想整个中国整部中国的历史无非是一张黑白片子，片头到片尾，一直是这样下着雨的。这种感觉，不知道是不是从安东尼奥尼那里来的。不过那一块土地是久违了，二十五年，四分之一的世纪，即使有雨，也隔着千山万山，千伞万伞。二十五年，一切都断了，只有气候，只有气象报告还牵连在一起。大寒流从那块土地上弥天卷来，这种酷冷吾与古大陆分担。不能扑进她怀里，被她的裾边扫一扫吧也算是安慰孺慕之情。

这样想时，严寒里竟有一点温暖的感觉了。这样想时，他希望这些狭长的巷子永远延伸下去，他的思路也可以延伸下去，不是金门街到厦门街，而是金门到厦门。他是厦门人，至少是广义的厦门人，二十年来，不住在厦门，住在厦门街，算是嘲弄吧，也算是安慰。不过说到广义，他同样也是广义的江南人，常州人，南京人，川娃儿，五陵少年。杏花春雨江南，那是他的少年时代了。

再过半个月就是清明。安东尼奥尼的镜头摇过去,摇过去又摇过来。残山剩水犹如是。皇天后土犹如是。纭纭黔首纷纷黎民从北到南犹如是。那里面是中国吗?那里面当然还是中国永远是中国。只是杏花春雨已不再,牧童遥指已不再,剑门细雨渭城轻尘也都已不再。然则他日思夜梦的那片土地,究竟在哪里呢?

在报纸的头条标题里吗?还是香港的谣言里?还是傅聪的黑键白键马思聪的跳弓拨弦?还是安东尼奥尼的镜底勒马洲的望中?还是呢,故宫博物院的壁头和玻璃橱内,京戏的锣鼓声中太白和东坡的韵里?

杏花。春雨。江南。六个方块字,或许那片土就在那里面。而无论赤县也好神州也好中国也好,变来变去,只要仓颉的灵感不灭美丽的中文不老,那形象,那磁石一般的向心力当必然长在。因为一个方块字是一个天地。太初有字,于是汉族的心灵他祖先的回忆和希望便有了寄托。譬如凭空写一个“雨”字,点点滴滴,滂滂沱沱,淅沥淅沥淅沥,一切云情雨意,就宛然其中了。视觉上的这种美感,岂是什么 rain 也好 pluie 也好所能满足?翻开一部《辞源》或《辞海》,金木水火土,各成世界,而一入“雨”部,古神州的天颜千变万化,便悉在望中,美丽的霜雪云霞,骇人的雷电霹雹,展露的无非是神的好脾气与坏脾气,气象台百读不厌门外汉百思不解的百科全书。

听听,那冷雨。看看,那冷雨。嗅嗅闻闻,那冷雨,舔舔吧那冷雨。雨在他的伞上这城市百万人的伞上雨衣上屋上天线上雨下在基隆港在防波堤在海峡的船上，清明这季雨。雨是女性，应该最富于感性。雨气空濛而迷幻，细细嗅嗅，清清爽爽新新，有一点点薄荷的香味，浓的时候，竟发出草和树沐发后特有的淡淡土腥气，也许那竟是蚯蚓和蜗牛的腥气吧，毕竟是惊蛰了啊。也许地上的地下的生命也许古中国层层叠叠的记忆皆蠢蠢而蠕，也许是植物的潜意识和梦吧，那腥气。

第三次去美国，在高高的丹佛他山居了两年。美国的西部，多山多沙漠，千里干旱，天，蓝似安格罗·萨克逊人的眼睛，地，红如印第安人的肌肤，云，却是罕见的白鸟。落矶山簇簇耀目的雪峰上，很少飘云牵雾。一来高，二来干，三来森林线以上，杉柏也止步，中国诗词里“荡胸生层云”，或是“商略黄昏雨”的意趣，是落矶山上难睹的景象。落矶山岭之胜，在石，在雪。那些奇岩怪石，相叠互倚，砌一场惊心动魄的雕塑展览，给太阳和千里的风看。那雪，白得虚虚幻幻，冷得清清醒醒，那股皑皑不绝一仰难尽的气势，压得人呼吸困难，心寒眸酸。不过要领略“白云回望合，青霭入看无”的境界，仍须回来中国。台湾湿度很高，最饶云气氤氲雨意迷离的情调。两度夜宿溪头，树香沁鼻，宵寒袭肘，枕着润碧湿翠苍苍交叠的山影和万籁都歇的岑寂，仙人一样睡去。山中一夜饱雨，次晨醒来，在旭日未升的原始幽静中，冲着隔夜的寒气，踏着满地的断柯折枝和仍在流泻的细股雨水，一径探入森林的秘密，曲曲弯弯，步上山去。溪头的山，树密雾浓，蓊郁的水汽从谷底冉冉升起，时稠时稀，蒸腾多姿，幻化无定，只能从雾破云开的空处，窥见乍现即隐的一峰半壑，要纵览全貌，几乎是不可能的。至少入山两次，只能在白茫茫里和溪头诸峰玩捉迷藏的游戏，回到台北，世人问起，除了笑而不答心自闲，故作神秘之外，实际的印象，也无非山在虚无之间罢了。云缭烟绕，山隐水迢的中国风景，由来予人宋画的韵味。那天下也许是赵家的天下，那山水却是米家的山水。而究竟，是米氏父子下笔像中国的山水，还是中国的山水上纸像宋画。恐怕是谁也说不清楚了吧?

雨不但可嗅，可观，更可以听。听听那冷雨。听雨，只要不是石破天惊的台风暴雨，在听觉上总是一种美感。大陆上的秋天，无论是疏雨滴梧桐，或是骤雨打荷叶，听去总有一点凄凉，凄清，凄楚，于今在岛上回味，则在凄楚之外，更笼上一层凄迷了。饶你多少豪情侠气，怕也经不起三番五次的风吹雨打。一打少年听雨，红烛昏沉。两打中年听雨，客舟中，江阔云低。三打白头听雨在僧庐下，这便是亡宋之痛，一颗敏感心灵的一生:楼上，江上，庙里，用冷冷的雨珠子串成。十年前，他曾在一场摧心折骨的鬼雨中迷失了自己。雨，该是一滴湿漓漓的灵魂，窗外在喊谁。

雨打在树上和瓦上，韵律都清脆可听。尤其是铿铿敲在屋瓦上，那古老的音乐，属于中国。王禹偁在黄冈，破如椽的大竹为屋瓦。据说住在竹楼上面，急雨声如瀑布，密雪声比碎玉，而无论鼓琴，咏诗，下棋，投壶，共鸣的效果都特别好。这样岂不像住在竹筒里面，任何细脆的声响，怕都会加倍夸大，反而令人耳朵过敏吧。

雨天的屋瓦，浮漾湿湿的流光，灰而温柔，迎光则微明，背光则幽暗，对于视觉，是一种低沉的安慰。至于雨敲在鳞鳞千瓣的瓦上，由远而近，轻轻重重轻轻，夹着一股股的细流沿瓦槽与屋檐潺潺泻下，各种敲击音与滑音密织成网，谁的千指百指在按摩耳轮。“下雨了。”温柔的灰美人来了，她冰冰的纤手在屋顶拂弄着无数的黑键啊灰键，把晌午一下子奏成了黄昏。

在古老的大陆上，千屋万户是如此。二十多年前，初来这岛上，日式的瓦屋亦是如此。先是天暗了下来，城市像罩在一块巨幅的毛玻璃里，阴影在户内延长复加深。然后凉凉的水意弥漫在空间，风自每一个角落里旋起，感觉得到，每一个屋顶上呼吸沉重都覆着灰云。雨来了，最轻的敲打乐敲打这城市，苍茫的屋顶，远远近近，一张张敲过去，古老的琴，那细细密密的节奏，单调里自有一种柔婉与亲切，滴滴点点滴滴，似幻似真，若孩时在摇篮里，一曲耳熟的童谣摇摇欲睡，母亲吟哦鼻音与喉音。或是在江南的泽国水乡，一大筐绿油油的桑叶被啮于千百头蚕，细细琐琐屑屑，口器与口器咀咀嚼嚼。雨来了，雨来的时候瓦这么说，一片瓦说千亿片瓦说，说轻轻地奏吧沉沉地弹，徐徐地叩吧挞挞地打，间间歇歇敲一个雨季，即兴演奏从惊蛰到清明，在零落的坟上冷冷奏挽歌，一片瓦吟千亿片瓦吟。

在日式的古屋里听雨，听四月，霏霏不绝的黄梅雨，朝夕不断，旬月绵延，湿黏黏的苔藓从石阶下一直侵到他舌底，心底。到七月，听台风台雨在古屋顶上一夜盲奏，千哻海底的热浪沸沸被狂风挟来，掀翻整个太平洋只为向他的矮屋檐重重压下，整个海在他的蜗壳上哗哗泻过。不然便是雷雨夜，白烟一般的纱帐里听羯鼓一通又一通，滔天的暴雨滂滂沛沛扑来，强劲的电琵琶忐忐忑忑忐忑忑，弹动屋瓦的惊悸腾腾欲掀起。不然便是斜斜的西北雨斜斜，刷在窗玻璃上，鞭在墙上打在阔大的芭蕉叶上，一阵寒濑泻过，秋意便弥漫日式的庭院了。

在日式的古屋里听雨，春雨绵绵听到秋雨潇潇，从少年听到中年，听听那冷雨。雨是一种单调而耐听的音乐是室内乐是室外乐，户内听听，户外听听，冷冷，那音乐。雨是一种回忆的音乐，听听那冷雨，回忆江南的雨下得满地是江湖下在桥上和船上，也下在四川在秧田和蛙塘下肥了嘉陵江下湿布谷咕咕的啼声。雨是潮潮润润的音乐下在渴望的唇下舐舐那冷雨。

因为雨是最最原始的敲打乐从记忆的彼端敲起。瓦是最最低沉的乐器灰蒙蒙的温柔覆盖着听雨的人，瓦是音乐是雨伞撑起。但不久公寓的时代来临，台北你怎么一下子长高了，瓦的音乐竟成了绝响。千片万片的瓦翩翩，美丽的灰蝴蝶纷纷飞走，飞入历史的记忆。现在雨下下来下在水泥的屋顶和墙上，没有音韵的雨季。树也砍光了，那月桂，那枫树，柳树和擎天的巨椰，雨来的时候不再有丛叶嘈嘈切切，闪动湿湿的绿光迎接。鸟声减了啾啾，蛙声沉了阁阁，秋天的虫吟也减了唧唧。七十年代的台北不需要这些，一个乐队接一个乐队便遣散尽了。要听鸡叫，只有去诗经的韵里寻找。现在只剩下一张黑白片，黑白的默片。

正如马车的时代去后，三轮车的时代也去了。曾经在雨夜，三轮车的油布蓬挂起，送她回家的途中，蓬里的世界小得多可爱，而且躲在警察的辖区以外。雨衣的口袋越大越好，盛得下他的一只手里握一只纤纤的手。台湾的雨季这么长，该有人发明一种宽宽的双人雨衣，一人分穿一只袖子，此外的部分就不必分得太苛。而无论工业如何发达，一时似乎还废不了雨伞。只要雨不倾盆，风不横吹，撑一把伞在雨中仍不失古典的韵味。任雨点敲在黑布伞或是透明的塑胶伞上，将骨柄一旋，雨珠向四方喷溅，伞缘便旋成了一圈飞檐。跟女友共一把雨伞，该是一种美丽的合作吧。最好是初恋，有点兴奋，更有点不好意思，若即若离之间，雨不妨下大一点。真正初恋，恐怕是兴奋得不需要伞的，手牵手在雨中狂奔而去，把年轻的长发和肌肤交给漫天的淋淋漓漓，然后向对方的唇上颊上尝凉凉甜甜的雨水。不过那要非常年轻且激情，同时，也只能发生在法国的新潮片里吧。

大多数的雨伞想不会为约会张开。上班下班，上学放学，菜市来回的途中，现实的伞，灰色的星期三。握着雨伞，他听那冷雨打在伞上。索性更冷一些就好了，他想。索性把湿湿的灰雨冻成干干爽爽的白雨，六角形的结晶体在无风的空中回回旋旋地降下来，等须眉和肩头白尽时，伸手一拂就落了。二十五年，没有受故乡白雨的祝福，或许发上下一点白霜是一种变相的自我补偿吧。一位英雄，经得起多少次雨季？他的额头是水成岩削成还是火成岩？他的心底究竟有多厚的苔藓？厦门街的雨巷走了二十年与记忆等长，一座无瓦的公寓在巷底等他，一盏灯在楼上的雨窗子里，等他回去,向晚餐后的沉思冥想去整理青苔深深的记忆。前尘隔海。古屋不再。听听那冷雨。

——一九七四年春分之夜

——选自九歌版《听听那冷雨》

辑二

# 沙田山居

从我的楼上望出去，
马鞍上奇拔而峭峻，屏于东方，
使朝暾姗姗其来迟。鹿山巍然而逼近，
魁梧的肩膂遮去了半壁西天，催黄昏早半小时来临，
一个分神，夕阳便落进他的僧袖里去了。
一炉晚霞，
黄铜烧成赤金又化作紫灰与青烟，壮哉崦嵫的神话，
太阳的葬礼。

# 尺素寸心

接读朋友的来信，尤其是远自海外犹带着异国风云的航空信，确是人生一大快事，如果无须回信的话。回信，是读信之乐的一大代价。久不回信，屡不回信，接信之乐必然就相对减少，以至于无，这时，友情便暂告中断了，直到有一天在赎罪的心情下，你毅然回起信来。蹉跎了这么久，接信之乐早变成欠信之苦。我便是这么一位累犯的罪人，交游千百，几乎每一位朋友都数得出我的前科来的。英国诗人奥登曾说，他常常搁下重要的信件不回，躲在家里看他的侦探小说。王尔德有一次对韩黎说："我认得不少人，满怀光明的远景来到伦敦，但是几个月后就整个崩溃了，因为他们有回信的习惯。"显然王尔德认为，要过好日子，就得戒除回信的恶习。可见怕回信的人，原不止我一个。

回信，固然可畏，不回信，也绝非什么乐事。书架上经常叠着百多封未回之信，"债龄"或长或短，长的甚至在一年以上，那样的压力，也绝非一个普通的罪徒所能负担的。一沓未回的信，就像一群不散的阴魂，在我罪深孽重的心底幢幢作祟。理论上说来，这些信当然是要回的。我可以坦然向天发誓，在我清醒的时刻，我绝未存心不回人信。问题出在技术上。给我一整个夏夜的空闲，我该先回一年半前的那封信呢，还是七个月前的这封？隔了这么久，恐怕连谢罪自谴的有效期也早过了吧？在朋友的心目中，你早已沦为不值得计较的妄人。“莫名其妙！”是你在江湖上一致的评语。

其实，即使终于鼓起全部的道德勇气，坐在桌前，准备偿付信债于万一，也不是轻易能如愿的。七零八落的新简旧信，漫无规则地充塞在书架上，抽屉里，有的回过，有的未回，“只在此山中，云深不知处”，要找到你决心要回的那一封，耗费的时间和精力，往往数倍于回信本身。再想象朋友接信时的表情，不是喜出望外，而是余怒重炽，你那一点决心就整个崩溃了。你的债，永无清偿之日。不回信，绝不等于忘了朋友，正如世上绝无忘了债主的负债人。在你惶恐的深处，恶魔的尽头，隐隐约约，永远潜伏着这位朋友的怒眉和冷眼，不，你永远忘不了他。你真正忘掉的，而且忘得那么心安理得，是那些已经得你回信的朋友。

有一次我对诗人周梦蝶大发议论，说什么“朋友寄赠新著，必须立刻奉覆，道谢与庆贺之余，可以一句‘定当细细拜读’作结。如果拖上了一个星期或个把月，这封贺信就难写了，因为到那时候，你已经有义务把全书读完，书既读完，就不能只说些泛泛的美词。”梦蝶听了，为之绝倒。可惜这个理论，我从未付之行动，一定丧失了不少友情。倒是有一次自己的新书出版，兴冲冲地寄赠了一些朋友。其中一位过了两个月才来信致谢，并说他的太太、女儿和太太的几位同事争读那本大作，直到现在还不曾轮到他自己，足见该书的魅力如何云云。这一番话是真是假，令我存疑至今。

如果他是说谎，那真是一大天才。

据说胡适生前，不但有求必应，连中学生求教的信也亲自答复，还要记他有名的日记，从不间断。写信，是对人周到，记日记，是对自己周到。一代大师，在著书立说之余，待人待己，竟能那么的周密从容，实在令人钦佩。至于我自己，笔札一道已经招架无力，日记，就更是奢侈品了。相信前辈作家和学人之间，书翰往还，那种优游条畅的风范，应是我这一辈难以追摹的。梁实秋先生名满天下，尺牍相接，因缘自广，但是廿多年来，写信给他，没有一次不是很快就接到回信，而笔下总是那么诙谐，书法又是那么清雅，比起当面的谈笑风生，又别有一番境界。我素来怕写信，和梁先生通信也不算频。何况《雅舍小品》的作者声明过，有十一种信件不在他收藏之列，我的信，大概属于他所列的第八种吧。据我所知，和他通信最密的，该推陈之藩。陈之藩年轻时，和胡适、沈从文等现代作家书信往还，名家手迹收藏甚富，梁先生戏称他为“man of letters”，到了今天，该轮到他自己的书信被人收藏了吧。

朋友之间，以信取人，大约可以分成四派。第一派写信如拍电报，寥寥数行，草草三二十字，很多一种笔挟风雷之势。只是苦了收信人，惊疑端详所费的功夫，比起写信人纸上驰骋的时间，恐怕还要多出数倍。彭歌、刘绍铭、白先勇，可称代表。第二派写信如美女绣花，笔触纤细，字迹秀雅，极尽从容不迫之能事，至于内容，则除实用的功能之外，更兼抒情，娓娓说来，动人清听。

宋淇、夏志清可称典型。尤其是夏志清，怎么大学者专描小小楷，而且永远用廉便的国际邮简？第三派则介于两者之间，行乎中庸之道，不温不火，舒疾有致，而且字大墨饱，面目十分爽朗。颜元叔、王文兴，何怀硕、杨牧、罗门，都是“样板人物”。尤其是何怀硕，总是议论纵横，而杨牧则字稀行阔、偏又爱用重磅的信纸，那种不计邮费的气魄，真足以笑傲江湖。第四派毛笔作书，满纸烟云，体在行草之间，可谓反潮流之名士，罗青属之。当然，气魄最大的应推刘国松、高信疆，他们根本不写信，只打越洋电话。

——一九七六年五月

——选自纯文学版《青春边愁》

# 花鸟

客厅的落地长窗外，是一方不能算小的阳台，黑漆的栏杆之间，隐约可见谷底的小村，人烟暧暧。当初发明阳台的人，一定是一位乐观外向的天才，才会突破家居的局限，把一个幻想的半岛推向户外，向山和海，向半空晚霞和一夜星斗。

阳台而无花，犹之墙壁而无画，多么空虚。所以一盆盆的花，便从下面那世界搬了上来。也不知什么时候起，栏杆三面竟已偎满了花盆，但这种美丽的移民一点也没有计划，欧阳修所谓的“浅深红白宜相间，先后仍须次第栽”，是完全谈不上的。这么十几盆盆栽，有的是初来此地，不畏辛劳，挤三等火车抱回来的，有的是同事离开中大的遗爱，也有的，是买了车后供在后座带回来的。无论是什么来历，我们都一般看待。花神的孩子，名号不同，容颜各异，但迎风招展的神态都是动人的。

朝西一隅，是茎藤四延和栏杆已绸缪难解的紫藤，开的是一串串粉白带浅紫的花朵。右边是一盆桂苗，高只近尺，花时竟也有高洁清雅的异香，随风漾来。近邻是两盆茉莉和一盆玉兰。这两种香草虽不得列于离骚狂吟的芳谱，她们细腻而幽邃的远芬，却是我无力抵抗的。开窗的夏夜，她们的体香回泛在空中，一直远飘来书房里，嗅得人神摇摇而意惚惚，不能久安于座，总忍不住要推纱门出去，亲近亲近。比较起来，玉兰修长的白瓣香得温醇些，茉莉的丛蕊似更醉鼻餍心，总之都太迷人。

再过去是两盆海棠。浅红色的花，油绿色的叶，相配之下，别有一种民俗画的色调，最富中国韵味，而秋海棠叶的象征，从小已印在心头。其旁还有一盆铁海棠，虬蔓郁结的刺茎上，开出四瓣对称的深红小花。此花生命力最强，暴风雨后，只有它屹立不摇，颜色不改。再向右依次是绣球花，蟹爪兰，昙花，杜鹃。蟹爪兰花色洋红而神态凌厉，有张牙奋爪作势攫人之意，简直是一只花魇，令我不敢亲近。昙花已经绽过三次，一次还是双葩对开，真是吉夕素仙。夏秋之间，一夕盛放，皎白的千层长瓣，眼看她恣纵迅疾地展开，幽幽地吐出粉黄娇嫩的簇蕊，却像一切奇迹那样，在目迷神眩的异光中，甫启即闭了。一年含蓄，只为一夕的挥霍，大概是芳族之中最羞涩最自谦最没有发表欲的一姝了。

在这些空中半岛，啊不，空中花园之上，我是两园丁之一，专掌浇水，每日夕阳沉山，便在晚霞的浮光里，提一把白柄蓝身的喷水壶，向众芳施水。另一位园丁当然是阳台的女主人，专司杀虫施肥，修剪枝叶，翻掘盆土。有时蓓蕾新发，野雀常来偷食，我就攘臂冲出去，大声驱逐。而高台多悲风，脚下那山谷只敞对海湾，海风一起，便成了老子所谓“虚而不屈，动而愈出”的一具风箱。于是便轮到我一盆盆搬进屋来。寒流来袭，亦复如此。女园丁笑我是陶侃运甓。美，也是有代价的。

无风的晴日，盆花之间常依偎一只白漆的鸟笼。里面的客人是一只灰翼蓝身的小鹦鹉，我为它取名蓝宝宝。走近去看，才发现翅膀不是全灰，而是灰中间白，并带一点点蓝；颈背上是一圈圈的灰纹，两翼的灰纹则弧形相掩，饰以白边，状如鱼鳞。翼尖交叠的下面，伸出修长几近半身的尾巴，毛色深孔雀蓝，常在笼栏边拂来拂去。身体的细毛蓝得很轻浅,很飘逸。胸前有一片白羽,上覆浑圆的小蓝点，点数经常在变，少则两点，长全时多至六点，排成弧形，像一条项链。

蓝宝宝的可爱，不只外貌的娇美。如果你有耐性，多跟它做一会伴，就会发现它的语言天才。它参加我们的生活成为最受宠爱的“小家人”才半年，韩惟全由美游港，在我们家小住数日，首先发现它在牙牙学语，学我们的人语。起先我们不信，以为它时发时歇的伊唔喽喋,不过是禽类的哓哓自语,无意识的饶舌罢了。经惟全一提醒，蓝宝宝的断续鸟语，在侧耳细听之下，居然有点人话的意思。只是有时嗫嚅吞吐，似是而非，加以人腔鸟调，句逗含混不清,那意境在人禽之间,恐怕连公冶长再世,也难以体会,更无论圣芳济了。

幸运的时候，蓝宝宝会吐出三两个短句：“小鸟过来”，“干什么”,“知道了”,“臭鸟不乖”,还有节奏起伏的“小鸟小鸟小小鸟”。小小曲喙的发音设备，毕竟和人嘴不可“同日而语”，所以人语的唇音齿音等等，蓝宝宝虽有娓娓巧舌，仍是模拟难工的。听说要小鹦鹉认真学话，得先施以剪舌的手术，剪了之后就不会那么“大舌头”了。此举是否见效，我不知道，但为了推行人语而违反人道，太无聊也太残忍了，我是绝对不肯的。无所不载无所不容的这世界，属于人，也属于花、鸟、虫、鱼；人类之间，禁止别人发言或强迫人人千口一词，也就够威武的了，又何必向禽兽去行人政呢？因此，盆中的铁海棠，女园丁和我都任其自然，不加扭曲，而蓝宝宝呢，会讲几句人话，固然能取悦于人，满足主人的虚荣心，我们也任其自由发展，从不刻意去教它。写到这里，又听见蓝宝宝在阳台上叫了。不过这一次它是和外面的野雀呼应酬答，是在鸟语。

那样的啁啾，该是羽类的世界语吧。而无论蓝宝宝是在阳台上或是屋里，只要左近传来鸠呼或雀噪，它一定脆音相应，一逗一答，一呼一和，旁听起来十分有趣，或许在飞禽的世界里，也像人世一样，南腔北调，有各种复杂的方言，可惜我们莫能分辨，只好一概称为鸟语。

平时说到鸟语，总不免想起“生生燕语明如剪，呖呖莺声溜的圆”之类的婉婉好音，绝少想到鸟语之中，也有极其可怖的一类。后来参观底特律的大动物园，进入了笼高树密的鸟苑，绿重翠叠的阴影里，一时不见高栖的众禽，只听到四周怪笑吃吃，惊叹咄咄，厉呼磔磔，盈耳不知究竟有多少巫师隐身在幽处施法念咒，真是听觉上最骇人的一次经验。看过希区考克的悚栗片《鸟》，大家惊疑之余，都说真想不到鸟类会有这么“邪恶”。其实人类君临这个世界，品尝珍馐，饕餮万物，把一切都视为当然，却忘了自己经常捕囚或烹食鸟类的种种罪行有多么残忍了。兀鹰食人，毕竟先等人自毙；人食乳鸽，却是一笼一笼地蓄意谋杀。

想到此地，蓝光一闪，一片青云飘落在我的肩上，原来是有人把蓝宝宝放出来了。每次出笼，它一定振翅疾飞，在屋里回翔一圈，然后栖在我肩头或腕际。我的耳边、颈背、颏下，是它最爱来依偎探讨的地方。最温驯的时候，它会憩在人的手背，低下头来，用小喙亲吻人的手指，一动也不动地，讨人欢喜。有时它更会从嘴里吐出一粒“雀粟”来，邀你共享，据说这是它表示友谊的亲切举动，但你尽可放心，它不会强人所难的，不一会，它又径自啄回去了。有时它也会轻咬你的手指头，并露出它可笑的花舌头。兴奋起来，它还会不断地向你磕头，颈毛松开，瞳仁缩小，嘴里更是呢呢喃喃，不知所云。不过所谓“小鸟依人”，只是片面的，只许它来亲人，不许你去抚它。你才一伸手，它立刻回过身来面对着你，注意你的一举一动，不然便是蓝羽一张，早已飞之冥冥。

不少朋友在我的客厅里，常因这一闪蓝云的猝然降临而大吃一惊。女作家心岱便是其中的一位。说时迟那时快，蓝宝宝华丽的翅膀一收，已经栖在她手腕上了。心岱惊神未定，只好强自镇静，听我们向她夸耀小鸟的种种。后来她回到台北，还在《联合副刊》发表《蓝宝》一文，以记其事。

我发现，许多朋友都不知道养一只小鹦鹉有多么有趣，又多么简单。小鹦鹉的身价，就它带给主人的乐趣说来，是非常便宜的。在台湾，每只约售六七十元，在香港只要港币六元，美国的超级市场里也常有出售，每只不过五六元美金。在丹佛时，我先后养过四只，其中黄底灰纹的一只毛色特别娇嫩，算是珍品，则是花十五元美金买来的。买小鹦鹉时，要注意两件事情。年龄要看额头和鼻端，额上黑纹愈密，鼻上色泽愈紫，则愈幼小，要买，当然要初生的稚婴，才容易和你亲近。至于健康呢，则要翻过身来看它的肛门，周围的细白绒毛要干，才显得消化良好。小鹦鹉最怕泻肚子，一泻就糟。

此外的投资，无非是一只鸟笼，两枝栖木，一片鱼骨和极其迷你的水缸粟钵而已。鱼骨的用场，是供它啄食，以吸取充分的钙质。那么小的肚子，耗费的粟量当然有限，再穷的主人也供得起的。有时为了调剂，不妨喂一点青菜和果皮，让它啄个三五口，也就够了。熟了以后，可以放出笼来，任它自由飞憩，不过门窗要小心关好，否则它爱向亮处飞，极易夺门而去。我养过的近十只小鹦鹉之中，就有两只是这么无端飞掉的。有了这种伤心的教训，我只在晚上才敢把鸟放出笼来。

小鸟依人，也会缠人，过分亲狎之后，也有烦恼的。你吃苹果，它便飞来奇袭，与人争食。你特别削一小片喂它，它只浅尝三两口，仍纵回你的口边，定要和你分享大块。你看报，它便来嚼食纸边，吃得津津有味。你写字呢，它便停在纸上，研究你写些什么，甚至以为笔尖来回挥动是在逗它玩乐，便来追咬你的笔尖。要赶它回笼，可不容易。如果它玩得还未尽兴，则无论你如何好言劝诱或恶声威胁，都不能使它俯首归心。最后只有关灯的一招，在黑暗里，它是不敢飞的。于是你伸手擒来，毛茸茸软温温的一团，小心脏抵着你的手心猛跳，吱吱的抗议声中，你已经把它置回笼里。

蓝宝宝是大埔的菜市上六元买来的，在我所有的“禽缘”里，它是最乖巧最可爱的一只，现在，即使有谁出六千元，我也不肯舍弃它的。前年夏天，我们举家回台北去，只好把蓝宝宝寄在宋淇府上，劳宋夫人做了半个月的“鸟妈妈”。记得交托之时，还郑重其事，拟了一张“养鸟须知”的备忘录，悬于笼侧，文曰：

一　小米一钵，清水半缸，间日一换，不食烟火，俨然羽仙。

二　风口日曝之处，不宜放置鸟笼。

三　无须为鸟沐浴，造化自有安排。

四　智商仿佛两岁稚婴。略通人语，颇喜传讹。闺中隐私，不宜多言，慎之慎之。

——一九七七年五月

——选自纯文学版《青春边愁》

## 开卷如开芝麻门

“人生识字忧患始，姓名粗记可以休。”项羽这种英雄人物，当然不喜欢读书。刘邦也不喜欢读书，甚至也不喜欢读书人。不过刘邦会用读书人，项羽有范增而不会用，汉胜楚败，也是一大原因。苏轼这两句诗倒也不尽是戏言，因为一个人把书读认真了，就忍不住要说真话，而说真话常有严重的后果。这一点，坐牢贬官的苏轼当然深有体会。而在社会主义的新社会里，一个人甚至不必舞文弄墨说什么真话，就凭他读过几本书的“成分”，已经忧患无穷了。

这种“读书有罪”的意识加于读书人的身份压力，在资本主义的社会里，也感觉得到。海外的知识分子里，也有一些人只因自己读过几本书而忸怩不安，甚至感到罪孽深重。为了减轻心头的压力，他们尽量低抑自己知识分子的形象，或者搬弄几个十九世纪的老名词来贬低其他的知识分子，以示彼此有别。

其实在目前的社会，知识分子与非知识分子之间，早已愈来愈难“划清界限”。义务教育愈来愈普及，大众媒介也多少在推行社会教育，而各行各业的在职训练也不失为一种专才教育，所以年轻人里要找绝对的非知识分子，已经很难了。且举一例，每年我回台北，都觉得计程车司机的知识水准在逐渐提高。从骆驼祥子到三轮车夫，从三轮车夫到今日的计程车司机，这一行在这一方面显然颇有变化。其他行业，或多或少，也莫不如此。中国大陆，从以前的批斗学者、红而不专、焚书锁书、白卷主义，到目前的鼓吹尊重知识分子，要干部学文化，要人民学礼貌，要学者出国深造等等，也都显示了反知主义的重大错误。到今天，我们都应该承认，无论在什么社会，要是把读过书的人划为一个特殊的阶级，使他和其他的人对立起来，甚至加以羞辱、压抑，绝非健康之举。

读书其实只是交友的延长。我们交友，只能以时人为对象，而且朋友的数量毕竟有限。但是靠了书籍，我们可以广交异时和异地的朋友；要说择友，那就更自由了。一个人的经验当然以亲身得来的最为真切可靠，可是直接的经验毕竟有限。读书，正是吸收间接的经验。生活至上论者说读书是逃避现实，其实读书是扩大现实，扩大我们的精神世界。就算是我们的亲身经验，也不妨多听听别人对相似的经验有什么看法，以资印证。相反的，我认为不读书的人才逃避现实，因为他只生活在一种空间。英国文豪约翰生说:“写作的唯一目的，是帮助读者更能享受或忍受人生。”倒过来说，读书的目的也在加强对人生的享受，如果你得意；或是对人生的忍受，如果你失意。

在知识爆炸的现代，书，是绝对读不完的，如果读书不得其法，则一味多读也并无意义。古人矜博，常说什么“于学无所不窥”，什么“一物不知，君子之耻”。西方在文艺复兴时代，也多通人，即所谓 Renaissance Man。十六世纪末年，培根在给伯利勋爵的信

中竟说 :“天下学问皆吾本分。”现代的学者，谁敢讲这种话呢?学问的专业化与日俱进，书愈出愈多，知识愈积愈厚，所以愈到后代，愈不容易做学问世界的亚历山大了。

不过，知识爆炸不一定就智慧增高。我相信，今人的知识一定胜过古人，但智慧则未必。新知识往往比旧知识丰富、正确，但是真正的智慧却难分新旧。知识，只要收到就行了。智慧却需要再三玩味，反复咀嚼，不断印证。如果一本书愈读愈有味，而所获也愈丰,大概就是智慧之书了。据说《天路历程》的作者班扬，生平只熟读一部书 :《圣经》。米尔顿是基督教的大诗人，当然也熟读《圣经》，不过他更博览群书。其结果，班扬的成就也不比米尔顿逊色多少。真能善读一本智慧之书的读者,离真理总不会太远，无论知识怎么爆炸，也会得鱼忘筌的吧。

叔本华说 :“只要是重要的书，就应该立刻再读一遍。”他所谓的重要的书，正是我所谓的智慧之书。要考验一本书是否不朽，最可靠的试金石当然是时间。古人的经典之作已经有时间为我们鉴定过了 ;今人的呢，可以看看是否禁得起一读再读。一切创作之中,最耐读的恐怕是诗了。就我而言,“峨眉山月半轮秋”和“岐王宅里寻常见”，我读了几十年，几百遍了，却并未读厌 ;所以赵翼的话“至今已觉不新鲜”是说错了。其次，散文、小说、戏剧、甚至各种知性文章等等，只要是杰作，自然也都耐读。奇怪的是，诗最短，应该一览无遗，却时常一览不尽。相反的，卷帙浩繁，令人读来废寝忘餐的许多侦探故事和武侠小说，往往不能引人看第二遍。凡以情节取胜的作品，真相大白之后也就完了。真正好的小说，很少依赖情节。诗最少情节，就连叙事诗的情节，也比小说稀薄，所以诗最耐读。

朱光潜说他拿到一本新书，往往先翻一两页，如果发现文字不好，就不读下去了。我要买书时，也是如此。这种态度，不能斥为形式主义，因为一个人必须想得清楚，才能写得清楚；反之，文字夹杂不清的人，思想一定也混乱。所以文字不好的书，不读也罢。有人立刻会说，文字清楚的书，也有一些浅薄得不值一读。当然不错，可是文字既然清楚，浅薄的内容也就一目了然，无可久遁。倒是偶尔有一些书，文字虽然不够清楚，内容却有其分量，未可一概抹杀。某些哲学家之言便是如此。不过这样的哲学家，我也只能称为有分量的哲学家，无法称为清晰动人的作家。如果有一位哲学家的哲学与唐君毅的相当或相近，而文字却比较清畅，我宁可读他的书，不读唐书。一位作家如果在文字表达上不为读者着想,那就有一点“目无读者”,也就不能怪读者可能“目无作家”了。朱光潜的试金法，颇有道理。

凡是值得读的智慧之书，都值得精读，而且再三诵读。古人所谓的“一目十行”,只是修辞上的夸张。“一目十行”只有两种情形：一是那本书不值得读，二是那个人不会读书。精读一本书或一篇作品，也有两种情形。一是主动精读，那当然自由得很。二是被迫精读，那就是以该书或该文为评论、翻译或教课的对象。要把一本书论好、译好、教好，怎能不加精读？所以评论家（包括编者、选家、注家)、翻译家、教师等等都是很特殊的读者，被迫的精读者。这种读者一方面为势所迫，只许读通，不许读错；一方面较有专业训练，当然读得更精。禁得起这批特殊读者再三精读的书，想必是佳作。禁得起他们读上几十年几百年的书，一定成为经典了。普通的读者呢，当然也有他们的影响力，但是往往接受特殊读者的“意见领导”。

世界上的书太多了，就算是智慧之书也读不完，何况愈到后代，书的累积也愈大。一个人没有读过的书永远多于读过的书，浅尝之作也一定多于精读之作。不要说陌生人写的书了，就连自己朋友写的书，也没有办法看完，不是不想看完，而是根本没有时间，何况历代还有那么多的好书，早就该看而一直没看的，正带着责备的眼色等你去看。对许多人说来，永远只有很少的书曾经精读，颇多的书曾经略读，更多的书只是道听途说，而绝大多数的书根本没听说过。

略读的书单独看来似乎没有多大益处，但一加起来就不同了。限于时间和机缘，许许多多的好书只能略加翻阅，不能深交。不过这种点头之交（nodding acquaintance）十分重要，因为一旦需要深交，你知道该去哪里找他。很多深交都是这么从初交变成的。略读之网撒得愈广愈好。真正会读书的人，一定深谙略读之道，即使面对千百好书，也知道远近缓急之分。要点在于：妄人常把略读当成深交，智者才知道那不过是点头浅笑。有些书不但不宜精读，且亦不必略读，只能备读，例如字典。据说有人读过《大英百科全书》，这简直是以网汲水，除了迂阔之外，不知道还能证明什么？

有些人略读，作为精读的妥协，许多大学者也不免如此。有些人只会略读，因为他们没有精读的训练或毅力。更有些人略读，甚至掠读，只为了附庸风雅。这种态度当然会产生弊端，常被识者所笑。我倒觉得附庸风雅也不全是坏事，因为有人争附风雅，正显得风雅当道，风雅有“善势力”，逼得一般人都来攀附，未必心服，却至少口服。换了是野蛮当道，野蛮拥有恶势力，如文革时期，大家烧书丢书都来不及，还有谁敢附庸风雅呢？

附庸风雅的人多半是后知后觉，半知半觉，甚或是不知不觉，但是他们不去学野蛮，却来学风雅，也总算见贤思齐，有心向善，未可厚非。有人附庸风雅，才有人来买书，有人买书，风雅才能风雅下去。据我看来，附庸风雅的人不去图书馆借书，只去书店买书。新书买来了，握在手里，提在口头，陈于架上，才有文化气息。书香，也不能不靠铜臭。

当然，买书的人并非都在附庸风雅。文化要发达，书业要旺盛，实质上要靠前述的那一小撮核心分子的特殊读者来推波助澜。一般读者正是那波澜，至于附庸风雅的人，就是波澜激起的浪花，更显得波澜之壮阔多姿。大致说来，有钱人不买书，就算“买点文化”

来做客厅风景，也是适可而止。反过来呢，爱书的人往往买不起文化，至少不能放手畅买，到精神的奢侈得以餍足的程度。

亚历山大恨世界太小，更无余地可以征服，牛顿却叹学海太大，只能在岸边拾贝。书海，也就是学海了。逛大书店，对华美豪贵的精装巨书手抚目迷，“意淫”一番，充其量只像加州的少年在滩边踏板冲浪罢了，至于海，是带不回家的。我在香港，每个月大概只买三百元左右的书刊，所收台港两地的赠书恐怕也值三百元。这样子的买文化，只能给我“过屠门而磨牙”的感觉，连小康也沾不上，遑论豪奢？要我放手畅买的话，十万元也不嫌多。

看书要舒服，当然要买硬封面的精装本，但价格也就高出许多。软封面的平装本，尤其是胶背的一种，反弹力强得恼人，摊看的时候总要用手去镇压。遇到翻译或写评时需要众书并陈，那就不知要动员多少东西镇压这一批不驯之徒。台灯、墨水瓶、放大镜、各种各样的字典和参考书，一时纷然杂陈，争据桌面，真是牵一发而动全身。这时,真不恨得我的书桌大得像一张乒乓球桌，或是其形如扇，而我坐在扇柄的焦点。我曾在伦敦的卡莱尔故居，见到文豪生前常用的一张扶手椅，左边的扶手上装着一具阅读架，可以把翻开的书本斜倚在架上，架子本身也可作九十度的推移，椅前还有一只厚垫可以搁脚。不过，这只能让人安坐久读，却不便写作时并览众书。

有时新买了一册漂亮的贵书回来，得意摩挲之余，不免也有一点犯罪感，好像是娶了一个妾，不但对不起原有的满架藏书，也有点对不起太太。书房里一架架的藏书，有许多本我非但不曾精读，甚至略读也说不上，辜负了众美，却又带了一位回来，岂不成了阿拉伯的油王？至于太太呢，她也有自己的嗜好呀，例如玉器，却舍不得多买。要是她也不时这么放纵一下，又怎么办呢？而我，前几天不是才买过一批书吗，怎么又要买了？我的理由，例如文化投资，研究必备等等，当然都光明正大。幸好太太也不是未开发的头脑，每次见我牵了新欢进门，最多纵容地轻叹一声，也就姑息下去了。其实对我自己说来，不断买书，虽然可以不断满足占有欲而乐在其中，但是烦恼也在其中。为学问着想，我看过的书太少；为眼睛着想，我看过的书又太多了。这矛盾始终难解，太太又不断恫吓我说，再这么鹭鸶一般弯颈垂头在书页的田埂之上，要防颈骨恶化，脊骨退化，并举几个朋友做反面教材。

除了这些威胁的阴影之外，最大的问题是书的收藏。每个读书人的藏书，都是用时不够，藏时嫌多。我在台北的藏书原有两千多册，去港九年搜集的书也有一千多册了，不但把办公室和书房堆得满坑满谷，与人争地，而且采行扩充主义，一路侵入客厅、饭厅、卧室、洗衣间，只见东一堆，西一叠，各占山头，有进无退，生存的空间饱受威胁。另一现象，是不要的书永远在肘边，要找的呢，就忽然神秘失踪，到你不要时又自动出现。我对太太说，总有一天我们车尾的行李箱也要用来充书库了。问题是，这几千本书目前虽可用“双城记”分藏在台北和香港，将来我迁回台北，这“两地书”却该怎么合并？

然而书这东西，宁愿它多得成灾，也不愿它少得寂寞。从封面到封底，从序到跋，从扉页的憧憬到版权的现实，书的天地之大，绝不只于什么黄金屋和颜如玉。那美丽的扉页一开，真有“芝麻开门”的神秘诱惑，招无数心灵进去探宝。古人为了一本借来的书限期到了，要在雪地里长途跋涉去还给原主。在书荒的抗战时代，我也曾为了喜欢一本借来的天文学入门，在摇曳如梦的桐油灯下逐页抄录。就在那时，陆蠡为了追讨日本兵没收去的书籍，而受刑致死。在书劫的文革时期，除了那本红小书随风飞扬如枫林之外，一切封资修的毒草害书，不是抄走，便是锁起，或者被焚于比秦火更烈的火里。无数的读书人都诀别了心爱的藏书，可惊的是，连帝俄的作家都难逃大劫。请看四川诗人流沙河的《焚书》吧：

留你留不得，
藏你藏不住。
今宵送你进火炉，
永别了，
契诃夫！

夹鼻眼镜山羊胡，

你在笑，我在哭。

灰飞烟灭光明尽，

永别了，

契诃夫！

——一九八三年六月于厦门街

——选自洪范版《记忆像铁轨一样长》

# 沙田山居

书斋外面是阳台，阳台外面是海，是山，海是碧湛湛的一弯，山是青郁郁的连环。山外有山，最远的翠微淡成一袅青烟，忽焉似有，再顾若无，那便是，大陆的莽莽苍苍了。日月闲闲，有的是时间与空间。一览不尽的青山绿水，马远夏圭的长幅横披，任风吹，任鹰飞，任眇眇之目舒展来回，而我在其中俯仰天地，呼吸晨昏，竟已有十八个月了。十八个月，也就是说，重九的陶菊已经两开，中秋的苏月已经圆过两次了。

海天相对，中间是山，即使是秋晴的日子，透明的蓝光里，也还有一层轻轻的海气，疑幻疑真，像开着一面玄奥的迷镜，照镜的不是人，是神。海与山绸缪在一起，分不出，是海侵入了山间，还是山诱俘了海水，只见海把山围成了一角角的半岛，山呢，把海围成了一汪汪的海湾。山色如环，困不住浩渺的南海，毕竟在东北方缺了一口，放樯桅出去，风帆进来。最是晴艳的下午，八仙岭下，一艘白色渡轮，迎着酣美的斜阳悠悠向大埔驶去，整个吐露港平铺着千顷的碧蓝，就为了反衬那一影耀眼的洁白。起风的日子，海吹成了千亩蓝田，无数的百合此开彼落。到了夜深，所有的山影黑沉沉都睡去，远远近近，零零落落的灯全睡去，只留下一阵阵的潮声起伏，永恒的鼾息，撼人的节奏撼我的心血来潮。有时十几盏渔火赫然，浮现在阒黑的海面，排成一弯弧形，把渔网愈收愈小，围成一丛灿灿的金莲。

海围着山，山围着我。沙田山居，峰回路转，我的朝朝暮暮，日起日落，月望月朔，全在此中度过，我成了山人。问余何事栖碧山，笑而不答，山已经代我答了。其实山并未回答，是鸟代山答了，是虫，是松风代山答了。山是禅机深藏的高僧，轻易不开口的。人在楼上倚栏杆，山列坐在四面如十八尊罗汉叠罗汉，相看两不厌。早晨，我攀上佛头去看日出，黄昏，从联合书院的文学院一路走回来，家，在半山腰上等我，那地势，比佛肩要低，却比佛肚子要高些。这时，山什么也不说，只是争噪的鸟雀泄露了他愉悦的心境。等到众鸟栖定，山影茫然，天籁便低沉下去，若断若续，树间的歌者才歇下，草间的吟哦又四起。至于山坳下面那小小的幽谷，形式和地位都相当于佛的肚脐，深凹之中别有一番谐趣。山谷是一个爱音乐的村女，最喜欢学舌拟声，可惜太害羞，技巧不很高明。无论是鸟鸣犬吠，或是火车在谷口扬笛路过，她都要学叫一声，落后半拍，应人的尾音。

从我的楼上望出去，马鞍山奇拔而峭峻，屏于东方，使朝暾姗姗其来迟。鹿山巍然而逼近，魁梧的肩膂遮去了半壁西天，催黄昏早半小时来临，一个分神，夕阳便落进他的僧袖里去了。一炉晚霞，黄铜烧成赤金又化作紫灰与青烟，壮哉崦嵫的神话，太阳的葬礼。阳台上，坐看晚景变幻成夜色，似乎很缓慢，又似乎非常敏捷，才觉霞光烘颊，余曛在树，忽然变生咫尺，眈眈的黑影已伸及你的肘腋，夜，早从你背后袭来。那过程，是一种绝妙的障眼法，非眼睫所能守望的。等到夜色四合，黑暗已成定局，四围的山影，重甸甸阴森森的，令人肃然而恐。尤其是西屏的鹿山，白天还如佛如僧，蔼然可亲，这时竟收起法相，庞然而踞，黑毛茸蒙如一尊暗中伺人的怪兽，隐然，有一种潜伏的不安。

千山磅礴的来势如压，谁敢相撼？但是云烟一起，庄重的山态便改了。雾来的日子，山变成一座座的列屿，在白烟的横波回澜里，载浮载沉。八仙岭果真化作了过海的八仙，时在波上，时在弥漫的云间。有一天早晨，举目一望，八仙和马鞍和远远近近的大小众峰，全不见了，偶尔云开一线，当头的鹿山似从天隙中隐隐相窥，去大埔的车辆出没在半空。我的阳台脱离了一切，下临无地，在汹涌的白涛上自由来去。谷中的鸡犬从云下传来，从夐远的人间。我走去更高处的联合书院上课，满地白云，师生衣袂飘然，都成了神仙。我登上讲坛说道，烟云都穿窗探首来旁听。

起风的日子，一切云云雾雾的朦胧氤氲全被拭净，水光山色，纤毫悉在镜里。原来对岸的八仙岭下，历历可数，有这许多山村野店，水浒人家。半岛的天气一日数变，风骤然而来，从海口长驱直入，脚下的山谷顿成风箱，抽不尽满壑的咆哮翻腾。蹂躏着罗汉松与芦草，掀翻海水，吐着白浪，风是一群透明的猛兽，奔踹而来，呼啸而去。

海潮与风声，即使撼天震地，也不过为无边的静加注荒情与野趣罢了。最令人心动而神往的，却是人为的骚音。从清早到午夜，一天四十多班，在山和海之间，敲轨而来，鸣笛而去的，是九广铁路的客车，货车，猪车。曳着黑烟的飘发，蟠蜿着十三节车厢的修长之躯，这些工业时代的元老级交通工具，仍有旧世界迷人的情调,非协和的超音速飞机所能比拟。山下的铁轨向北延伸，延伸着我的心弦。我的中枢神经，一日四十多次，任南下又北上的千只铁轮轮番敲打，用钢铁火花的壮烈节奏，提醒我，藏在谷底的并不是洞里桃源，住在山上，我亦非桓景，即使王粲，也不能不下楼去：

栏杆三面压人眉睫是青山
碧螺黛迤逦的边愁欲连环
叠嶂之后是重峦，一层淡似一层
湘云之后是楚烟，山长水远
五千载与八万万，全在那里面……

——一九八五年四月

——选自纯文学版《青春边愁》

# 夜读叔本华

体系博大思虑精纯的哲学名家不少，但是文笔清畅引人入胜的却不多见。对于一般读者，康德这样的哲学大师永远像一座墙峭堑深的名城，望之十分壮观，可惜警卫严密，不得其门而入。这样的大师，也许体系太大，也许思路太玄，也许只顾言之有物，不暇言之动听，总之好处难以句摘。所以翻开任何谚语名言的词典，康德被人引述的次数远比培根、尼采、罗素、桑泰耶纳一类哲人为少。叔本华正属于这澄明透彻易于句摘的一类。他虽然不以文采斐然取胜，但是他的思路清晰，文字干净，语气坚定，读来令人眼明气畅，对哲人寂寞而孤高的情操无限神往。夜读叔本华，一杯苦茶，独斟千古，忍不住要转译几段出来，和读者共赏。我用的是企鹅版英译的《叔本华小品警语录》（*Arthur Schopenhauer*：*Essays and Aphorisms*）：

作家可以分为流星、行星、恒星三类。第一类的时效只在转瞬之间：你仰视而惊呼："看哪！"——他们却一闪而逝。第二类是行星，耐久得多。他们离我们较近，所以亮度往往胜过恒星，无知的人以为那就是恒星了。但是他们不久也必然消逝；何况他们的光辉不过借自他人，而所生的影响只及于同时的行人（也就是同辈）。只有第三类不变，他们坚守着太空，闪着自己的光芒，对所有的时代保持相同的影响，因为他们没有视差，不随我们观点的改变而变形。他们属于全宇宙，不像别人那样只属于一个系统（也就是国家）。正因为恒星太高了，所以他们的光辉要好多年后才照到世人的眼里。

叔本华用天文来喻人文，生动而有趣。除了说恒星没有视差之外，他的天文大致不错。叔本华的天文倒令我联想到徐霞客的地理。徐霞客在游太华山日记里写道：“未入关，百里外即见太华屼出云表；及入关，反为冈陇所蔽。”太华山就像一个伟人，要在够远的地方才见其巨大。世人习于贵古贱今，总觉得自己的时代没有伟人。梵谷离我们够远，我们才把他看清，可是当日阿罗的市民只看见一个疯子。

风格正如心灵的面貌，比肉体的面貌更难作假。模仿他人的风格，等于戴上一副假面具；不管那面具有多美，它那死气沉沉的样子很快就会显得索然无味，使人受不了，反而欢迎其丑无心的真人面貌。学他人的风格，就像是在扮鬼脸。

作家的风格各如其面，宁真而丑，勿假而妍。这比喻也很传神，可是也会被平庸或懒惰的作家用来解嘲。这类作家无力建立或改变自己的风格，只好绷着一张没有表情或者表情不变的面孔，看到别的作家表情生动而多变，反而说那是在扮鬼脸。颇有一些作家喜欢标榜“朴素”。其实朴素应该是“藏巧”，不是“藏拙”，应该是“藏富”，不是

“炫穷”。拼命说自己朴素的人，其实是在炫耀美德，已经不太朴素了。

> “不读”之道才真是大道。其道在于全然漠视当前人人都热衷的一切题目。不论引起轰动的是政府或宗教的小册子，是小说或者是诗，切勿忘记，凡是写给笨蛋看的东西，总会吸引广大读者。读好书的先决条件，就是不读坏书：因为人寿有限。

这一番话说得斩钉截铁，痛快极了。不过，话要说得痛快淋漓，总不免带点武断，把真理的一笔账，四舍五入，作断然的处理。叔本华漫长的一生，在学界和文坛都不得意。他的传世杰作《意志与观念的世界》在他三十一岁那年出版，其后反应一直冷淡，十六年后，他才知道自己的滞销书大半是当作废纸卖掉了的。叔本华要等待很多很多年，才等到像华格纳、尼采这样的知音。他的这番话为自己解嘲，痛快的背后难免带点酸意。其实曲高不一定和寡，也不一定要久等知音，披头的歌曲可以印证。不过这只是次文化的现象，至于高文化，最多只能“小众化”而已。轰动一时的作品，虽经报刊鼓吹，市场畅售，也可能只是一个假象，“传后率”不高。判别高下，应该是批评家的事，不应任其商业化，取决于什么排行榜。这其间如果还有几位文教记者来推波助澜，更据以教训滞销的作家要反省自己孤芳的风格，那就是僭越过甚，误会采访就是文学批评了。

——原载一九八五年六月二日《联合报》副刊

——选自九歌版《凭一张地图》

## 我的四个假想敌

二女幼珊在港参加侨生联考，以第一志愿分发台大外文系。听到这消息，我松了一口气，从此不必担心四个女儿统统嫁给广东男孩了。

我对广东男孩当然并无偏见，在港六年，我班上也有好些可爱的广东少年，颇讨老师的欢心，但是要我把四个女儿全都让那些“靓仔”、“叻仔”掳掠了去，却舍不得。不过，女儿要嫁谁，说得洒脱些，是她们的自由意志，说得玄妙些呢，是因缘，做父亲的又何必患得患失呢？何况在这件事上，做母亲的往往位居要冲，自然而然成了女儿的亲密顾问，甚至亲密战友，作战的对象不是男友，却是父亲。等到做父亲的惊醒过来，早已腹背受敌，难挽大势了。

在父亲的眼里，女儿最可爱的时候是在十岁以前，因为那时她完全属于自己。在男友的眼里，她最可爱的时候却在十七岁以后，因为这时她正像毕业班的学生，已经一心向外了。父亲和男友，先天上就有矛盾。对父亲来说，世界上没有东西比稚龄的女儿更完美的了，唯一的缺点就是会长大，除非你用急冻术把她久藏，不过这恐怕是违法的，而且她的男友迟早会骑了骏马或摩托车来，把她吻醒。

我未用太空舱的冻眠术，一任时光催迫，日月轮转，再揉眼时，怎么四个女儿都已依次长大，昔日的童话之门砰地一关，再也回不去了。四个女儿，依次是珊珊、幼珊、佩珊、季珊。简直可以排成一条珊瑚礁。珊珊十二岁的那年，有一次，未满九岁的佩珊忽然对来访的客人说："喂，告诉你，我姐姐是一个少女了！"在座的大人全笑了起来。

曾几何时，惹笑的佩珊自己，甚至最幼稚的季珊，也都在时光的魔杖下，点化成"少女"了。冥冥之中，有四个"少男"正偷偷袭来，虽然蹑手蹑足，屏声止息，我却感到背后有四双眼睛，像所有的坏男孩那样，目光灼灼，心存不轨，只等时机一到，便会站到亮处，装出伪善的笑容，叫我岳父。我当然不会应他。哪有这么容易的事！我像一棵果树，天长地久在这里立了多年，风霜雨露，样样有份，换来果实累累，不胜负荷。而你，偶尔过路的小子，竟然一伸手就来摘果子，活该蟠地的树根绊你一跤！

而最可恼的，却是树上的果子，竟有自动落入行人手中的样子。树怪行人不该擅自来摘果子，行人却说是果子刚好掉下来，给他接着罢了。这种事，总是里应外合才成功的。当初我自己结婚，不也是有一位少女开门揖盗吗？"堡垒最容易从内部攻破"，说得真是不错。不过彼一时也，此一时也。同一个人，过街时讨厌汽车，开车时却讨厌行人。现在是轮到我来开车。

好多年来，我已经习于和五个女人为伍，浴室里弥漫着香皂和香水气味，沙发上散置皮包和发卷，餐桌上没有人和我争酒，都是天经地义的事。戏称吾庐为"女生宿舍"，也已经很久了。做了"女生宿舍”的舍监，自然不欢迎陌生的男客，尤其是别有用心的一类。但是自己辖下的女生，尤其是前面的三位，已有“不稳”的现象，却令我想起叶慈的一句话：

**一切已崩溃，失去重心。**

我的四个假想敌，不论是高是矮，是胖是瘦，是学医还是学文，迟早会从我疑惧的迷雾里显出原形，一一走上前来，或迂回曲折，嗫嚅其词，或开门见山，大言不惭，总之要把他的情人，也就是我的女儿，对不起，从此领去。无形的敌人最可怕，何况我在亮处，他在暗里，又有我家的“内奸”接应，真是防不胜防。只怪当初没有把四个女儿及时冷藏，使时间不能拐骗，社会也无由污染。现在她们都已大了，回不了头；我那四个假想敌，那四个鬼鬼祟祟的地下工作者，也都已羽毛丰满，什么力量都阻止不了他们了。先下手为强，这件事，该趁那四个假想敌还在襁褓的时候，就予以解决的。至少美国诗人纳许（Ogden Nash，一九〇二～一九七一）劝我们如此。他在一首妙诗《由女婴之父来唱的歌》（*Song to Be Sung by the Father of Infant Female Children*）之中，说他生了女儿吉儿之后，惴惴不安，感到不知什么地方正有个男婴也在长大，现在虽然还浑浑噩噩，口吐白沫，却注定将来会抢走他的吉儿。于是做父亲的每次在公园里看见婴儿车中的男婴，都不由神色一变，暗暗想道："会不会是这家伙！"想着想着，他"杀机陡萌"(My dreams, I fear, are infanticiddle)，便要解开那男婴身上的别针，朝他的爽身粉里撒胡椒粉，把盐撒进他的奶瓶，把沙撒进他的菠菜汁，再扔头优游的鳄鱼到他的婴儿车里陪他游戏，逼他在水深火热之中挣扎而去，去娶别人的女儿。足见诗人以未来的女婿为假想敌，早已有了前例。

不过一切都太迟了。当初没有当机立断，采取非常措施，像纳许诗中所说的那样，真是一大失策。如今的局面，套一句史书上常见的话,已经是"寇入深矣"！女儿的墙上和书桌的玻璃垫下，以前的海报和剪报之类，还是披头，拜丝，大卫·凯西弟的形象，现在纷纷都换上男友了。至少，滩头阵地已经被入侵的军队占领了去，这一仗是必败的了。记得我们小时，这一类的照片仍被列为机密要件，不是藏在枕头套里，贴着梦境，便是夹在书堆深处，偶尔翻出来神往一番，哪有这么二十四小时眼前供奉的?

这一批形迹可疑的假想敌，究竟是哪年哪月开始入侵厦门街余宅的，已经不可考了。只记得六年前迁港之后，攻城的军事便换了一批口操粤语的少年来接手。至于交战的细节，就得问名义上是守城的那几个女将，我这位"昏君"是再也搞不清的了。只知道敌方的炮火，起先是瞄准我家的信箱，那些歪歪斜斜的笔迹，久了也能猜个七分；继而是集中在我家的电话，"落弹点"就在我书桌的背后，我的文苑就是他们的沙场，一夜之间，总有十几次脑震荡。那些粤音平上去入，有九声之多，也令我难以研判敌情。现在我带幼珊回了厦门街，那头的广东部队轮到我太太去抵挡，我在这头，只要留意台湾健儿，任务就轻松多了。

信箱被袭，只如战争的默片，还不打紧。其实我宁可多情的少年勤写情书，那样至少可以练习作文，不致在视听教育的时代荒废了中文。可怕的还是电话中弹，那一串串警告的铃声，把战场从门外的信箱扩至书房的腹地，默片变成了身历声，假想敌在实弹射击了。更可怕的，却是假想敌真的闯进了城来，成了有血有肉的真敌人，不再是假想了好玩的了，就像军事演习到中途，忽然真的打起来了一样。真敌人是看得出来的。在某一女儿的接应之下，他占领了沙发的一角，从此两人呢喃细语，嗫嚅密谈，即使脉脉相对的时候，那气氛也浓得化不开，窒得全家人都透不过气来。这时几个姐妹早已回避得远远的了,任谁都看得出情况有异。万一敌人留下来吃饭，那空气就更为紧张，好像摆好姿势，面对照相机一般。平时鸭塘一般的餐桌，四姐妹这时像在演哑剧，连筷子和调羹都似乎得到了消息，忽然小心翼翼起来。明知道这僭越的小子未必就是真命女婿，（谁晓得宝贝女儿现在是十八变中的第几变呢？）心里却不由自主升起一股淡淡的敌意。也明知女儿正如将熟之瓜，终有一天会蒂落而去，却希望不是随眼前这自负的小子。

当然，四个女儿也自有不乖的时候，在恼怒的心情下，我就恨不得四个假想敌赶快出现，把她们统统带走。但是那一天真要来到时，我一定又会懊悔不已。我能够想象，人生的两大寂寞，一是退休之日，一是最小的孩子终于也结婚之后。宋淇有一天对我说："真羡慕你的女儿全在身边！"真的吗？至少目前我并不觉得，自己有什么可羡之处。也许真要等到最小的季珊也跟着假想敌度蜜月去了，才会和我存并坐在空空的长沙发上，翻阅她们小时的相簿，追忆从前，六人一车长途壮游的盛况，或是晚餐桌上，热气蒸腾，大家共享的灿烂灯光。人生有许多事情，正如船后的波纹，总要过后才觉得美的。这么一想，又希望那四个假想敌，那四个生手笨脚的小伙子，还是多吃几口闭门羹，慢一点出现吧。

袁枚写诗，把生女儿说成"情疑中副车"；这书袋掉得很有意思，却也流露了重男轻女的封建意识。照袁枚的说法，我是连中了四次副车，命中率够高的了。余宅的四个小女孩现在变成了四个小妇人，在假想敌环伺之下，若问我择婿有何条件，一时倒恐怕答不上来。沉吟半晌，我也许会说："这件事情，上有月下老人的婚姻谱，谁也不能窜改，包括韦固，下有两个海誓山盟的情人，'二人同心，其利断金'，我凭什么要逆天拂人，梗在中间？何况终身大事，神秘莫测，事先无法推理，事后不能悔棋，就算交给廿一世纪的电脑，恐怕也算不出什么或然率来。倒不如故示慷慨，伪作轻松，博一个开明父亲的美名，到时候带颗私章，去做主婚人就是了。"

问的人笑了起来，指着我说："什么叫做'伪作轻松'？可见你心里并不轻松。”

我当然不很轻松，否则就不是她们的父亲了。例如人种的问题，就很令人烦恼。万一女儿发痴，爱上一个耸肩摊手口香糖嚼个不停的小怪人，该怎么办呢？在理性上，我愿意“有婿无类”，做一个大大方方的世界公民。但是在感情上，还没有大方到让一个臂毛如猿的小伙子把我的女儿抱过门槛。现在当然不再是“严夷夏之防”的时代，但是一任单纯的家庭扩充成一个小型的联合国，也大可不必。问的人又笑了，问我可曾听说混血儿的聪明超乎常人。我说：“听过，但是我不稀罕抱一个天才的‘混血孙’。我不要一个天才儿童叫我 grandpa，我要他叫我外公。”问的人不肯罢休：“那么省籍呢？”

“省籍无所谓，”我说，“我就是苏闽联姻的结果，还不坏吧？当初我母亲从福建写信回武进，说当地有人向她求婚。娘家大惊小怪，说‘那么远！怎么就嫁给南蛮！’后来娘家发现，除了言语不通之外，这位闽南姑爷并无可疑之处。这几年，广东男孩锲而不舍，对我家的压力很大，有一天闽粤结成了秦晋，我也不会感到意外。如果有个台湾少年特别巴结我，其志又不在跟我谈文论诗，我也不会怎么为难他的。至于其他各省，从黑龙江直到云南，口操各种方言的少年，只要我女儿不嫌他，我自然也欢迎。”

“那么学识呢？”

“学什么都可以。也不一定要是学者，学者往往不是好女婿，更不是好丈夫。只有一点:中文必须精通。中文不通,将祸延吾孙!”

客又笑了。“相貌重不重要?”他再问。

“你真是迂阔之至!”这次轮到我发笑了,“这种事,我女儿自己会注意,怎么会要我来操心?”

笨客还想问下去,忽然门铃响起。我起身去开大门,发现长发乱处,又一个假想敌来掠余宅。

——选自洪范版《记忆像铁轨一样长》(一九八七年)

辑三

# 日不落家

就这么，一千六百年前的一场盛会，
任右军的右腕恣意运转，顷刻竟成了永恒。
想当日在山阴，良辰美景，群彦咸集，
当真是四美齐具，二难并兼，
正在仰观宇宙之大，俯察品类之盛，
敏感的王羲之，乐极生悲，却痛惜生命之短。
而我们这些廊上过客，
也正是王羲之序末所期待的『后之览者』，
岂能无感于斯情、斯文。

# 德国之声

## 1

德国的音乐曾经是西方之最。从巴哈到贝多芬，从华格纳到史特劳斯，那样宏大的音乐，哪一个国家发得出来？人杰，是因为地灵吗？该邦的最高峰楚克希匹泽（Zugspitze）还不到三千公尺。莱茵河静静地流，并不怎么雄伟，反而有几分秀气。黑森林的名气大得吓人，连我常吃的一种蛋糕也借重其大名，真令人骇怪，那一带不知该怎样地暗无天日，出没龙妖。到了跟前，那满山的杜松黛绿盈眸，针叶之密，果然是如鬘如鬟，平行拔竖的树干，又密又齐，像是一排排的梳齿。但是要比壮硕修伟，怎么高攀得上加州巨杉的大巫身材呢？

莱茵河虽然不怎么浩荡，但是《齐格非莱茵之旅》却写得那样壮烈，每天听到，我都会身不由己地热血翻滚而英雄气盛。只可惜史诗已成绝响了。我在西德租车旅行，曾向寻常的人家投宿。这种路旁人家总有空房三两，丈夫多已退休，太太反正闲着，便接待过路车客，提供当晚一宿，次晨一餐，收费之廉，只有一般大旅馆的三分或四分之一。在西德的乡道上开车，看见路旁竖一小牌，写着 Zimmer frei 的，便是这种人家了。在巴登巴登（Baden-Baden）南郊，我们住在格洛斯家。第二天早餐的时候，格洛斯太太的厨房里正放着收音机，德文唱的流行曲似曾相识；侧耳再听，竟然学美国流行曲的曼妙吟叹，又有点像披头的咕咕调。巴哈的后人每天就听这样的曲调吗？尼采听了会怎么说呢？

2

我在西德驾车漫游，从北端的波罗的海一直到南端的波定湖(Bodensee)，两千四百公里都驰在寂天寞地。西德的四线高速公路所谓 autobahn 者，对于爱开快车如杨世彭那样的人，真不妨叫做乌托邦。这种路上没有速限，不言而喻，是表示德国的车好，路好，而更重要的是:交通秩序好。超车，一定用左线。要是你挡住左线，后面的快车就会迅疾钉人，一声不出，把你逼出局去。反光镜中后车由小变大，甚至无中生有，只在一眨眼之间。我开一九〇E的奔驰，时速常在一百三十公里，超我的车往往在左侧一啸而过。速度至少一百五十。正愕视间，它早已落荒而逃，被迫退右，让一辆更急的快车飞掠而逝。尽管如此，我在这样的乌托邦上开了八天，却未见一桩车祸，甚至也未见有人违规。至于喇叭，一天也难得听到两声。

3

西德的计程车像英国的一样，开得很规矩，而且不放音乐。火车、电车、游览车上也绝无音乐。法国也是如此。西班牙的火车上，就爱乱播流行曲，与台湾同工。西德的公共场所，包括车站、机场、餐厅，甚至街头，例皆十分清静。烟客罕见，喧哗的人几乎没有，至于吵架就更未遇到。除了机场和车站，我也从未听人用过扩音器。这种生活品质，不是国民所得和外汇存底所能标示。一个安安静静的社会，听觉透明的邻里街坊，是文化修炼的结果。所谓默化，先得静修才行。音乐大师辈出之地，正是最安宁的国家。

血色饱满体格健壮的日尔曼民族，当然也爱热闹，不过他们会选择场合，不会平白扰人。要看德国生活热闹豪放的一面，该去他们的啤酒屋。有名的 Hofbrauhaus 大堂上坐满了一桌接一桌的酒客，男女老少都有，那么不拘形迹地畅饮着史帕登、皮尔森、卢恩布劳。一面畅饮，一面阔谈，更兴奋的就推杯而起，一对对摆头扬臂，跳起巴伐利亚的土风舞来。那样亲切开怀的大场面，让人把日间的忧烦都在深长的啤酒杯里涤尽，真是下班生活的安全瓣了。不说别的，单看那些特大号的“咕噜嗝”（krug）酒杯，就已令人馋肠蠕蠢。最值得称道的，是那样欢娱的谑浪仍保有乡土的亲善，并不闹事，而酒客虽然众多，堂屋却够深广，里面的喧哗不致外溢。这情形正如西欧各国的宗教活动，大半在教堂里举行，不像在台湾的节庆，动辄吹吹打打，一路招摇过市，惊扰街邻。

我在西德投宿，却有一夜惊于噪音。那是在海德堡北郊的小镇达森海姆（Dossenheim），我们住在三楼，不懂对街的人家何以入夜后叫嚷未定，不时还有噼啪之声传来。我说这一带看来是中下层的住宅区，品质不高。我存则猜想那噼啪阵阵是在练靶。一夜狐疑，次晨到了早餐桌上，才知悉昨晚是西德跟阿根廷在争夺足球世界杯的冠军，想必全德国的人都守在电视机前观战，西德每进一球，便放炮仗庆祝。那样的喧闹倒也难怪了。

4

西德战败那一晚，我们虽然睡得迟些，第二天却一早就给吵醒了。说吵醒，其实不对。我们是给教堂的钟声从梦里悠悠摇醒的。醒于音乐当然不同醒于噪音，何况那音乐来自钟声，一波波摇漾着舒缓与恬静，给人中世纪的幻觉。一天就那样开始，总是令人欣喜的。德国许多小城的钟楼，每过一刻钟就铛铛嗒嗒声震四邻地播告光阴之易逝。时间的节奏要动用那样隆重的标点，总不免令人惊心，且有点伤感。就算是中世纪之长吧，也经不起它一遍遍地敲打。

那样的钟声，在德国到处可闻。印象最深的，除了达森海姆之外，还有巴登巴登的边镇史坦巴赫（Steinbach，石溪之意）。北欧的仲夏，黄昏特别悠长，要等九点半以后落日才隐去，西天留下半壁霞光，把一片赤艳艳烧成断断续续的沉紫与滞苍。那是断肠人在天涯的时刻，和我存在车少人稀的长街上闲闲散步，合夫妻两心之密切，竟也难抵暮色四起的凄凉。好像一切都陷落了，只留下一些红瓦渐暗的屋顶在向着晚空。最后只留下教堂的钟楼，灰红的钟面上闪着金色的罗马数字，余霞之中分外的幻异。忽然钟响了起来，吓了两人一跳。万籁皆寂，只听那老钟楼喉音沉洪地、郑重而笃实地敲出节奏分明的十记。之后，全镇都告陷落。这一切，当时有一颗青星，冷眼旁证。

最壮丽的一次是在科隆。那天开车进城，远远就眺见那威赫的双塔，一对巨灵似的镇守着科隆的天空，塔尖锋芒毕露，塔脊棱角峥嵘。那气凌西欧的大教堂，我存听我夸过不晓得多少次了，终于带她一同来瞻仰。在露天茶座上正面仰望了一番，颈也酸了，气也促了，便绕到南侧面，隔着一片空荡荡的广场，以较为舒徐的斜度从容观览它的横体。要把那一派钩心斗角的峻桥陡楼看出个系统来，不是三眼两眼的事。正是星期六将尽的下午，黄昏欲来不来，天光欲歪不歪，家家的晚餐都该上桌了。忽然之间——总是突如其来的——巨灵在半空开腔了。又吓了我们一跳。先是一钟独鸣，从容不迫而悠然自得。毕竟是欧洲赫赫有名的大教堂，晚钟锵锵在上界宣布些什么，全城高高低低远远近近的塔楼和窗子都仰面聆听，所有的云都转过了脸来。不久有其他的钟闻声响应，一问一答，一唱一和，直到钟楼上所有的洪钟都加入晚祷，众响成潮，卷起一波波的声浪，金属高亢而阳刚的和鸣相荡相激，汇成势不可当的滔滔狂澜，一下子就使全城没了顶。我们的耳神经在钟阵里惊悸而又喜悦地震慑着，如一束回旋的水草。钟声是金属坚贞的祷告，铜喉铜舌的信仰，一记记，全向高处叩奏。高潮处竟似有长颈的铜号成排吹起，有军容鼎盛之势。

“号声？”我存仔细再听，然后笑道，“没有啊，是你的幻觉。

你累了。”

“开了一天车，本来是累了。这钟声太壮观了，令我又兴奋，又安慰，像有所启示——”

“你说什么？”她在洪流的海啸里用手掌托着耳朵，恍惚地说。

两人相对傻笑。广大而立体的空间激动着骚音，我们的心却一片澄静。二十分钟后，钟潮才渐渐退去，把科隆古城还给现代的七月之夜。我们从中世纪的沉酣中醒来。鸽群像音符一般，纷纷落回地面。莱茵河仍然向北流着，人在他乡，已经是吃晚饭的时候了。

5

德国的钟声是音乐摇篮，处处摇我们入梦。现代的空间愈来愈窄，能在时间上往返古今，多一点弹性，还是好的。钟声是一程回顾之旅。但德国还有一种声音令人回头。从巴登巴登去佛洛伊登希塔特（Freudenstadt，欢乐城之意），我们穿越了整座黑森林，一路寻找有名的梦寐湖（Mummelsee）。过了霍尼斯格林德峰，才发现已过了头。原来梦寐湖是黑森林私有的一面小镜子，以杉树丛为墨绿的宝盒，人不知鬼不觉地藏在浓荫的深处，现代骑士们策其宾士与宝马一掠而过，怎会注意到呢？

我们在如幻如惑的湖光里迷了一阵，才带了一片冰心重上南征之路。临去前，在湖边的小店里买了两件会发声的东西。一件是三尺多长的一条浅绿色塑胶管子，上面印着一圈圈的凹纹，舞动如轮的时候会咿嘤做声，清雅可听。我还以为是谁这么好兴致，竟然在湖边吹笛。于是以四马克买了一条，一路上停车在林间，拿出来挥弄一番，淡淡的音韵，几乎招来牧神和树精，两人相顾而笑，浑不知身在何处。

另一件却是一盒录音带。我问店员有没有 volksmusik，她就拿这一盒给我。名叫*Deutschland Schöne Heimat*，正是《德意志，美丽的家园》。我们一路南行，就在车上听了起来。第二面的歌最有特色，咏叹的尽是南方的风土。手风琴悠扬的韵律里，深邃而沉洪的男低音徐徐唱出“从阿尔卑斯山地到北海边”，那声音，富足之中潜藏着磁性，令人庆幸这十块马克花得值得。《黑森林谷地的磨坊》、《古老的海德堡》、《波定湖上的好日子》……一首又一首，满足了我们的期待。我们的车头一路向南，正指着水光潋滟的波定湖，听着 *Lustige Tage am Bodensee* 飞扬的调子，更增壮游的逸兴，加速中，黑森林的黛绿变成了波涛汹涌而来。是因为产生贝多芬与华格纳的国度吗？为什么连江湖上的民谣也扬起激越的号声与鼓声呢？最后一首鼓号交鸣的《横越德国》更动人豪情，而林木开处，佛洛伊登希塔特的红顶白墙，渐已琳琅可望了。

## 6

德国还有一种声音令人忘忧，鸟声。粉墙红瓦，有人家的地方一定有花，姹紫嫣红，不是在盆里，便是在架上。花外便是树了。野栗树、菩提树、枫树、橡树、杉树、苹果树、梨树……很少看见屋宇鲜整的人家有这么多树，用这么浓密的嘉荫来祝福。有树就有鸟。树是无言的祝福，鸟，百啭千啾，便是有声的颂词了。绝对的寂静未免单调，若添三两声鸣禽，便脉脉有情起来。

听鸟，有两种情境。一种是浑然之境，听觉一片通明流畅，若有若无地意识到没有什么东西在逆耳忤心，却未刻意去追寻是什么在歌颂寂静。另一种是专注之境，在悦耳的快意之中，仰向头顶的翠影去寻找长尾细爪的飞踪。若是找到了那“声源”，瞥见它转头鼓舌的姿态，就更叫人高兴。或是在绿荫里侧耳静待，等近处的啁啁弄舌告一段落，远处的枝头便有一只同族用相似的节奏来回答。我们当然不知道是谁在问，谁在答，甚至有没有问答，可是那样一来一往再参也不透的“高谈”，却真能令人忘机。

在汉堡的湖边，在莱茵河与内卡（Neckar）河畔，在巴登巴登的天堂泉（Paradies）旁，在迈瑙岛（Mainau）的锦绣花园里，在那许多静境里，我们成了百禽的知音，不知其名的知音。至于一入黑森林，那更是大饱耳福，应接不暇了。

7

鸟声令人忘忧，德国却有一种声音令人难以释怀。在汉堡举行的国际笔会上，东德与西德之间，近年虽然渐趋缓和，仍然摩擦有声。这次去汉堡出席笔会的东德作家多达十三人，颇出我的意外。其中有一位叫汉姆林（Stephan Hermlin，一九一五～一九九七）的诗人，颇有名气，最近更当选为国际笔会的副会长。他在叙述东德文坛时，告诉各国作家说，东德前十名的作家没有一位阿谀当局，也没有一位不满现政。此语一出，听众愕然，地主国西德的作家尤其不甘接受。许多人表示异议，而说得最坦率的，是小说家格拉斯（Günter Grass）。汉姆林并不服气，在第二天上午的文学会里再度登台答辩。

德文本来就不是一种柔驯的语言，而用来争论的时候，就更显得锋芒逼人了。德国人自己也觉得德文太刚，歌德就说："谁用德文来说客气话，一定是在说谎。"外国人听德文，当然更辛苦了。法国文豪伏尔泰去腓特烈大帝宫中作客，曾想学说德语，却几乎给呛住了。他说但愿德国人多一点头脑，少一点子音。

跟法文相比，德文的子音当然是太多了。例如"黑"吧，英文叫 black，头尾都是爆发的所谓塞音，听来有点刚强。西班牙文叫 negra，用大开口的母音收尾，就和缓许多。法文叫 noir，更加圆转开放。到了德文，竟然成为 schwarz，读如"希勿阿尔茨"，前面有四个子音，后面有两个子音，而且都是摩擦生风，就显得有点威风了。在德文里，S 开头的字都以 Z 起音，齿舌之间的摩擦音由无声落实为有声，刺耳多了。另一方面，Z 开头的字在英文里绝少，在德文里却是大宗，约为英文的五十倍；非但如此，其读音更变成英文的 ts，于是充耳平添了一片刺刺嚓嚓之声。例如英文的成语 from time to time，到了德文里却成了 von Zeit zu Zeit，不但切磋有声，而且峨然大写，真是派头十足。

德文不但子音参差，令人读来咬牙切齿，而且好长喜大，虚张声势，真把人唬得一愣一愣。例如“黑森林”吧，英文不过是 Black Forest，德文就接青叠翠地连成一气，成了 Schwarzwald，叫人无法小觑了。从这个字延伸开来，巴登巴登到佛洛伊登希特塔之间的山道，可以畅览黑森林风景的，英文不过叫 Black Forest Way，德国人自己却叫做 Schwarzwaldhochstrasse。我们住在巴登巴登的那三天，每次开车找路，左兜右转目眩计穷之际，这可怕的“千字文”常会闪现在一瞥即逝的路牌上，更令人惶惶不知所措。原来巴登巴登在这条“黑森林道”的北端，多少车辆寻幽探胜，南下驰驱，都要靠这长名来指引。这当然是我后来才弄清楚了的，当时瞥见，不过直觉它一定来头不小而已。在德国的街上开车找路，哪里容得你细看路牌？那么密而长的地名，目光还没扫描完毕，早已过了，“视觉暂留”之中，谁能确定中间有没有 sch，而结尾那一截究竟是 bach，berg 还是 burg 呢？

尼采在《善恶之外》里就这么说：“一切沉闷，黏滞，笨拙得似乎隆重的东西，一切冗长而可厌的架势，千变万化而层出不穷，都是德国人搞出来的。”尼采自己是德国人，尚且如此不耐烦。马克·吐温说得更绝：“每当德国的文人跳水似的一头钻进句子里去，你就别想见到他了，一直要等他从大西洋的那一边再冒出来，嘴里衔着他的动词。”尽管如此，德文还是令我兴奋的，因为它听来是那么阳刚，看来是那么浩浩荡荡，而所有的名词又都那么高冠崔巍，啊，真有派头！

8

在德国，我还去过两个地方，两个以声音闻名于世的地方，却没有听到声音，或者可以说，无声之声胜于有声，更令人为之低回。

其一是在巴登巴登的南郊里赫登塔尔（Lichtental），临街的一个小山坡上，石级的尽头把我们带到一座三层白漆楼房的门前。墙上的纪念铜牌在时光的侵略下，仍然看得出刻着两行字：“一八六五年至一八七四年约翰尼斯·布拉姆斯曾居此屋。”这正是巴城有名的 Brahmshaus。

布拉姆斯屋要下午三点才开放，我们进得门去，只见三五游客。楼梯和二楼的地板都吱吱有声，当年，在大师的脚下，也是这样的不谐和碎音陪衬他宏大而回旋的交响乐吗？后期浪漫主义最敏感的心灵，果真在这空寂的楼上，看着窗外的菩提树叶九度绿了又黄，一直到四十一岁吗？白纱轻掩着半窗仲夏，深深浅浅的树荫，曾经是最音乐的楼屋里，只传来细碎的鸟声。

我们沿着莱茵河的东岸一路南下，只为了追寻传说里那一缕蛊人的歌声。过了马克司古堡，那一袅女妖之歌就暗暗地袭人而来，平静的莱茵河水，青绿世界里蜿蜿北去的一弯褐流，似乎也藏着一涡危机了。幸好我们是驾车而来，不是行船，否则，又要抵抗水上的歌声袅袅，又要提防发上的金梳耀耀，怎么躲得过旋涡里布下的乱石呢?

莱茵河滚滚向北，向现代流来。我们的车轮滚滚向南，深入传说，沿着海涅迷幻的音韵。过了圣瓜豪森，山路盘盘，把我们接上坡去。到了山顶，又有一座小小的看台，把我们推到悬崖的额际。莱茵河流到脚下，转了一个大弯，俯眺中，回沫翻涡，果然是舟楫的畏途，几只平底货船过处，也都小心回避。正惊疑间，一艘白舷平顶的游舫顺流而下，虽在千尺脚底，满船河客的悠扬歌声，仍隐约可闻，唱的正是洛丽莱（Lorelei）：

她的金发梳闪闪发光；
她一面还要唱着歌曲，
令听见的人心神恍恍：
甜甜的调子无法抗拒。

徘徊了一阵，意犹未尽。再下山去，沿着一道半里长的河堤走到尽头，就为了花岗石砌成的一台像座上坐着那河妖的背影。铜雕的洛丽莱漆成黑色，从后面，只见到水藻与长发披肩而下，一直缠绕到腰间。转到正面，才在半疑半惧的忐忑之中仰瞻到一对赤露的饱乳，圆软的小腹下，一腿夷然而贴地，一腿则昂然弓起，膝头上倚着右手，那姿势，野性之中带着妖媚。她半垂着头，在午日下不容易细读表情。我举起相机，在调整距离和角度。忽然，她的眼睛半开，向我无声地转来，似嗔似笑，流露出一棱暗蓝的寒光。烈日下，我心神恍恍，不由自主地一阵摇颤。她的歌唱些什么呢，你问。我不能告诉你，因为这是德意志的禁忌，莱茵河千古之谜，危险而且哀丽。

——一九八六年七月二十三日

——选自九歌版《隔水呼渡》

# 龙坑有雨

凌晨五点正我们就出发了。整个垦丁半岛都还在梦中，连昏昏的大尖山也不例外。天和海浑茫茫而未开。车首灯的强光挖隧道一样地推开夜色，一路炯炯地向前探去，路边的反光石曳成一条灿灿的金链子，那样醒目地抛过来迎接我们，有一点催眠。路又平稳，四轮无声，车内的仪表板一排磷磷的绿光，很过瘾，梦游若星际旅行。

美中不足的是梦游得太短了，不是以光年计算。这样空静的世界，这样魔幻的路，应该永远游弋下去的。但是一道眈眈的白光从横里霍霍地扫来，把夜色腰斩成两半，旋斩旋合，旋合旋斩，有如神话的高潮。鹅銮鼻灯塔到了。

车向右转，碾过了一段卵石小径，停在一片黄土场上。大家下得车来，纷纷披上外套。单衣过冬的高岛，在长袖衫外竟也加了一件蓝背心；大家跟在后面，破晓前的暗昧里，只看见他负着登山行囊的健硕背影。一行七人在两把电筒的挥引下，踉踉跄跄地向龙坑进发。

正是耶诞节的凌晨，冬至才过，夜长而昼短。已经快五点半了，阴云低压的天色灰漠漠湿湫湫的，单凭电筒的弱光还拨不开地面的混沌。土径窄处，林投树的长叶伸出带锯齿的绿刀向人脸挥来，手榴弹一般的果实，乍一瞥见，也令人吃惊。

每隔三十秒钟，灯塔的激光就在背后追扫过来，一刹那天惊地愕，七人顿成白晃晃的幽灵。一百八十万的烛光，从四等旋转透镜里射来，是多大的威力。我们就在光鞭的挥打下仓促逃亡，每半分钟就挨一下鞭。明知其不必要,那种惶急的危机感却逼人而来，无可避免地，想起一些越狱高潮的镜头。对于惯看电影的人来说，生命，确是倒过来模仿艺术。

纷沓的脚步声里，电筒的光圈映出乱石杂草的土径和起落踢踏的脚。渐渐地，灌木丛中有鸟声啁啁，传来黎明的捷报。不久更听见一种野性的声籁，叹而复息，低抑而又深沉。那野籁愈来愈近。一转弯我们已穿透了草海桐与林投树丛，整个暴露在空旷的平岸。

一排排的潮水连卷带撞，捣打在珊瑚礁暗褐色的百褶裙裾上，激起一丛丛飞碎的浪花，那花，旋开旋落，旋落又旋开，在强劲的海风里维持一个最生动的花季。那放纵的嘶啸恐怕是最狂野最即兴的噪音了，永远耐听。就这么，沿着这有声的花展，我们向横阻在岸边的一列怪岩走去。晓色渐透，是个水汽弥漫的钝阴天。平旷的沙滩上散布着一截截拧曲的断枝，有的粗而多节，像是断干，为状奇丑，却可能是残株断梗癖患者崇而拜之的尤物。

“这些都是台风的遗迹。”君鹤说。

“要是给洪娴看到，”宓宓笑道，“一定不远千里拖回家去。”

有人向我们走来，等到近前，原来是两位守兵，草绿色军装外罩着大氅，都佩了枪。

“有许可证吗？”其中一位拦住我们。

“有的。”我说着，转身向宓宓，要她把手提袋里的那张公文拿出来。

“既然有就好，”那守军一摆手，和气地说，“你们好好观赏吧。请注意保护生态。”说罢，两人便匆匆向前巡去。

天色已经发白，只是满空的雨云在劲风里迟滞地飘移。雨云下，那一列怪岩杂错的长岬，布阵把关一般的阻绝了去路，那色调如锈如焦，那外壳如破烂如腐朽如凿如雕，是丑还是美都很难说，奇，却是奇定了。而且也无所谓挡住去路了，因为这就是龙坑，台湾最南端的半岛之半岛，太平洋和巴士海峡就在此转弯，长风对远云说，这里，就是天之涯，海之角。

龙坑名不浪得。从灯塔走来，路到尽头便成了峡谷，长约两百公尺，底平而壁峭，即所谓坑。至于龙，就是两边峭壁陡坡堆叠而起的两条蜿蜿石山，山脊的石貌粗糙而错乱，但彼此在抵触之中若有呼应，相克之余似乎相生，那虚虚实实的关系，令美学家也对之束手，不过合而观之，却也一气呵成，不碍其蛟蟠龙蜿之势。所以龙有两条。里面的一条一面临谷，另一面连接沙坡，长满了青翠照眼的水芫花。外面的一条更为蜒长，头角峥嵘，遍体的层鳞都暴露在海水的阵前，不用说，千年万年的风波都已尝遍。

我们在外龙的腰身下，找到可以把手插脚的地段，步步为营地攀缘而上。那情形，就像在长满尖笋的陡坡上落脚寻路，不同的是，那不是笋，是瘦硬而不规则的尖石。那些狰狞而阴险的多角体，不是碍肘就是碍膝，一个分神你就会擦上，撞上，跪上。若以为又皱又薄的石角脆而易断，就犯了大错。无论你如何撼摇或用硬物猛敲，都休想损得了它。这一大盘高位珊瑚礁，原来是从海神的地窖里缓缓升起，像一尊迟钝而有耐心的黑兽在浪里抬起身来，而我们都跨在它的背上。

我们都登上了龙脊，那上面的鳍鳞也很难立脚。幸喜有一条非桥非栈的方木板路，带我们直到悬崖边上。大家靠在危石上引颈下窥，自虐了一阵，正骇怪数仞下怒涛在轰袭千疮百孔的岩脚，激起一阵阵飞沫和盘涡，忽然下起雨来。虽然是斜斜地飘雨，外套也有了湿意。不久愈落愈密，竟然大起来了。钟玲和宓宓就避到一块倾危的麻孔大石下去，两人委委曲曲分据了石下的坳坑，只留下一角容我斜插进半脚。高岛、君鹤、金兆、环环是怎么避的，穴中的三鸵鸟就不暇兼顾了。

一早起身什么也没吃，钟玲正待诉苦饥寒交迫，雨却转小而停。高岛支起三脚架，准备照阴天清晨的潮水和太平洋上的两只船影。君鹤则选定一个较高且平的立脚点，开始润笔调色，要速写一幅水墨海景。宓宓和钟玲都拿了相机，在危险而又丑怪而又刺激的棱角之间横跳斜纵，侥幸取巧，并且乘风起浪涌的高潮，一举手捕捉龙坑一瞬万变却又终古不变的神貌。

风从北来，强劲中挟着阴湿，还带点海咸的水腥气，冲力不下于一个十三四岁的男孩，掀得每个人都脚步踉跄。这样的角力，加上海的抢攻，岸的顽守，脚下这怪石阵的阴谋狡诈，令人觉得冒险而兴奋，幻想之中已经落了好几次海。有些悬崖岌岌乎俯临在浪上，跟对面的另一片崖角若即若离，那样邻近，似乎在诱我、激我做英雄之断然一跃。待向下一窥，晕眩的空间却在峡壁的深处，以风和浪的声势、嶙峋石笋的阵容向我恫吓，一瞬间，我见到自己坠入了峡底，曳着失足的惊呼。

劲风当面掴来，使人寒战而清醒。猛一转头，和对谷的内龙脊背上那一排乱石正打个照面。反负着沉郁的天色，那些乱石的轮廓分外怪异，一头头一匹匹蹲踞的匐匍的妖兽畸禽，蠢蠢然都伺机而动，但每次你一回首，它们，啊，诡谲的众兽却寂然凝定。这一景应该叫“噩梦大展”(the nightmare gallery)。所以探龙坑就该像我们这样赶破晓之前来，天色一晓，石精海怪便莫施其术了。要是黄昏之际来到，夜色一降，啊，灰者变褐，褐者变乌，黑蠕蠕的一片，就不敢说了。

若是顽石有灵，或能保佑这龙坑禁地，不让妄人擅自闯进来走私或破坏生态以图利。若真是有这种事情，我也不反对这些珊瑚礁的魂魄化成猛兽去逐赶恶徒，而噬其手足，嚼其心肝。

“你觉得吗，”宓宓小心翼翼，绕过一个芒角槎牙的兽头，一跳过来对我说，“这一带的海岸好像少了一样东西。”

“少了什么？”环环也听见了，从那兽头的背后探头问她。

“少了海鸥。”宓宓说。

“对呀，”我说，“潮来潮去，应该有几只鸥在其间飞逐，才够气韵。”

“什么缘故呢？”宓宓不解。

“不知道跟黑潮有没有关系，”我搪塞以应，“你看这一簇簇钩心斗角的恶兽吧，白净的海鸥哪里敢落脚停靠？要不是每夜有灯塔镇压，这群珊瑚石怪不知会怎样呢。”

大家都笑起来。隔了片刻，钟玲又说：

“真扫兴，一早来看日出，却碰上阴雨。太阳的架子好大。”

“其实诗人朝山拜海，多能感应神灵，而得偿所请。韩愈登衡岳而雨开日出，苏轼隆冬在登州而得见海市，都能在得意之余有诗为证。我来龙坑拜石拜海，却不能感动太阳，真是愧对古人——”

“你还想跟韩愈、苏轼去别苗头哪？”钟玲笑了。

“岂敢。”我也一笑。

“别妄想出太阳了吧，”宓宓指指天空，“能求雨神不再下就够好了。”

“我的诗不能够求晴，也不能祈雨，更不能止雨，”我苦笑说，“唯一的办法就是快快回头，乘大雨还没追到。”

于是一行七人在潮声之中越出了噩梦大展。两侧的黑兽眈眈，假装没看见我们。

——一九八七年二月四日

——选自九歌版《隔水呼渡》

# 黄绳系腕

## ——泰国记游之二

从泰国回来，妻和我的腕上都系了一条黄线。

那是一条金黄的棉线，戴在腕上，像一环美丽的手镯。那黄，是泰国佛教最高贵的颜色，令人想起袈裟和金塔。那线，牵着阿若他雅的因缘。

到曼谷的第三天，泰华作家传文和信慧带我们去北方八十八公里外的阿若他雅，凭吊大城王朝的废都。停车在蒙谷菩毗提佛寺前面，隔着初夏的绿荫，古色斑斓的纪念塔已隐约可窥，幢幢然像大城王朝的鬼影。但转过头来，面前这佛寺却亮丽耀眼，高柱和白墙撑起五十度斜坡的红瓦屋顶，高檐上蟠游着蛇王纳加，险脊尖上鹰扬着禽王格鲁达，气派动人。

我们依礼脱鞋入寺，刚跨进正堂，呼吸不由得一紧。黑暗暗那一座重吨的，什么呢，啊佛像，向我们当顶累累地压下，磅礴的气势岂是仰瞻的眼睫所能承接，更哪能望其项背。等到颈子和胸口略为习惯这种重荷，才依其陡峭的轮廓渐渐看清那上面，由四层金叶的莲座托向高处，塔形冠几乎触及红漆描金的天花方板，是一尊黑凛凛的青铜佛像。他就坐在那高头，右腿交叠在左腿上面，脚心朝上，左手平摊在怀里，掌心向天，右手覆盖在右膝上，手掌朝内，手指朝下，指着地面。从莲座下吃力地望上去，那圆膝和五指显得分外的重大。

这是佛像坐姿里有名的“呼地作证”(Bhumisparsa Mudra)，又称为“降妖伏魔”(Maravijaya)。原来释迦牟尼在成正觉之前，天魔玛刺不服，问他有何德业，能够自悟而又度人。释迦说他前身前世早已积善积德，于是便从三昧的坐姿变成伏魔的手势，以手指地，唤大地的女神出来作证。她从长发里绞出许多水来，正是释迦前世所积之德。她愈绞愈多，终于洪水滔滔，把天魔的大军全部淹没。释迦乃恢复三昧的冥想坐姿，而入彻悟。曼谷玉佛寺的壁画上，就有露乳的地神绞发灭火之状，而众多魔兵之中，一半已驯，一半犹在张牙舞爪。

一说此事不过是寓言，只因当日释迦树下跏趺，心神未定，又想成正觉，又想回去世间寻欢逐乐。终于他垂手按膝，表示自己在彻悟之前不再起身的决心。然则所谓伏魔，正是自伏心魔。还是长发生水的故事比较生动。

想到这里，对他右掌按膝的手势更加敬仰而心动，不禁望之怔怔。后来问人，又自己去翻书，才知道这佛像高达二十二公尺半，镀有缅甸的金，铸造的年代约在十五世纪后半，相当于明英宗到宪宗之朝，低眉俯视之态据说是素可泰王朝的风格。一七六七年，缅甸入寇，一举焚灭了四百十七年的大城王朝。据说泰国最大的这尊坐佛当日竟无法掳走，任其弃置野外，风雨交侵。也就因此，这佛像看上去颇有沧桑的痕迹，不像曼谷一带其他的雕像那么光鲜。他太高大，何况像座已经高过人头了，实在看不出那一身是黑漆，或是岁月消磨的青铜本色。只觉得黝黑的阴影里，那高处还张着两只眼睛，修长的眼白衬托着乌眸，正炯炯俯视着我们，而无论你躲去哪里，都不出他的眸光。

佛面上一点鲜丽的朱砂，更增法相的神秘与庄严。但是佛身上还有两种妩媚的色彩。左肩上斜披下来的黄缦，闪着金色的丝光。摊开的左掌，大拇指上垂挂着一串缤纷的花带，用洁白的茉莉织成，还飘着泰国兰装饰的秀长流苏。这花带泰语叫做斑马来（Puang-Ma-Lai），不但借花可以献佛，也可送人。

“你们要进香吗？”传文走过来说。

“要啊。”我存立刻答道。

“香烛每套十铢。”传文说。

我们向佛堂门口的香桌上每人买了一套。所谓一套，原来就是一枝莲、一枝烛、三根香，还有一方金箔，用两片稍大一些的米黄棉纸包住。我们随着泰国的信徒，走到莲座下面的长条香案，把一尺半长的一枝单花含苞白莲放在一只浅铜盆里，再点亮红烛插上烛台，最后更燃香插入香炉。莲是佛座，烛是觉悟之光，至于三根香，则是献给佛祖、佛法、僧侣，所谓三宝。炉香袅袅之中，我们也与众人合掌跪祷。

“这金箔该怎么办呢？”我问一旁的信慧。

“撕下来，贴在佛身上。”她说。

“泰国人的传统，”传文笑说，“贴在佛头，就得智慧。贴在佛口，就善言辞。贴在佛的心口呢，就会心广体胖。”

我举头看佛，有五六层楼那么高，岂止是“丈二金刚，摸不着头脑”？莲台已经高过我头顶，“临时抱佛脚”都不可能。急切里，分开棉纸，取出闪光的金箔。怎么办呢？一看，也有人干脆贴在莲座底层，就照贴了。回头看我存怎么贴时，她已贴好，正心满意足地走了过来。原来龛下另有一座三尺高的佛像，脸上、身上贴满了金叶。

“你们要是喜欢，”信慧说，“还可以为黑佛披上黄缦。”

她把我们带到票台前面。一只盛着黄线的盒子上写着：“披黄缦，一次一百三十铢。”

那就是台币一百五十多元了。

“怎么披呢，这么高？”我问。

“他们会帮你做的。”信慧说。

我立刻付了泰币。那比丘尼从柜里取出一整匹黄缦，着我守在莲坛下面。不久，有声从屋顶反弹下来。仰望中，人头从佛像的巨肩后探出，一声低呼，金橘色的瀑布从半空泻落下来，兜头泼了我一身。黄洪停时，我抱了一满怀。但是也抱不了多久，因为黄缦的那一端她开始收线了。白带子收尽时，金橘色的瀑布便回流上升。这次轮到我放她收。再举头看时，我捐的黄缦已经飘然披上了黑佛的左肩。典礼完成。

我捐黄缦，不全是为好奇。当天上午，在曼谷的玉佛寺内，我随众人跪在大堂上时，无意间把腿一伸，脚底对住了玉佛。那要算是冒犯神明了，令我蠢蠢不安。现在为佛披缦，潜意识里该是赎罪吧，冥冥之中或许功过能相抵么？

《六祖坛经》里说，梁武帝曾问达摩：“朕一生造寺度僧，布施设斋，有何功德？”达摩答曰：“实无功德。”每次读到这一段，都不禁觉得好笑。岂知心净即佛，更无须他求。韦刺史以此相问，六祖答得好：“武帝心邪，不知正法。造寺度僧，布施设斋，名为求福，不可将福便为功德。功德在法身中，不在修福。”只要心净，无意之间冒犯了玉佛，并不能算是罪过。另一方面，烧香拜叩，捐款披袈，连梁武帝都及不上，更有什么功德？

想到这里，坦然一笑。走去票台，向满盛黄线的盒中取出四条。一条为我存系于左腕，一条自系，余下的两条准备带回台湾给两个女儿。

这美丽的纤细手镯，现在仍系在我的左腕，见证阿若他雅的一梦。

——一九八八年五月三十一日

——选自九歌版《隔水呼渡》

## 梵谷的向日葵

梵谷一生油画的产量在八百幅以上，但是其中雷同的画题不少，每令初看的观众感到困惑。例如他的自画像，就多达四十多幅。阿罗时期的“吊桥”，至少画了四幅，不但色调互异，角度不同，甚至有一幅还是水彩。《邮差鲁兰》和《嘉舍大夫》也都各画了两张。至于早期的代表作《食薯者》，从个别人物的头像素描到正式油画的定稿，反反复复，更画了许多张。梵谷是一位求变、求全的画家，面对一个题材，总要再三检讨，务必面面俱到，充分利用为止。他的杰作《向日葵》也不例外。

早在巴黎时期，梵谷就爱上了向日葵，并且画过单枝独朵，鲜黄衬以亮蓝，非常艳丽。一八八八年初，他南下阿罗，定居不久，便邀高敢从西北部的布列塔尼去阿罗同住。这正是梵谷的黄色时期，更为了欢迎好用鲜黄的高敢去“黄屋”同住，他有意在十二块画板上画下亮黄的向日葵，作为室内的装饰。

梵谷在巴黎的两年，跟法国的少壮画家一样，深受日本版画的影响。从巴黎去阿罗不过七百公里，他竟把风光明媚的普罗旺斯幻想成日本。阿罗是古罗马的属地，古迹很多，居民兼有希腊、罗马、阿拉伯的血统，原是令人悠然怀古的名胜。梵谷却志不在此，一心一意只想追求艺术的新天地。

到阿罗后不久，他就在信上告诉弟弟：“此地有一座柱廊，叫做圣多芬门廊，我已经有点欣赏了。可是这地方太无情，太怪异，像一场中国式的噩梦，所以在我看来，就连这么宏伟风格的优美典范，也只属于另一世界：我真庆幸，我跟它毫不相干，正如跟罗马皇帝尼罗的另一世界没有关系一样，不管那世界有多壮丽。”

梵谷在信中不断提起日本，简直把日本当成亮丽色彩的代名词了。他对弟弟说：

“小镇四周的田野盖满了黄花与紫花，就像是——你能够体会吗？——一个日本美梦。”

由于接触有限，梵谷对中国的印象不正确，而对日本却一见倾心，诚然不幸。他对日本画的欣赏，也颇受高敢的示范引导；去了阿罗之后，更进一步，用主观而武断的手法来处理色彩。向日葵，正是他对“黄色交响”的发挥，间接上，也是对阳光“黄色高调”的追求。

一八八八年八月底，梵谷去阿罗半年之后，写信给弟弟说：“我正在努力作画，起劲得像马赛人吃鱼羹一样；要是你知道我是在画几幅大向日葵，就不会奇怪了。我手头正画着三幅油画……第三幅是画十二朵花与蕾插在一只黄瓶里（三十号大小）。所以这一幅是浅色衬着浅色，希望是最好的一幅。也许我不只画这么一幅。既然我盼望跟高敢同住在自己的画室里，我就要把画室装潢起来。除了大向日葵，什么也不要……这计划要是能实现，就会有十二幅木版画。整组画将是蓝色和黄色的交响曲。每天早晨我都乘日出就动笔，因为向日葵谢得很快，所以要做到一气呵成。”

过了两个月，高更就去阿罗和梵谷同住了。不久两位画家因为艺术观点相异，屡起争执。梵谷本就生活失常，情绪紧张，加以一生积压了不少挫折，每天更冒着烈日劲风出门去赶画，甚至晚上还要在户外借着烛光捕捉夜景，疲惫之余，怎么还禁得起额外的刺激？耶诞前两天，他的狂疾初发。耶诞后两天，高敢匆匆回去了巴黎。梵谷住院两周，又恢复作画，直到一八八九年二月四日，才再度发作，又卧病两周。一月二十三日，在两次发作之间，他写给弟弟的一封长信，显示他对自己的这些向日葵颇为看重，而对高敢的友情和见解仍然珍视。他说：

> 如果你高兴，你可以展出这两幅向日葵。高敢会乐于要一幅的，我也很愿意让高敢大乐一下。所以这两幅里他要哪一幅都行，无论是哪一幅，我都可以再画一张。
>
> 你看得出来，这些画该都抢眼。我倒要劝你自己收藏起来，只跟弟媳妇私下赏玩。这种画的格调会变的，你看得愈久，它就愈显得丰富。何况，你也知道，这些画高敢非常喜欢。他对我说来说去，有一句是："那……正是……这种花。"
>
> 你知道，芍药属于简宁（Jeannin），蜀葵归于郭司特（Quost），可是向日葵多少该归我。

足见梵谷对自己的向日葵信心颇坚，简直是当仁不让，非他莫属。这些光华照人的向日葵，后世知音之多，可证梵谷的预言不谬。

在同一封信里，他甚至这么说："如果我们所藏的蒙提切利那丛花值得收藏家出五百法郎，说真的也真值，则我敢对你发誓，我画的向日葵也值得那些苏格兰人或美国人出五百法郎。"

梵谷真是太谦虚了。五百法郎当时只值一百美金；他说这话，是在一八八八年。几乎整整一百年后，在一九八七年的三月，其中的一幅向日葵在伦敦拍卖所得，竟是画家当年自估的三十九万八千五百倍。要是梵谷知道了，会有什么感想呢？要是他知道，那幅《鸢尾花圃》售价竟高过《向日葵》，又会怎么说呢？

一八九〇年二月，布鲁塞尔举办了一个"二十人展"(Les Vingt)。主办人透过西奥，邀请梵谷参展。梵谷寄了六张画去，"向日葵"也在其中，足见他对此画的自信。结果卖掉的一张不是《向日葵》，而是《红葡萄园》。非但如此，《向日葵》在那场画展中还受到屈辱。参展的画家里有一位专画宗教题材的，叫做德格鲁士(Henry de Groux)，坚决不肯把自己的画和"那盆不堪的向日葵"一同展出。在庆祝画展开幕的酒会上，德格鲁士又骂不在场的梵谷，把他说成"笨瓜兼骗子"。罗特列克在场，气得要跟德格鲁士决斗。众画家好不容易把他们劝开。第二天，德格鲁士就退出了画展。

梵谷的《向日葵》在一般画册上，只见到四幅：两幅在伦敦，一幅在慕尼黑，一幅在阿姆斯特丹。梵谷最早的构想是"整组画将是蓝色和黄色的交响曲"，但是习见的这四幅里，只有一幅是把亮黄的花簇衬在浅蓝的背景上，其余三幅都是以黄衬黄，烘得人脸颊发燠。

荷兰原是郁金香的故乡，梵谷却不喜欢此花，反而认同法国的向日葵，也许是因为郁金香太秀气、太娇柔了，而粗茎糙叶、花序奔放、可充饲料的向日葵则富于泥土气与草根性，最能代表农民的精神。

梵谷嗜画向日葵，该有多重意义。向日葵昂头扭颈，从早到晚随着太阳转脸，有追光拜日的象征。德文的向日葵叫 sonnenblume，跟英文的 sunflower 一样。西班牙文叫此花为 girasol，是由 girar（旋转）跟 sol（太阳）二字合成，意为“绕太阳”，颇像中文。法文最简单了，把向日葵跟太阳索性都叫做 soleil。梵谷通晓西欧多种语文，更常用法文写信，当然不会错过这些含义。他自己不也追求光和色彩，因而也是一位拜日教徒吗？

其次，梵谷的头发棕里带红，更有“红头疯子”之称。他的自画像里，不但头发，就连络腮的胡须也全是红焦焦的，跟向日葵的花盘颜色相似。至于一八八九年九月他在圣瑞米疯人院所绘的那张自画像（也就是我中译的《梵谷传》封面所见），胡子还棕里带红，头发简直就是金黄的火焰；若与他画的向日葵对照，岂不像纷披的花序吗？

因此，画向日葵即所以画太阳，亦即所以自画。太阳、向日葵、梵谷，圣三位一体。

另一本梵谷传记《尘世过客》（*Stranger on the Earth*：by Albert Lubin）诠释此图说：“向日葵是有名的农民之花；据此而论，此花就等于农民的画像，也是自画像。它爽朗的光彩也是仿自太阳，而文生之珍视太阳，已奉为上帝和慈母。此外，其状有若乳房，对这个渴望母爱的失意汉也许分外动人，不过此点并无确证。他自己（在给西奥的信中）也说过，向日葵是感恩的象征。”

从认识梵谷起，我就一直喜欢他画的向日葵，觉得那些挤在一只瓶里的花朵，辐射的金发，丰满的橘面，挺拔的绿茎，衬在一片淡柠檬黄的背景上，强烈地象征了天真而充沛的生命，而那深深浅浅交交错错织成的黄色暖调，对疲劳而受伤的视神经，真是无比美妙的按摩。每次面对此画，久久不甘移目，我都要贪馋地饱饫一番。

另一方面，向日葵苦追太阳的壮烈情操，有一种知其不可为而为之的志气，令人联想起中国神话的夸父追日，希腊神话的伊卡瑞斯奔日。所以在我的近作《向日葵》一诗里我说：

你是挣不脱的夸父
飞不起来的伊卡瑞斯
每天一次的轮回
从曙到暮
扭不屈之颈，昂不垂之头
去追一个高悬的号召

——一九九〇年四月

——选自九歌版《从徐霞客到梵谷》

# 红与黑

## ——巴塞隆纳看斗牛

### 1

四月下旬，去巴塞隆纳参加国际笔会的年会，乃有西班牙之旅。早在七年前的夏天，就和我存去过爱比利亚半岛，这次已是重游。不过上次的行踪，从比斯开湾一直到地中海，包括自己驾车，从格拉纳达经马拉加到塞维利亚，再经科尔多巴回到格拉纳达，广阔得多了。这次会务在身，除了飞越比利牛斯山壮丽的雪峰之外，一直未出巴塞隆纳，所以谈不上什么壮游。我最倾心的西班牙都市，既非马德里，也非巴城，而是格拉纳达、托雷多那样令人屏息惊艳的小镇。

尽管如此，这一回在巴塞隆纳却有三件事情，是我上回未曾身历，而令我的“西班牙经验”更为充实。其一是两度瞻仰了建筑大师高帝设计的组塔——圣家大教堂(La Sagrada Familia d'Antoni Caudí)，不但在下面仰望，而且直攀到塔顶俯观。

其二是正巧遇上四月廿三日的佳节，不但是天使圣乔治的庆典，更是浪漫的玫瑰日，所以糕饼店的橱窗里都挂着圣乔治在马上挺矛斗龙的雕像，蛋糕上也做出相似的图形，广场的花市前挤满了买玫瑰的男人，至于书摊前面，则挤满了买书给男友的女子。躬逢盛会，我们追逐着人潮，也沾了节日的喜气。不过那一天也是塞凡提斯的忌辰，西方两大作家，莎士比亚与塞凡提斯，都在一六一六年四月廿三日逝世，但是就我在巴塞隆纳所见，那一天对《堂吉诃德》的作者，似乎并无纪念的活动。

巴塞隆纳是西班牙第一大港、第二大城，人口近二百万。中世纪后期，它是阿拉贡王国的京都。二次大战之前昙花一现的卡塔罗尼亚共和国，也建都于此。当地人说的不是以加斯提尔为主的正宗西班牙语，而是糅合了法语和意大利语的卡塔朗语（Catalan），把圣乔治叫做 Sant Jordi。市政府宫楼的拱门上，神龛供着一尊元气淋漓的石雕，正是屠龙的天使圣乔治。

但那是中世纪的传说了。这一次在巴城，我看到的，是另一种的人与兽斗。

2

斗牛，乃西班牙的“国斗”，不但是一大表演，也是一大典礼。这件事英文叫 bullfighting，西班牙人自己叫 corrida de toros，语出拉丁文，意谓“奔牛”。牛可以斗，自古已然。早在罗马帝国的时代，已经传说拜提卡（Baetica，安达露西亚之古称）有斗牛的风俗，矫捷的勇士用矛或斧杀死蛮牛。五世纪初，日尔曼蛮族南侵，西哥德人据西班牙三百年，此风不变，而且传给了路西塔诺人（Lusitanos，葡萄牙人古称）。其后爱比利亚半岛陷于北非的摩尔人，达八世纪之久（七一一～一四九二）；因为回教徒善于骑术，便改为在马背上持矛斗牛，且命侍从徒步助斗，一时蔚为风气。于是在塞维利亚、科尔多巴、托雷多等名城，古罗马所遗的露天圆场，纷纷改修为斗牛场。至于小镇，则多半利用城内的广场（plaza），所以后来斗牛场就叫做 plaza de toros。

一四九二年是西班牙人最感自豪的一年，因为就在这一年，联姻了廿三载的阿拉贡国王费迪南与加斯提尔女王伊莎贝拉，终于将摩尔人逐出格拉纳达，结束了回教漫长的统治，而且在女王的支持下，哥伦布抵达了西印度群岛。此事迄今恰满五百年，所以西班牙今年在巴塞隆纳举办奥运，更在塞维利亚展开博览会，特具历史意义。不过，回教徒虽被赶走，马上斗牛的风俗却传了下来，成为西班牙贵族之间最流行的竞技。十六世纪初年，神圣罗马帝国的皇帝查理五世，更在王子的生日不惜亲自挥矛屠牛，以博取臣民的爱戴。

后来斗牛的方式迭经演变，先是杀牛的长矛改成短矛，到了一七〇〇年，贵族竟然改成徒步斗牛，却叫侍从们骑马助阵。十八世纪初年，饲养野牛成了热门生意，不但西班牙、葡萄牙、法国、意大利的皇室，甚至西班牙的天主教会，也都竞相饲养特佳的品种，供斗牛之用。终于教廷不得不出面禁止，说犯者将予驱逐出教。贵族们这才怕了，只好让给专业的下属去斗。这些下属为了阶级的顾忌，乃弃矛用剑。

今制的西班牙斗牛，已有将近三百年的历史。现今的主斗牛士（matador，亦称 espada）一手持剑（estoque），一手执旗（muleta），即始于十八世纪之初。所谓的旗，原是一面哔叽料子的红毛披风，对折地披在一根五十六公分的杖上。早在一七〇〇年，著名的斗牛士罗美洛（Francisco Romero）在安达露西亚出场，便率先如此使用旗剑了。

3

有人不禁要问了："凭什么斗牛会盛行于西班牙呢？"原来这种剽悍的蛮牛是西班牙的特产，尤以塞维利亚的缪拉饲牛场（Canadería de Miura）所产最为勇猛，触死斗牛士的比率也最高。大名鼎鼎的曼诺雷代（Manolete），才三十岁便死于其角下。公认最伟大的斗牛士何赛利多（Joselito）也死在这样的沙场。其实每一位斗牛士每一季至少会被牛抵伤一次，可见周旋牛角尖的生涯终难幸免。据统计，三百年来成名的一百廿五位主斗牛士之中，死于碧血黄沙的场中者，在四十人以上。

最幸运的要推贝尔蒙代（Juan Belmonte）了，一生被抵五十多次，却能功成身退，改业饲牛。贝尔蒙代之功，当然不在屡抵不死，而在斗牛风格之提升。在他之前，一场斗牛的高潮全在最后那致命的一剑。而他，瘦小的安达露西亚人，却把焦点放在"逗牛"上，红旗招展之际，把牛头上那两柄阿拉伯弯刀引近身来，成了穿肠之险，心腹之患，却在临危界上，全身而退。万千观众期望于斗牛士的，不仅是艺高、胆大，还要临危不乱的雍容优雅（skill, daring, and grace），这便有祭拜死神的典礼意味了。所以斗牛这件事，表面是人兽之斗，其实是人与自己搏斗，看还能让牛角逼身多近。

拉丁美洲盛行斗牛的国家，从北到南，是墨西哥、委内瑞拉、哥伦比亚、秘鲁。墨西哥城的斗牛场可坐五万观众。最盛的国家当然还是发源地西班牙，二十世纪中叶以来，斗牛场之多，达四百座，小者可坐一千五百人，大者，如马德里和巴塞隆纳的斗牛场，可坐两万人。

4

此刻我正坐在巴塞隆纳的“猛牛莽踏”斗牛场（Plaza de Toros Monumental），等待开斗。正是下午五点半钟，一半的圆形大沙场还曝在西晒下。我坐在阴座前面的第二排，中央偏左，几乎是正朝着沙场对面艳阳旺照着的阳座。一排排座位的同心圆弧，等高线一般层叠上去，叠成拱门掩映的楼座，直达圆顶，便接上卡塔罗尼亚的蓝空了。观众虽然只有四成光景，却可以感到期待的气氛。

忽然掌声响起，斗牛士们在骑士的前导下列队进场，绕行一周。一时锦衣闪闪，金银交映着斜晖，行到台前，市长把牛栏的钥匙掷给马上的骑士。于是行列中不斗第一头牛的人一齐退出场去，只留下几位斗士执着红旗各就岗位。红栅门一开，第一头牛立刻冲了出来。

海报上说，今天这一场要杀的六头牛，都是葡萄牙养牛场出品的“勇猛壮牛”(bravos novillos)。果然来势汹汹，挺着两把刚烈的弯角，刷动长而遒劲的尾巴，结实而坚韧的背肌肩腱，掠过鲜血一般的木栅背景，若黑浪滚滚地起伏，转瞬已卷过了半圈沙场。这一团狞然墨黑的盛怒，重逾千磅，正用鼓槌一般的四蹄疾践着黄沙，生命力如此强旺，却注定了若无“意外”，不出廿分钟就会仆倒在杀戮场上。

三个黑帽锦衣的助斗士扬起披风，轮番来挑逗怒牛。这虽然只是主斗士上场的前奏，但是身手了得的助斗士仍然可以一展绝技，也能博得满场彩声。不过助斗士这时只用一只手扬旗，为了主斗士可以从旁观察，那头牛是惯用左角或右角，还是爱双角并用来抵人。不久主斗士便亲自来逗牛了，所用的招数叫做 verónica，可以译为“立旋”。只见他神闲气定，以逸待劳，立姿全然不变，等到奔牛近身，才把那面张开的大红披风向斜里缓缓引开，让仰挑的牛角扑一个空。几个回合（pass）之后，号角响起，召另一组助斗士进场。

两位轩昂的骑士，头戴低顶宽边的米黄色大帽，身穿锦衣，脚披护甲，手执长矛，缓缓地驰进场来。真刀真枪、血溅沙场的斗牛，这才正式开始。野牛屡遭逗戏，每次扑空，早已很不耐烦了，一见新敌入场，又是人高马大，目标鲜明，便怒奔直攻而来。牛背比马背至少矮上二尺，但凭了蛮力的冲刺，竟将助斗士的长矛手

(picador) 连人带马推顶到红栅墙下，狠命地抵住不放。可怜那马，虽然戴了眼罩，仍十分惊骇。为了不让牛角破肚穿肠，它周身披着过膝的护障，那是厚达三英寸的压缩棉胎，外加皮革与帆布制成。正对峙间，马背上的助斗士奋挺长矛，向牛颈与肩胛骨的关节猛力搠下，但因矛头三四英寸处装有阻力的铁片，矛身不能深入，只能造成有限的伤口。只见那矛手把长矛抵住牛背，左右扭旋，要把那伤口挖大一些，看得人十分不忍。

“好了，好了，别再戳了！”我后面的一些观众叫了起来。人高马大，不但保护周全，且有长矛可以远攻，长矛手一面占尽了便宜，一面又没有什么优雅好表演，显然不是受欢迎的人物。号角再起，两位长矛手便横着沾血的矛，策马出场。

紧接着三位徒步的助斗士各据方位，展开第二轮的攻击。这些投枪手（banderilleros）两手各执一支投枪（banderilla），其实是一支扁平狭长的木棍，缀着红黄相间的彩色纸，长七十二公分，顶端三公分装上有倒钩的箭头。投枪手锦衣紧扎，步法轻快，约在二十多码外猛挥手势加上吆喝，来招惹野牛。奔牛一面冲来，他一面迎上去，却稍稍偏斜。人与兽一合即分，投枪手一挫身，跳出牛角的触程，几乎是相擦而过。定神再看，两支投枪早已颤颤地斜插入牛背。

牛一冲不中，反被枪刺所激，回身便来追抵。投枪手在前面奔逃，到了围墙边，用手一搭，便跳进了墙内。气得牛在墙外，一再用角撞那木墙，砰然有声。如果三位投枪手都得了手，牛背上就会披上六支投枪，五色缤纷地摇着晃着。不过，太容易失手了，加以枪尖的倒钩也会透脱，所以往往牛背上只披了两三支枪，其他的就散落在沙场。

铜号再鸣，主斗士（matador）出场，便是最后一幕了，俗称“真相的时辰”。这是主斗士的独角戏，由他独力屠牛。前两幕长矛手与投枪手刺牛，不过是要软化孔武有力的牛颈肌腱，使它逐渐低头，好让主斗士施以致命的一剑。这时，几位助斗士虽也在场，但绝不插手，除非主斗士偶尔失手，红旗被抵落地，需要他们来把牛引开。

主斗士走到主礼者包厢的正下方，右手高举着黑绒编织的平顶圆帽，左手握着剑与披风，向主礼者隆重请求，准他将这头牛献给在场的某位名人或朋友，然后把帽抛给那位受献人。

接着他再度表演逗牛的招式，务求愤怒的牛角跟在他肘边甚至腰际追转，身陷险境而临危不乱，常保修挺倜傥的英姿。

这时，重磅而迅猛的黑兽已经缓下了攻势，勃怒的肩颈松弛了，庞沛的头颅渐垂渐低，腹下的一绺鬃毛也萎垂不堪。而尤其可惊的，是反衬在黄沙地面的黑压压雄躯，腹下的轮廓正剧烈地起伏，显然是在喘气。投枪猬集的颈背接榫处，正是长矛肆虐的伤口，血的小瀑布沿着两肩腻滞滞地挂了下来，像披着死亡庆典的绶带。不但沙地上，甚至在主斗士描金刺绣的紧身锦衣上，也都沾满了血。

其实红旗上溅洒的血迹更多，只是红上加红，不明显而已。许多人以为红色会激怒牛性，其实牛是色盲，激怒它的是剧烈的动作，例如举旗招展，而非旗之色彩。斗牛用红旗，因为沾上了血不惹目，不显腥，同时红旗本身又鲜丽壮观，举牛身之纯黑形成对比。红与黑，形成西班牙的情意结，悲壮得多么惨痛、热烈。

那剧喘的牛，负着六支投枪和背脊的痛楚，吐着舌头，流着鲜血，才是这一出悲剧，这一场死亡仪式的主角。只见它怔怔立在那里，除了双角和四蹄之外，通体纯黑，简直看不见什么表情，真是太玄秘了。它就站在十几码外，一度，我似乎看到了它的眼神，令我凛然一震。

斗牛士已经裸出了细长的剑，等在那里。最终的一刻即将来到，死亡悬而不决。这致命的一搠有两种方式，一是“捷足”(volapié)，人与兽相对立定，然后互攻；二是“待战”(recibiendo)，人立定不动，待兽来攻。后面的方式需要手准胆大，少见得多。同时，那把绝命剑除了杀牛，不得触犯到牛身，要是违规，就会罚处重款，甚至坐牢。

第一头牛的主斗士叫波瑞罗（Antonio Borrero），绰号小伙子（Chamaco），在今天三位主斗士里身材确是最小，不过五英尺五六的样子。他是当地的斗牛士，据说是吉普赛人。他穿着紧身的亮蓝锦衣，头发飞扬，尽管个子不高，却傲然挺胸而顾盼自雄。

好几个回合逗牛结束，只见他从容不迫地走到红栅门前，向南而立。牛则向北而立，人兽都在阴影里，相距不过六七英尺。他屏息凝神，专注在牛的肩颈穴上，双手握着那命定的窄剑，剑锋对准牛脊。那牛，仍然是纹风不动，只有血静静在流。全场都憋住了气，一片睽睽。蓦地蓝影朝前一冲，不等黑躯迎上来，已经越过了牛角，扫过了牛肩，闪了开去。但他的手已空了。回顾那牛，颈背间却多了一截剑柄。噢，剑身已入了牛。立刻，它吐出血来。

我失声低呼，不知如何是好。不到二十秒钟，那一千磅的重加黑颓然仆地。

满场的喝彩声中，我的胃感到紧张而不适，胸口沉甸甸的，有一种共犯的罪恶感。

后来我才知道，那致命的一剑斜斜插进了要害，把大动脉一下子切断了。紧接着，蓝衣的斗牛士巡场接受喝彩，一位助斗士却用分骨短刀切开颈骨与脊椎。一个马夫赶了并辔的三匹马进场，把牛尸拖出场去。黑罩遮眼的马似乎直觉到什么不祥，直用前蹄不安地扒地。几个工人进场来推沙，将碍眼的血迹盖掉。不久，红栅开处，又一头神旺气壮的黑兽踹入场来。

5

这一场斗牛从下午五点半到七点半，一共屠了六头牛，平均每二十分钟杀掉一头。日影渐西，到了后半场，整个沙场都在阴影里了。每一头牛的性格都不一样。所以斗起来也各有特色。主斗士只有三位，依次轮番上场与烈牛决战，每人轮到两次。第一位出场的是本地的波瑞罗，正是刚才那位蓝衣快剑的主斗士。他后面的两位都是客串，依次是瓦烈多里德来的桑切斯（Manolo Sanchez），瓦伦西亚来的帕切科（Jose Pacheco）。两人都比波瑞罗高大，但论出剑之准，屠牛手法之利落，都不如他。所以斗牛士不可以貌相。

斗第二头牛时，马上的长矛手一出场，怒牛便汹汹奔来，连人带马一直推抵到红栅门边，角力似的僵持了好几分钟。忽然观众齐声惊叫起来，我定睛一看，早已人仰马翻，只见四只马蹄无助地戟指着天空，竟已不动弹了。

“一定是死了！”我对身边的泰国作家说，一面为无辜的马觉得悲伤，一面又为英勇的牛感到高兴。可是还不到三四分钟，长矛手竟已爬了起来，接着把马也拉了起来。这时，三四位助斗士早已各展披风，把牛引开了。

斗到第三头牛，主斗士帕切科在用剑之前，挥旗逗牛，玩弄坚利的牛角，那一对死神的触须，于肘边与腰际，却又屹立在滔滔起伏的黑浪之中，镇定若一根砥柱。中国的水牛，弯角是向后长的。西班牙这黑凛凛的野牛，头上这一对白角，长近二英尺，仿若回教武士的弯刀，转了半圈，刀尖却是向前指的。只要向前一冲一抵，配合着黑头一俯一昂，那一面大红披风就会猛然向上翻起，看得人心惊。帕切科露了这一手，引起全场采声，回过身去，锦衣闪金地挥手答谢。不料立定了喘气的败牛倏地背后撞来，把他向上一掀，腾空而起，狼狈落地。惊呼声中，助斗士一拥而上，围逗那怒牛。帕切科站起来时，紧身胯的臀上裂开了一英尺的长缝。幸而是双角一齐托起，若是偏了，裂缝岂非就成了伤口？

那头牛特别蛮强，最后杀牛时，连搠两剑，一剑入肩太浅，另一剑斜了，脱出落地。那牛，负伤累累，既摆不脱背上的标枪，又撞不到狡猾的敌人，吼了起来。吼声并不响亮，但是从它最后几分钟的生命里，从那痛苦而愤怒的黑谷深处勃然逼出，沉洪而悲哀，却令我五内震动，心灵不安。然而它是必死的，无论它如何英勇奋斗，最后总不能幸免。它的宿命，是轮番被矛手、枪手、剑手所杀戮，外加被诡谲的红旗所戏弄。可是当初在饲牛场，如果它早被淘汰而无缘进入斗牛场，结果也会送进屠宰场去。

究竟，哪一种死法更好呢？无声无臭，在屠宰场中集体送命呢，还是单独被放出栏来，插枪如披彩，流血如挂带，追逐红旗的幻影，承当矛头和刃锋的咬噬，在只有入口没有出路的沙场上奔踹以终？西班牙人当然说，后一种死法才死得其所啊：那是众所瞩目，死在大名鼎鼎的斗牛士剑下，那是光荣的决斗啊，而我，已是负伤之躯，疲奔之余，让他的了。在所谓 corrida de toros 的壮丽典礼中，真正的英雄，独来独往而无所恃仗，不是斗牛士，是我。

想到这里，场中又响起了掌声。原来死牛的双耳已经割下，盛在绒袋子里，由主礼者抛赠给主斗士。据说这也是典礼的一项：斗得出色，获赠一只牛耳；更好，赠耳一双；登峰造极，则再加一条牛尾。同时，典礼一开始就接受主斗士飞帽献牛的受献人，也把这顶光荣之帽掷回给主斗士，不过帽里包了赏金或礼品。

夕阳西下，在渐寒的晚凉之中，我和同来的两位泰国作家回到哥伦布旅馆，兴奋兼悲悯笼罩着我们。

“这种事，在泰国绝对不准！”妮妲雅说。

整个晚上我的胸口都感到重压，呼吸不畅。闭上眼睛，就眩转于红旗飘展，黑牛追奔，似乎要陷入红与黑相衔相逐的旋涡。更可惊的，是在这不安的罪咎感之中，怎么竟然会透出一点嗜血的滋味？只怕是应该趁早离开西班牙了。

——一九九二年五月

——选自九歌版《日不落家》

# 自豪与自幸
## ——我的国文启蒙

每个人的童年未必都像童话，但是至少该像童年。若是在都市的红尘里长大，不得亲近草木虫鱼，且又饱受考试的威胁，就不得纵情于杂学闲书，更不得看云、听雨，发一整个下午的呆。我的中学时代在四川的乡下度过，正是抗战，尽管贫于物质，却富于自然，裕于时光，稚小的我乃得以亲近山水，且涵泳中国的文学。所以每次忆起童年，我都心存感激。

我相信一个人的中文根底，必须深固于中学时代。若是等到大学才来补救，就太晚了，所以大一国文之类的课程不过虚设。我的幸运在于中学时代是在纯朴的乡间度过，而家庭背景和学校教育也宜于学习中文。

一九四〇年秋天，我进入南京青年会中学，成为初一的学生。那家中学在四川江北县悦来场，靠近嘉陵江边，因为抗战，才从南京迁去了当时所谓的“大后方”。不能算是什么名校，但是教学认真。我的中文跟英文底子，都是在那几年打结实的。尤其是英文老师孙良骥先生，严谨而又关切，对我的教益最多。当初若非他教我英文，日后我是否进外文系，大有问题。

至于国文老师，则前后换了好几位。川大毕业的陈梦家先生，兼授国文和历史，虽然深度近视，戴着厚如酱油瓶底的眼镜，却非目光如豆，学问和口才都颇出众。另有一位国文老师，已忘其名，只记得仪容儒雅，身材高大，不像陈老师那么不修边幅，甚至有点邋遢。更记得他是北师大出身，师承自多名士耆宿，就有些看不起陈先生，甚至溢于言表。

高一那年，一位前清的拔贡来教我们国文。他是戴伯琼先生，年已古稀，十足是川人惯称的“老夫子”。依清制科举，每十二年由各省学政考选品学兼优的生员，保送入京，也就是贡入国子监，谓之拔贡。再经朝考及格，可充京官、知县或教职。如此考选拔贡，每县只取一人，真是高材生了。戴老夫子应该就是巴县（即江北县）的拔贡，旧学之好可以想见。冬天他来上课，步履缓慢，意态从容，常着长衫，戴黑帽，坐着讲书。至今我还记得他教周敦颐的《爱莲说》，如何摇头晃脑，用川腔吟诵，有金石之声。这种老派的吟诵，随情转腔，一咏三叹，无论是当众朗诵或者独自低吟，对于体味古文或诗词的意境，最具感性的功效。现在的学生，甚至主修中文系的，也往往只会默读而不会吟诵，与古典文学不免隔了一层。

为了戴老夫子的耆宿背景，我们交作文时，就试写文言。凭我们这一手稚嫩的文言，怎能入夫子的法眼呢？幸而他颇客气，遇到交文言的，他一律给六十分。后来我们死了心，改写白话，结果反而获得七八十分，真是出人意料。

有一次和同班的吴显恕读了孔稚珪的《北山移文》，佩服其文采之余，对纷繁的典故似懂非懂，乃持以请教戴老夫子，也带点好奇，有意考他一考。不料夫子一瞥题目，便把书合上，滔滔不绝，不但我们问的典故他如数家珍地详予解答，就连没有问的，他也一并加以讲解，令我们佩服之至。

国文班上，限于课本，所读毕竟有限，课外研修的师承则来自家庭。我的父母都算不上什么学者，但他们出身旧式家庭，文言底子照例不弱，至少文理是晓畅通达的。我一进中学，他们就认为我应该读点古文了，父亲便开始教我魏征的《谏太宗十思疏》，母亲也在一旁帮腔。我不太喜欢这种文章，但感于双亲的谆谆指点，也就十分认真地学习。接下来是读《留侯论》，虽然也是以知性为主的议论文，却淋漓恣肆，兼具生动而铿锵的感性，令我非常感动。再下来便是《春夜宴桃李园序》、《吊古战场文》、《与韩荆州书》、《陋室铭》等几篇。我领悟渐深，兴趣渐浓，甚至倒过来央求他们多教一些美文。起初他们不很愿意，认为我应该多读一些载道的文章，但见我颇有进步，也真有兴趣，便又教了《为徐敬业讨武曌檄》、《滕王阁序》、《阿房宫赋》。

父母教我这些，每在讲解之余，各以自己的乡音吟哦给我听。父亲诵的是闽南调，母亲吟的是常州腔，古典的情操从乡音深处召唤着我，对我都有异常的亲切。就这么，每晚就着摇曳的桐油灯光，一遍又一遍，有时低回，有时高亢，我习诵着这些古文，忘情地赞叹骈文的工整典丽，散文的开阖自如。这样的反复吟咏，潜心体会，对于真正进入古人的感情，去呼吸历史，涵泳文化，最为深刻、委婉。日后我在诗文之中展现的古典风格，正以桐油灯下的夜读为其源头。为此，我永远感激父母当日的启发。

不过那时为我启蒙的，还应该一提二舅父孙有孚先生。那时我们是在悦来场的乡下，住在一座朱氏宗祠里，山下是南去的嘉陵江，涛声日夜不断，入夜尤其撼耳。二舅父家就在附近的另一个山头，和朱家祠堂隔谷相望。父亲经常在重庆城里办公，只有母亲带我住在乡下，教授古文这件事就由二舅父来接手。他比父亲要闲，旧学造诣也似较高，而且更加喜欢美文，正合我的抒情倾向。

他为我讲了前后《赤壁赋》和《秋声赋》，一面捧着水烟筒，不时滋滋地抽吸，一面为我娓娓释义，哦哦诵读。他的乡音同于母亲，近于吴侬软语，纤秀之中透出儒雅。他家中藏书不少，最吸引我的是一部插图动人的线装《聊斋志异》。二舅父和父亲那一代，认为这种书轻佻侧艳，只宜偶尔消遣，当然不会鼓励子弟去读。好在二舅父也不怎么反对，课余任我取阅，纵容我神游于人鬼之间。

后来父亲又找来《古文笔法百篇》和《幼学琼林》、《东莱博议》之类，抽教了一些。长夏的午后，吃罢绿豆汤，父亲便躺在竹睡椅上，一卷接一卷地饱览他的《纲鉴易知录》，一面叹息盛衰之理，我则畅读旧小说，尤其耽看《三国演义》。《西游记》、《水浒传》，甚至《封神榜》、《东周列国志》、《七侠五义》、《包公案》、《平山冷燕》等等也在闲观之列，但看得最入神也最仔细的，是《三国演义》，连草船借箭那一段的《大雾迷江赋》也读了好几遍。至于《儒林外史》和《红楼梦》，则要到进了大学才认真阅读。当初初看《红楼梦》，只觉其婆婆妈妈，很不耐烦，竟半途而废。早在高中时代，我的英文已经颇有进境，可以自修《莎氏乐府本事》（*Tales from Shakespeare*：by Charles Lamb），甚至试译拜伦《海罗德公子游记》（*Childe Harold's Pilgrimage*）的片段。只怪我野心太大，头绪太多，所以读中国作品也未能全力以赴。

我一直认为，不读旧小说难谓中国的读书人。"高眉"（high-brow）的古典文学固然是在诗文与史哲，但"低眉"（low-brow）的旧小说与民谣、地方戏之类，却为市井与江湖的文化所寄，上自骚人墨客，下至走卒贩夫，广为雅俗共赏。身为中国人而不识关公、包公、武松、薛仁贵、孙悟空、林黛玉，是不可思议的。如果说庄、骚、李、杜、韩、柳、欧、苏是古典之葩，则西游、水浒、三国、红楼正是民俗之根，有如圆规，缺其一脚必难成其圆。

读中国的旧小说，至少有两大好处。一是可以认识旧社会的民情风土、市井江湖，为儒道释俗化的三教文化作一注脚；另一则是在文言与白话之间搭一桥梁，俾在两岸自由来往。当代学者慨叹学子中文程度日低，开出来的药方常是"多读古书"。其实目前学生中文之病已近膏肓，勉强吞咽几丸孟子或史记，实在是杯水车薪，无济于事，根底太弱，虚不受补。倒是旧小说融贯文白，不但语言生动，句法自然，而且平仄妥帖，词汇丰富；用白话写的，有口语的流畅，无西化之夹生，可谓旧社会白话文的“原汤正味”，而用文言写的，如《三国演义》、《聊斋志异》与《唐人传奇》之类，亦属浅近文言，便于白话过渡。加以故事引人入胜，这些小说最能使青年读者潜化于无形，耽读之余，不知不觉就把中文摸熟弄通，虽不足从事什么声韵训诂，至少可以做到文从字顺，达意通情。

我那一代的中学生，非但没有电视，也难得看到电影，甚至广播也不普及。声色之娱，恐怕只有靠话剧了，所以那是话剧的黄金时代。一位穷乡僻壤的少年要享受故事，最方便的方式就是读旧小说。加以考试压力不大，都市娱乐的诱惑不多而且太远，而长夏午寐之余，隆冬雪窗之内，常与诸葛亮、秦叔宝为伍，其乐何输今日的磁碟、录影带、卡拉 OK？而更幸运的，是在“且听下回分解”之余，我们那一代的小“看官”们竟把中文读通了。

同学之间互勉的风气也很重要。巴蜀文风颇盛，民间素来重视旧学，可谓弦歌不辍。我的四川同学家里常见线装藏书，有的可能还是珍本，不免拿来校中炫耀，乃得奇书共赏。当时中学生之间，流行的课外读物分为三类：即古典文学，尤其是旧小说；新文学，尤其是三十年代白话小说；翻译文学，尤其是帝俄与苏联的小说。三类之中，我对后面两类并不太热衷，一来因为我勤读英文，进步很快，准备日后直接欣赏原文，至少可读英译本；二来我对当时西化而生硬的新文学文体，多无好感，对一般新诗，尤其是普罗八股，实在看不上眼。同班的吴显恕是蜀人，家多古典藏书，常携来与我共赏，每遇奇文妙句，辄同声啧啧。有一次我们迷上了《西厢记》,爱不释手,甚至会趁下课的十分钟展卷共读，碰上空堂，更并坐在校园的石阶上，膝头摊开张生的苦恋，你一节，我一段，吟咏什么“颠不刺的见了万千，似这般可喜娘的庞儿罕曾见。”后来发现了苏曼殊的《断鸿零雁记》，也激赏了一阵，并传观彼此抄下的佳句。

至于诗词，则除了课本里的少量作品以外，老师和长辈并未着意为我启蒙，倒是性之相近，习以为常，可谓无师自通。当然起初不是真通，只是感性上觉得美，觉得亲切而已。遇到典故多而背景曲折的作品，就感到隔了一层，纷繁的附注也不暇细读。不过热爱却是真的，从初中起就喜欢唐诗，到了高中更兼好五代与宋之词，历大学时代而不衰。

最奇怪的，是我吟咏古诗的方式，虽得闽腔吴调的口授启蒙，兼采二舅父哦叹之音，日后竟然发展成唯我独有的曼吟回唱，一波三折，余韵不绝，跟长辈比较单调的诵法全然相异。五十年来，每逢独处寂寞，例如异国的风朝雪夜，或是高速长途独自驾车，便纵情朗吟“弃我去者昨日之日不可留，乱我心者今日之日多烦忧！”或是“长洪斗落生跳波，轻舟南下如投梭，水师绝叫凫雁起，乱石一线争磋磨！”顿觉太白、东坡就在肘边，一股豪气上通唐宋。若是吟起更高古的“老骥伏枥，志在千里。烈士暮年，壮心不已”，意兴就更加苍凉了。

《晋书》王敦传说王敦酒后，辄咏曹操这四句古诗，一边用玉如意敲打唾壶作节拍，壶边尽缺。清朝的名诗人龚自珍有这么一首七绝：“回肠荡气感精灵，座客苍凉酒半醒。自别吴郎高咏减，珊瑚击碎有谁听？”说的正是这种酒酣耳热，纵情朗吟，而四座共鸣的豪兴。这也正是中国古典诗感性的生命所在。只用今日的国语来读古诗或者默念，只恐永远难以和李杜呼吸相通，太可惜了。

前年十月，我在英国六个城市巡回诵诗。每次在朗诵自己作品六七首的英译之后，我一定选一两首中国古诗，先读其英译，然后朗吟原文。吟声一断，掌声立起，反应之热烈，从无例外。足见诗之朗诵具有超乎意义的感染性，不幸这种感性教育今已荡然无存，与书法同一式微。

去年十二月，我在“第二届中国文学翻译国际研讨会”上，对各国的汉学家报告我中译王尔德喜剧《温夫人的扇子》的经验，说王尔德的文字好炫才气，每令译者“望洋兴叹”而难以下笔，但是有些地方碰巧，我的译文也会胜过他的原文。众多学者吃了一惊，一起抬头等待下文。我说：“有些地方，例如对仗，英文根本比不上中文。在这种地方，原文不如译文，不是王尔德不如我，而是他捞过了界，竟以英文的弱点来碰中文的强势。”

我以身为中国人自豪，更以能使用中文为幸。

——一九九三年一月

——选自九歌版《日不落家》

# 桥跨黄金城

## 一、长桥古堡

一行六人终于上得桥来。迎接我们的是两旁对立的灯柱，一盏盏古典的玻璃灯罩举着暖目的金黄。刮面是水寒的河风，一面还欺凌着我的两肘和膝盖。所幸两排金黄的桥灯，不但暖目，更加温心，正好为夜行人却寒。水声潺潺盈耳，桥下，想必是魔涛河了。三十多年前，独客美国，常在冬天下午听斯麦塔纳的《魔涛河》和德伏乍克的《新世界交响曲》，绝未想到，有一天竟会踏上他们的故乡，把他们宏美的音波还原成这桥下的水波。靠在厚实的石栏上，可以俯见桥墩旁的木架上，一排排都是栖定的白鸥，虽然夜深风寒，却不见瑟缩之态。远处的河面倒漾着岸上的灯光，一律是安慰的熟铜烂金，温柔之中带着神秘，像什么童话的插图。

桥真是奇妙的东西。它架在两岸，原为过渡而设，但是人上了桥，却不急于赶赴对岸，反而耽赏风景起来。原来是道路，却变成了看台，不但可以仰天俯水，纵览两岸，还可以看看停停，从容漫步。爱桥的人没有一个不恨其短的，最好是永远走不到头，让重吨的魁梧把你凌空托在波上，背后的岸追不到你，前面的岸也捉你不着。于是你超然世外，不为物拘，简直是以桥为鞍，骑在一匹河的背上。河乃时间之隐喻，不舍昼夜，又为逝者之别名。然而逝去的是水，不是河。自其变者而观之，河乃时间；自其不变者而观之，河又似乎永恒。桥上人观之不厌的，也许就是这逝而犹在、常而恒迁的生命。而桥，两头抓住逃不走的岸，中间放走抓不住的河，这件事的意义，形而上的可供玄学家去苦思，形而下的不妨任诗人来歌咏。

但此刻我却不能在桥上从容觅句，因为已经夜深，十一月初的气候，在中欧这内陆国家，昼夜的温差颇大。在呢大衣里面，我只穿了一套厚西装，却无毛衣。此刻，桥上的气温该只有摄氏六七度上下吧。当然不是无知，竟然穿得这么单薄就来桥上，而是因为刚去对岸山上的布拉格堡，参加国际笔会的欢迎酒会，恐怕户内太暖，不敢穿得太多。

想到这里，不禁回顾对岸。高近百尺的桥尾堡，一座雄赳赳哥德式的四方塔楼，顶着黑压压的楔状塔尖，晕黄的灯光向上仰照，在夜色中矗然赫然有若巨灵。其后的簇簇尖塔探头探脑，都挤着要窥看我们，只恨这桥尾堡太近太高了，项背所阻，谁也出不了头。但更远更高处，晶莹天际，已经露出了一角布拉格堡。

“快来这边看！”茵西在前面喊我们。

大家转过身去，赶向桥心。茵西正在那边等我们。她的目光兴奋，正越过我们头顶，眺向远方，更伸臂向空指点。我们赶到她身边，再度回顾，顿然，全愕呆了。

刚才的桥尾堡矮了下去。在它的后面，不，上面，越过西岸所有的屋顶、塔顶、树顶，堂堂崛起布拉格堡嵯峨的幻象，那君临全城不可一世的气势、气派、气概，并不全在巍然而高，更在其千窗排比、横行不断、一气呵成的逦然而长。不知有几万烛光的脚灯反照宫墙，只觉连延的白壁上笼着一层虚幻的蛋壳青，显得分外晶莹惑眼，就这么展开了几近一公里的长梦。奇迹之上更奇迹，堡中的广场上更升起圣维徒斯大教堂，一簇峻塔锋芒毕露，凌乎这一切壮丽之上，刺进波希米亚高寒的夜空。

那一簇高高低低的塔楼，头角峥嵘，轮廓矍铄，把圣徒信徒的祷告举向天际，是布拉格所有眼睛仰望的焦点。那下面埋的是查理四世，藏的，是六百年前波希米亚君王的皇冠和权杖。所谓布拉格堡（Pražský hrad）并非一座单纯的城堡，而是一组美不胜收目不暇接的建筑，盘盘困困，历六世纪而告完成，其中至少有六座宫殿、四座塔楼、五座教堂，还有一座画廊。

刚才的酒会就在堡的西北端，一间豪华的西班牙厅（Spanish Hall）举行。惯于天花板低压头顶的现代人，在高如三楼的空厅上俯仰睥睨，真是“敞快”。复瓣密蕊的大吊灯已经灿人眉睫，再经四面的壁镜交相反映，更形富丽堂皇。原定十一点才散，但过了九点，微醺的我们已经不耐这样的摩肩接踵，胡乱掠食，便提前出走。

一踏进宽如广场的第二庭院，夜色逼人之中觉得还有样东西在压迫夜色，令人不安。原来是有两尊巨灵在宫楼的背后，正眈眈俯窥着我们。惊疑之下，六人穿过幽暗的走廊，来到第三庭院。尚未定下神来，逼人颧额的双塔早蔽天塞地挡在前面，不，上面；

绝壁拔升的气势，所有的线条所有的锐角都飞腾向上，把我们的目光一直带到塔顶，但是那嶙峋的斜坡太陡了，无可托趾，而仰瞥的角度也太高了，怎堪久留，所以冒险攀缘的目光立刻又失足滑落，直跌下来。

这圣维徒斯大教堂起建于一三四四年，朝西这边的新哥德式双塔却是十九世纪末所筑，高八十二公尺，门顶的八瓣玫瑰大窗直径为十公尺点四，彩色玻璃绘的是创世纪。凡此都是后来才得知的，当时大家辛苦攀望，昏昏的夜空中只见这双塔肃立争高，被脚灯从下照明，宛若梦游所见，当然不遑辨认玫瑰窗的主题。

在暖黄的街灯指引下，我们沿着灰紫色砖砌的坡道，一路走向这城堡的后门。布拉格有一百廿多万人口，但显然都不在这里。寒寂无风的空气中，只有六人的笑语和足音，在迤逦的荒巷里隐隐回荡。巷长而斜，整洁而又干净，偶尔有车驶过，轮胎在砖道上磨出细密而急骤的声响，恍若阵雨由远而近，复归于远，听来很有情韵。

终于我们走出了城堡，回顾堡门，两侧各有一名卫兵站岗。想起卡夫卡的K欲进入一神秘的古堡而不得其门，我们从一座深堡中却得其门而出，也许是象征布拉格真的自由了，而且现在是开明的总统，也是杰出的戏剧家，哈维尔（Václav Havel，一九三六～二〇一一），坐在这布拉格堡里办公。

堡门右侧，地势突出成悬崖，上有看台，还围着一段残留的古堞。凭堞远眺，越过万户起伏的屋顶和静静北流的魔涛河，东岸的灯火尽在眼底。夜色迷离，第一次俯瞰这陌生的名城，自然难有指认的惊喜。但满城金黄的灯火，丛丛簇簇，宛若光蕊，那一盘温柔而神秘的金辉，令人目暖而神驰，尽管陌生，却感其似曾相识，直疑是梦境。也难怪布拉格叫做黄金城。

而在这一片高低迤逦远近交错的灯网之中，有一排金黄色分外显赫，互相呼应着凌水而渡，正在我们东南。那应该是——啊，有名的查理大桥了。茵西欣然点头，笑说正是。

于是我们振奋精神，重举倦足，在土黄的宫墙外，沿着织成图案的古老石阶，步下山去。

而现在，我们竟然立在桥心，回顾刚才摸索而出的古寺深宫，忽已矗现在彼岸，变成了幻异蛊人的空中楼阁、梦中城堡。真的，我们是从那里面出来的吗？这庄周式的疑问，即使问桥下北逝的流水，这千年古都的见证人，除了不置可否的潺潺之外，恐怕什么也问不出来。

## 二、查理大桥

过了两天，我们又去那座着魔的查理大桥（Charles Bridge，捷克文为 Karlův most）。魔涛河（Moldau，捷克文为 Vltava）上架桥十二，只有这条查理大桥不能通车，只可徒步，难怪行人都喜欢由此过桥。说是过桥，其实是游桥。因为桥上不但可以俯观流水，还可以远眺两岸：凝望流水久了，会有点受它催眠，也就是出神吧；而从桥上看岸，不但左右逢源，而且因为够远，正是美感的距离。如果桥上不起车尘，更可从容漫步。如果桥上有人卖艺，或有雕刻可观，当然就更动人。这些条件查理大桥无不具备，所以行人多在桥上流连，并不急于过桥：手段，反而胜于目的。

查理大桥为查理四世（Charles Ⅳ，一三一六～一三七六）而命名，始建于一三五七年，直到十五世纪初年才完成。桥长五百二十公尺，宽十公尺，由十六座桥墩支持，全用灰朴朴的砂岩砌成。造桥人是查理四世的建筑总监巴勒（Peter Parler）：他是哥德式建筑的天才，包括圣维徒斯大教堂及老城桥塔在内，布拉格在中世纪的几座雄伟建筑都是他的杰作。十七世纪以来，两侧的石栏上不断加供圣徒的雕像，或为独像，例如圣奥古斯丁，或为群像，例如圣母恸抱耶稣，或为本地的守护神，例如圣温塞斯拉斯（Wenceslas），等距对峙，共有三十一组之多，连像座均高达二丈，简直是露天的天主教雕刻大展。

桥上既不走车，十公尺石砖铺砌的桥面全成了步道，便显得很宽坦了。两侧也有一些摊贩，多半是卖河上风光的绘画或照片，水准颇高，不然就是土产的发夹胸针、项链耳环之类，造型也不俗气，偶尔也有俄式的木偶或荷兰风味的瓷器街屋。这些小货摊排得很松，都挂出营业执照，而且一律不放音乐，更不用扩音器。音乐也有，或为吉他、提琴，或为爵士乐队，但因桥面空旷，水声潺潺，即使热烈的爵士乐萨克斯风，也迅随河风散去。一曲既罢，掌声零落，我们不忍，总是向倒置的呢帽多投几枚铜币。有一次还见有人变戏法，十分高明。这样悠闲的河上风情，令我想起《清明上河图》的景况。

行人在桥上，认真赶路的很少，多半是东张西望，或是三五成群，欲行还歇，仍以年轻人为多。人来人往，都各行其是，包括情侣相拥而吻，公开之中不失个别的隐私。若是独游，这桥上该也是旁观众生或是想心事最佳的去处。

河景也是大有可观的，而且观之不厌。布拉格乃千年之古城，久为波希米亚王国之京师，在查理四世任罗马皇帝的岁月，更贵为帝都，也是十四世纪欧洲有数的大城。这幸运的黄金城未遭兵燹重大的破坏，也绝少碍眼的现代建筑龃龉其间，因此历代的建筑风格，从高雅的罗马式到雄浑的哥德式，从巴洛克的宫殿到新艺术的荫道，均得保存迄今，乃使布拉格成为“具体而巨”的建筑史博物馆，而布拉格人简直就生活在艺术的传统里。

站在查理大桥上放眼两岸，或是徜徉在老城广场，看不尽哥德式的楼塔黛里带青，凛凛森严，犹似戴盔披甲，在守卫早陷落的古城。但对照这些冷肃的身影，满城却千门万户，热闹着橙红屋顶和下面，整齐而密切的排窗，那活泼生动的节奏，直追莫札特的快板。最可贵的，是一排排的街屋，甚至一栋栋的宫殿，几乎全是四层楼高，所以放眼看去，情韵流畅而气象完整。

桥墩上栖着不少白鸥，每逢行人喂食，就纷纷飞起，在石栏边穿梭交织。行人只要向空中抛出一片面包，尚未落下，只觉白光一闪，早已被敏捷的黄喙接了过去。不过是几片而已，竟然招来这许多素衣侠高来高去，翻空蹑虚，展露如此惊人的轻功。

## 三、黄金巷

布拉格堡一探，犹未尽兴。隔一日，茵西又领了我们去黄金巷（Zlatá ulička）。那是一条令人怀古的砖道长巷，在堡之东北隅，一端可通古时囚人的达利波塔，另一端可通白塔。从堡尾的石阶一路上坡，入了古堡，两个右转就到了。巷的南边是伯尔格瑞夫宫，北边是碉堡的石壁，古时厚达一公尺。壁垒既峻，宫墙又高，黄金巷蜷在其间，有如峡谷，一排矮小的街屋，盖着瓦顶，就势贴靠在厚实的堡壁上。十六世纪以后，住在这一排陋屋里的，是号称神枪手（sharpshooters）的炮兵，后来金匠、裁缝之类也来此开铺。相传在鲁道夫二世之朝，这巷里开的都是炼金店，所以叫做黄金巷。

如今这些矮屋，有的漆成土红色，有的漆成淡黄、浅灰，蜷缩在斜覆的红瓦屋顶下，令人幻觉，怎么走进童话的插图里来了？这条巷子只有一百三十公尺长，但其宽度却不规则，阔处约为窄处的三倍。走过窄处，张臂几乎可以触到两边的墙壁，加以屋矮门低，墙壁的颜色又涂得稚气可掬，乃令人觉其可亲可爱，又有点不太现实。进了门去，更是屋小如舟，只要人多了一点，就会摩肩接踵，又仿佛是挤在电梯间里。

炮兵和金匠当然都不见了。兴奋的游客探头探脑，进出于迷你的玩具店、水晶店、书店、咖啡馆，总不免买些小纪念品回去。最吸引人的一家在浅绿色的墙上钉了一块细长的铜牌，上刻“佛朗慈·卡夫卡屋”，颇带梵谷风格的草绿色门楣上，草草写上“二十二号”。里面是一间极小的书店，除了陈列一些卡夫卡的图片说明，就是卖书了。我用七十克朗（crown，捷克文为korun，与台币等值）买到一张布拉格的“漫画地图”，十分得意。

“漫画地图”是我给取的绰号，因为正规地图原有的抽象符号，都用漫画的笔法，简要明快地绘成生动的具象：其结果是地形与方位保持了常态，但建筑与行人、街道与广场的比例，却自由缩放，别有谐趣。

黄金巷快到尽头时，有一段变得更窄，下面是灰色的石砖古道，上面是苍白的一线阴天，两侧是削面而起的墙壁，纵横着斑驳的沧桑。行人走过，步声跫然，隐蔽之中别有一种隔世之感。这时光隧道通向一个空落落的天井，三面围着铁灰的厚墙，只有几扇封死了的高窗。显然，这就是古堡的尽头了。

寒冷的岑寂中，我们围坐在一柄夏天的凉伞下，捧喝着咖啡与热茶取暖。南边的石城墙上嵌着两扉木门，灰褐而斑驳，也是封死了的。门上的铜环，上一次是谁来叩响的呢，问满院的寂寞，所有的顽石都不肯回答。我们就那么坐着，似乎在倾听六百年古堡隐隐的耳语，在诉说一个灰颓的故事。若是深夜在此，查理四世的鬼魂一声咳嗽，整座空城该都有回声。而透过窄巷，仍可窥见那一头的游客来往不绝，仿若隔了一世。

## 四、犹太区

凡爱好音乐的人都知道，布拉格是斯麦塔纳和德伏乍克之城。同样，文学的读者也都知道，卡夫卡，悲哀的犹太天才，也是在此地诞生，写作，度过他一生短暂的岁月。

悲哀的犹太人在布拉格，已有上千年的历史。斯拉夫人来得最早，在第五世纪便住在今日布拉格堡所在的山上了。然后在第十世纪来了亚伯拉罕的后人，先是定居在魔涛河较上游的东岸，十三世纪中叶更在老城之北，正当魔涛河向东大转弯处，以今日“犹太旧新教堂”（Staronová syngoga）为中心，发展出犹太区来。尽管犹太人纳税甚丰，当局对他们的态度却时宽时苛，而布拉格的市民也很不友善，因此犹太人没有公民权，有时甚至遭到迫迁。直到一八四八年，开明的哈布司堡朝皇帝约瑟夫二世（Joseph Ⅱ）才赋予公民权。犹太人为了感恩，乃将此一地区改称“约瑟夫城”（Josefov），一直沿用迄今。

这约瑟夫城围在布拉格老城之中，乃布拉格最小的一区，却是游客必访之地。茵西果然带我们去一游。我们从地铁的佛罗伦斯站（Florenc）坐车到桥站（Můstek），再转车到老城站（Staroměstská），沿着西洛卡街东行一段，便到了老犹太公墓。从西洛卡街一路蜿蜒到利斯托巴杜街，这一片凌乱而又荒芜的墓地呈不规则的Z字形。其间的墓据说多达一万二千,三百多年间的葬者层层相叠，常在古墓之上堆上新土，再葬新鬼。最早的碑石刻于一四三九年，死者是诗人兼法学专家阿必多·卡拉；最后葬此的是摩西·贝克，时在一七八七年。由于已经墓满，“死无葬身之地”，此后的死者便葬去别处。

那天照例天阴，冷寂无风，进得墓地已经半下午了。叶落殆尽的枯树林中，飘满蚀黄锈赤的墓地上，尽堆着一排排一列列的石碑，都已半陷在土里，或正或斜，或倾侧而欲倒，或入土已深而只见碑顶，或出土而高欲与人齐，或交肩叠背相恃相倚，加以光影或迎或背，碑形或方或三角或繁复对称，千奇百怪，不一而足。石面的浮雕古拙而苍劲，有些花纹图案本身已恣肆淋漓，再历经风霜雨露天长地久的侵蚀，半由人雕凿半由造化磨炼，终于斑驳陆离完成这满院的雕刻大展，陈列着三百多年的生老病死，一整个民族流浪他乡的惊魂扰梦。

我们走走停停，凭吊久之，徒然猜测碑石上的希伯莱古文刻的是谁何的姓氏与行业，不过发现石头的质地亦颇有差异；其中石纹粗犷、苍青而近黑者乃是砂岩，肌理光洁、或白皙或浅红者应为大理石，砂岩的墓碑年代古远，大理石碑当较晚期。

“这一片迷魂石阵，”转过头去我对天恩说，“可称为布拉格的碑林。”

“一点也不错，”天恩走近来，“可是怎么只有石碑，不见坟墓？”

茵西也走过来，一面翻阅小册子，说道：“据说是石上填土，土上再立碑，共有十层之深。”

“真是不可思议。”隐地也拎着相机，追了上来。四顾不见邦媛，我存和我问茵西，茵西笑答：

“她在外面等我们呢。她说，黄昏的时候莫看坟墓。”

经此一说，大家都有点惴惴不安了，更觉得墓地的阴森加重了秋深的萧瑟。一时众人默然面对群碑，天色似乎也暗了一层。

“扰攘一生，也不过留下一块顽石。”天恩感叹。

“能留下一块碑就不错了，”茵西说，“二次大战期间，纳粹在这一带杀害了七万多犹太人。这些冤魂在犹太教堂的纪念墙上，每个人的名字和年份只占了短短窄窄一小行而已——”

“真的啊？”隐地说，“在哪里呢？”

“就在隔壁的教堂，”茵西说，“跟我来吧。”

墓地入口处有一座巴洛克式的小教堂，叫做克劳兹教堂（Klaus Synagogue），里面展出古希伯莱文的手稿和名贵的版画，但令人低回难遣的，却是楼上收集的儿童作品。那一幅幅天真烂漫的素描和水彩，线条活泼，构图单纯，色调生动，在稚拙之中流露出童真的淘气、谐趣。观其潜力，若是加以培养，未必不能成就来日的米罗和克利。但是，看过了旁边的说明之后，你忽然笑不起来了。

原来这些孩子都是纳粹占领期间关在泰瑞辛（Terezin）集中营里的小俘虏：当别的孩子在唱儿歌看童话，他们却挤在窒息的货车厢里，被押去令人呛咳而绝的毒气室，那灭族的屠场。

脚步沉重，心情更低沉，我们又去南边的一座教堂。那是十五世纪所建的文艺复兴式古屋，叫平卡斯教堂（Pinkas Synagogue），正在翻修。进得内堂，迎面是一股悲肃空阔的气氛，已经直觉事态严重。窗高而小，下面只有一面又一面石壁，令人绝望地仰面窥天，呼吸不畅，如在地牢。高峻峭起的石壁，一幅连接着一幅，从高出人头的上端，密密麻麻，几乎是不留余地，令人的目光难以举步，一排排横刻着死者的姓名和遇难的日期，名字用血的红色，死期用讣闻的黑色，一直排列到墙角。我们看得眼花而鼻酸。凑近去细审徐读，才把这灭族的浩劫一一还原成家庭的噩耗。我站在F部的墙下，发现竟有心理学家佛洛依德的宗亲，是这样刻的：

FREUD Artur 17. Ⅴ 1887-1. Ⅹ 1944 Flora 24. Ⅱ 1893-1. Ⅹ 1944

这么一排字，一个悲痛的极短篇，就说尽了这对苦命夫妻的一生。丈夫阿瑟·佛洛依德比妻子芙罗拉大六岁，两人同日遇难，均死于一九四四年十月一日，丈夫五十七岁，妻子五十一岁，其时离大战结束不过七个月，竟也难逃劫数。另有一家人与汉学家佛朗科同姓，刻列如下：

FRANKL Leo 28. Ⅰ 1904-26. Ⅹ 1942 Olga 16. Ⅲ 1910-26. Ⅹ 1942 Pavel 2. Ⅶ 1938-26. Ⅹ 1942

足见一家三口也是同日遭劫，死于一九四二年十月廿六，爸爸利欧只有三十八岁，妈妈娥佳只有三十二岁，男孩巴维才四岁呢。仅此一幅就摩肩接踵，横刻了近二百排之多，几乎任挑一家来核对，都是同年同月同日死去，偶有例外，也差得不多。在接近墙脚的地方，我发现佛莱歇一家三代的死期：

FLEISCHER Adolf 15. X 1872-6. Ⅵ 1943 Hermina 20. Ⅶ 1874-18. Ⅶ 1943 Oscar 29. Ⅳ 1902-28. Ⅳ 1942 Gerda 12. Ⅳ 1913-28. Ⅳ 1942 Jiri 23. X 1937-28. Ⅳ 1942

根据这一串不祥数字，当可推测祖父阿道夫死于一九四三年六月六日，享年（忍年？）七十一岁，祖母海敏娜比他晚死约一个半月，忍年六十九岁：那一个半月她的悲恸或忧疑可想而知。至于父亲奥斯卡，母亲葛儿妲，孩子吉瑞，则早于一九四二年四月廿八日同时殒命，但祖父母是否知道，仅凭这一行半行数字却难推想。

我一路看过去，心乱而眼酸，一面面石壁向我压来，令我窒息。七万七千二百九十七具赤裸裸的尸体，从耄耋到稚婴，在绝望而封闭的毒气室巨墓里扭曲着挣扎着死去，千肢万骸向我一铲铲一车车抛来投来，将我一层层一叠叠压盖在下面。于是七万个名字，七万不甘冤死的鬼魂，在这一面面密密麻麻的哭墙上一起恸哭了起来，灭族的哭声、喊声，夫喊妻，母叫子，祖呼孙，那样高分贝的悲痛和怨恨，向我衰弱的耳神经汹涌而来，历史的余波回响卷成灭顶的大旋涡，将我卷进……我听见在战争的深处母亲喊我的回声。

南京大屠杀，重庆大轰炸，我的哭墙在何处？眼前这石壁上，无论多么拥挤，七万多犹太冤魂总算已各就各位，丈夫靠着亡妻，夭儿偎着生母，还有可供凭吊的方寸归宿。但我的同胞族人，武士刀夷烧弹下那许多孤魂野鬼，无名无姓，无宗无亲，无碑无坟，天地间，何曾有一面半面的哭墙供人指认？

## 五、卡夫卡

今日留居在布拉格的犹太人，已经不多了。曾经，他们有功于发展黄金城的经济与文化，但是往往赢不到当地捷克人的友谊。最狠的还是希特勒。他的计划是要“彻底解决”，只保留一座“灭族绝种博物馆”，那就是今日幸存的六座犹太教堂和一座犹太公墓。

德文与捷克文并为捷克的文学语言。里尔克（R.M. Rilke，一八七五～一九二六）、费尔非（Franz Werfel，一八九〇～一九四五）、卡夫卡（Franz Kafka，一八八三～一九二四）同为诞生于布拉格的德语作家，但是前二人的交游不出犹太与德裔的圈子，倒是犹太裔的卡夫卡有意和当地的捷克人来往，并且公开支持社会主义。

然而就像他小说中的人物一样，卡夫卡始终突不破自己的困境，注定要不快乐一生。身为犹太种，他成为反犹太的对象。来自德语家庭，他得承受捷克人民的敌视。父亲是殷商，他又不见容于无产阶级。另一层不快则由于厌恨自己的职业：他在“劳工意外保险协会”一连做了十四年的公务员，也难怪他对官僚制度的荒谬着墨尤多。

此外，卡夫卡和女人之间亦多矛盾：他先后订过两次婚，都没有下文。但是一直压迫着他、使他的人格扭曲变形的，是他那壮硕而独断的父亲。在一封没有寄出的信里，卡夫卡怪父亲不了解他，使他丧失信心，并且产生罪恶感。他的父亲甚至骂他做“虫豸”(einungeziefer)。紧张的家庭生活，强烈的宗教疑问，不断折磨着他。在《审判》、《城堡》、《变形记》等作品中，年轻的主角总是遭受父权人物或当局误解、误判、虐待，甚至杀害。

就这么，这苦闷而焦虑的心灵在昼魇里徘徊梦游，一生都自困于布拉格的迷宫，直到末年，才因肺病死于维也纳近郊的疗养院。生前他发表的作品太少，未能成名，甚至临终都嘱友人布洛德（Max Brod）将他的遗稿一烧了之。幸而布洛德不但不听他的，反而将那些杰作，连同三千页的日记、书信，都编妥印出。不幸在纳粹的统治下，这些作品都无法流通。一九三一年，他的许多手稿被盖世太保没收，从此没有下文。后来，他的三个姐妹都被送去集中营，惨遭杀害。

直到上世纪五十年代，在卡夫卡死后三十年，他的德文作品才译成了捷克文，并经苏格兰诗人缪尔夫妇（Edwin and Willa Muir）译成英文。

布拉格，美丽而悲哀的黄金城，其犹太经验尤其可哀。这金碧辉煌的文化古都，到处都听得见卡夫卡咳嗽的回声。最富于市井风味历史趣味的老城广场（Staroměstské náměstí），有一座十八世纪洛可可式的金斯基宫，卡夫卡就在里面的德文学校读过书，他的父亲也在里面开过时装配件店。广场的对面，还有卡夫卡艺廊。犹太区的入口处，梅索街五号有卡夫卡的雕像。许多书店的橱窗里都摆着他的书，挂着他的画像。

画中的卡夫卡浓眉大眼，忧郁的眼神满含焦灼，那一对瞳仁正是高高的狱窗，深囚的灵魂就攀在窗口向外窥探。黑发蓄成平头，低压在额头上。招风的大耳朵突出于两侧，警醒得似乎在收听什么可疑、可惊的动静。挺直的鼻梁，轮廓刚劲地从眉心削落下来，被丰满而富感性的嘴唇托个正着。

布拉格的迷宫把彷徨的卡夫卡困成了一场噩梦，最后这噩梦却回过头来，为这座黄金城加上了桂冠。

## 六、遭窃记

布拉格的地铁也叫 metro，没有巴黎、伦敦的规模，只有三线，却也干净、迅疾、方便，而且便宜。令人吃惊的是：地道挖得很深，而自动电梯不但斜坡陡峭，并且移得很快，起步要是踏不稳准，同时牢牢抓住扶手，就很容易跌跤。梯道斜落而长，分为两层，每层都有五楼那么高。斜降而下，虽无滑雪那么迅猛，势亦可惊。俯冲之际，下瞰深谷，令人有伊于胡底之忧。

布城人口一百廿多万，街上并不显得怎么熙来攘往，可是地铁站上却真是挤，也许不是那么挤，而是因为电梯太快，加以一边俯冲而下，另一边则仰昂而上，倍增交错之势，令人分外紧张。

尖峰时段，车上摩肩擦背，就更挤了。

我们一到布拉格，驻捷克代表处的谢新平代表伉俪及黄顾问接机设宴，席间不免问起当地的治安。主人笑了一下说："倒不会抢，可是扒手不少，也得提防。"大家松了一口气，隐地却说："不抢就好。至于偷嘛，也是凭智慧——"逗得大家笑了。

从此我们心上有了小偷的阴影，尤其一进地铁站，向导茵西就会提醒大家加强戒备。我在国外旅行，只要有机会搭地铁，很少放过，觉得跟当地中、下层民众挤在一起，虽然说不上什么"深入民间"，至少也算见到了当地生活的某一横剖面，能与当地人同一节奏，总是值得。

有一天，在布拉格拥挤的地铁车上，见一干瘦老者声色颇厉地在责备几个少女，老者手拉吊环而立，少女们则坐在一排。开始我们以为那滔滔不绝的斯拉夫语，是长辈在训晚辈，直到一位少女赧赧含笑站起来，而老者立刻向空位上坐下去，才恍然他们并非一家人，而是老者责骂年轻人不懂让座，有失敬老之礼。我们颇有感慨，觉得那老叟能理直气壮地当众要年轻人让座，足见古礼尚未尽失，民风未尽浇薄。不料第二天在同样满座的地铁车上，一位十五六岁的男孩，像是中学生模样，竟然起身让我，令我很感意外。不忍辜负这好孩子的美意，我一面笑谢，一面立刻坐了下去。那孩子"日行一善"，似乎还有点害羞，竟然半别过脸去。这一幕给我的印象至深，迄今温馨犹在心头。这小小的国民外交家，一念之仁，赢得游客由衷的铭感，胜过了千言不惭的观光手册。苦难的波希米亚人，一连经历了那么多的凌虐折磨，竟然还有这么善良的子弟。

到布拉格第四天的晚上，我们乘地铁回旅馆。车到共和广场站（Náměsti Republicky），五个人都已下车，我跟在后面，正要跨出车厢，忽听有人大叫“钱包！钱包！”声高而情急。等我定过神来，隐地已冲回车上，后面跟着茵西。车厢里一阵惊愕错乱，只听见隐地说：“证件全不见了！”整个车厢的目光都猬聚在隐地身上，看着他抓住一个六十上下的老人，抓住那老人手上的棕色提袋，打开一看——却是空的！

这时车门已自动合上。透过车窗，邦媛、天恩、我存正在月台上惶惑地向我们探望。车动了。茵西向他们大叫：“你们先回旅馆去！”列车出了站，加起速来。那被搜的老人也似乎一脸惶惑，拎着看来是无辜的提包。茵西追问隐地灾情有多惨重，我在心乱之中，只朦朦意识到“证件全不见了！”似乎比丢钱更加严重。忽然，终站佛罗伦斯到了。隐地说：“下车吧！”茵西和我便随他下车。我们一路走回旅馆，途中隐地检查自己的背包，发现连美金带台币，被扒的钱包里大约值五百多美金。“还好，”他最后说，“大半的美金在背包里。台湾的身份证跟签账卡一起不见了，幸好护照没丢。不过——”

“不过怎么？”我紧张地问道。

“被扒的钱包是放在后边裤袋里的，”隐地啧啧纳罕，“袋是纽扣扣好的，可是钱包扒走了，纽扣还是扣得好好的。真是奇怪！”

茵西和我也想不通。我笑说：“恐怕真有三只手——一手解纽，一手偷钱，第三只再把纽扣上。”

知道护照还在，余钱无损，大家都舒了一口气。我忽然大笑，指着隐地说：“都是你，听谢代表说此地只偷不抢，别人都没开口，你却抢着说：‘偷钱要靠智慧，也是应该。’真是一语成谶！”

## 七、缘短情长

捷克的玻璃业颇为悠久，早在十四世纪已经制造教堂的玻璃彩窗。今日波希米亚的雕花水晶，更广受各国欢迎。在布拉格逛街，最诱惑人的是琳琅满目的水晶店，几乎每条街都有，有的街更一连开了几家。那些彩杯与花瓶，果盘与吊灯，不但造型优雅，而且色调清纯，惊艳之际，观赏在目，摩挲在手，令人不觉陷入了一座透明的迷宫，唉，七彩的梦。醒来的时候，那梦已经包装好了，提在你的袋里，相当重呢，但心头却觉得轻快。何况价钱一点也不贵：台币三两百元就可以买到小巧精致，上千，就可以拥有高贵大方了。

我们一家家看过去，提袋愈来愈沉，眼睛愈来愈亮。情绪不断上升。当然，有人不免觉得贵了，或是担心行李重了，我便念出即兴的四字诀来鼓舞士气：

昨天太穷

后天太老

今天不买

明天懊恼

大家觉得有趣，就一齐念将起来，真的感到理直气壮，愈买愈顺手了。

捷克的观光局要是懂事，应该把我这“劝购曲”买去宣传，一定能叫无数守财奴解其啬囊。

捷克的木器也做得不赖。纪念品店里可以买到彩绘的漆盒，玲珑鲜丽，令人抚玩不忍释手。两三千元就可以买到精品。有一盒绘的是天方夜谭的魔毯飞行，神奇富丽，美不胜收，可惜我一念吝啬，竟未下手，落得“明天懊恼”之讥。

还有一种俄式木偶，有点像中国的不倒翁，绘的是胖墩墩的花衣村姑，七色鲜艳若俄国画家夏卡尔（Marc Chagall）的画面。橱窗里常见这村姑成排站着，有时多达十一二个，但依次一个比一个要小一号。仔细看时，原来这些胖妞都可以齐腰剥开，里面是空的，正好装下小一号的“妹妹”。

一天晚上，我们去看了莫札特的歌剧《唐乔凡尼》（*Don Giovanni*），不是真人而是木偶所演。莫札特生于萨尔斯堡，死于维也纳，但他的音乐却和布拉格不可分割。他一生去过那黄金城三次，第二次去就是为了《唐乔凡尼》的世界首演。那富丽而饱满的序曲正是在演出的前夕神速谱成，乐队简直是现看现奏。莫札特亲自指挥，前台与后台通力合作，居然十分成功。可是《唐乔凡尼》在维也纳却不很受欢迎，所以莫札特对布拉格心存感激，而布拉格也引以自豪。

一九九一年，为纪念莫札特逝世两百周年，布拉格的国家木偶剧场（National Marionette Theatre）首次演出《唐乔凡尼》，不料极为叫座，三年下来，演了近七百场，观众已达十一万人。我们去的那夜，也是客满。那些木偶约有半个人高，造型近于漫画，幕后由人拉线操纵，与音乐密切配合，而举手投足，弯腰扭头，甚至仰天跪地，一切动作在突兀之中别有谐趣，其妙正在真幻之间。

临行的上午，别情依依。隐地、天恩、我存和我四人，回光返照，再去查理大桥。清冷的薄阴天，河风欺面，只有七八度的光景。桥上众艺杂陈，行人来去，仍是那么天长地久的市井闲情。想起两百年前，莫札特排练罢《唐乔凡尼》，沿着栗树掩映的小巷一路回家，也是从查理大桥，就是我正踏着的这座灰砖古桥，到对岸的史泰尼茨酒店喝一杯浓烈的土耳其咖啡；想起卡夫卡、里尔克的步声也在这桥上橐橐踏过，感动之中更觉得离情渐浓。

我们提着在桥头店中刚买的木偶；隐地和天恩各提着一个小卓别林，戴高帽，挥手杖，蓄黑髭，张着外八字，十分惹笑。我提的则是大眼睛翘鼻子的木偶皮诺丘，也是人见人爱。

沿着桥尾斜落的石级，我们走下桥去，来到康佩小村，进了一家叫“金剪刀”的小餐馆。店小如舟，掩映着白纱的窗景却精巧如画，菜价只有台北的一半。这一切，加上户内的温暖，对照着河上的凄冽，令我们懒而又赖，像古希腊耽食落拓枣的浪子，流连忘归。尤其是隐地，尽管遭窃，对布拉格之眷恋仍不改其深。问起他此刻的心情，他的语气恬淡而隽永。

“完全是缘分，”隐地说，“钱包跟我已经多年，到此缘尽，所以分手。至于那张身份证嘛，不肯跟我回去，也只是另一个自我，潜意识里要永远留在布拉格城。”

看来隐地经此一劫，境界日高。他已经不再是苦主，而是哲学家了。偷，而能得手，是聪明。被偷，而能放手，甚至放心，就是智慧了。

于是我们随智者过桥，再过六百年的查理大桥。白鸥飞起，回头是岸。

——一九九四年十二月

——选自九歌版《日不落家》

# 日不落家

## 1

壹圆的旧港币上有一只雄狮，戴冕控球，姿态十分威武。但七月一日以后，香港归还了中国，那顶金冠就要失色，而那只圆球也不能号称全球了。伊丽莎白二世在位，已经四十五年，恰与一世相等。在两位伊丽莎白之间，大英帝国从起建到瓦解，凡历四百余年，与汉代相当。方其全盛，这帝国的属地藩邦、运河军港，遍布了水陆大球，天下四分，独占其一，为历来帝国之所未见，有“日不落国”之称。

而现在，日落帝国，照艳了香港最后这一片晚霞。“日不落国”将成为历史，代之而兴的乃是“日不落家”。

冷战时代过后，国际日趋开放，交流日见频繁，加以旅游便利，资讯发达，这世界真要变成地球村了。于是同一家人辞乡背井，散落到海角天涯，昼夜颠倒，寒暑对照，便成了“日不落家”。今年我们的四个女儿，两个在北美，两个在西欧，留下我们二老守在岛上。一家而分在五国，你醒我睡，不可同日而语，也成了“日不落家”。

幼女季珊留法五年，先在翁热修法文，后去巴黎读广告设计，点唇画眉，似乎沾上了一些高卢风味。我家英语程度不低，但家人的法语发音，常会遭她纠正。她善于学人口吻，并佐以滑稽的手势，常逗得母亲和姐姐们开心，轻则解颜，剧则捧腹。可以想见，她的笑话多半取自法国经验，首当其冲的自然是法国男人。马歇·马叟是她的偶像，害得她一度想学默剧。不过她的设计也学得不赖，我译的王尔德喜剧《理想丈夫》，便是她做的封面。现在她住在加拿大，一个人孤悬在温哥华南郊，跟我们的时差是早八小时。

长女珊珊在堪萨斯修完艺术史后，就一直留在美国，做了长久的纽约客。大都会的艺馆画廊既多，展览又频，正可尽情饱赏。珊珊也没有闲着，远流版两巨册的《现代艺术理论》就是她公余、厨余的译绩。华人画家在东岸出画集，也屡次请她写序。看来我的“序灾”她也有份了，成了“家患”，虽然苦些，却非徒劳。她已经做了母亲，男孩四岁，女孩未满两岁。家教所及，那小男孩一面挥舞恐龙和电动神兵，一面却随口叫出梵谷和蒙娜·丽莎的名字，把考古、科技、艺术合而为一，十足一个博闻强记的顽童。四姐妹中珊珊来得最早，在生动的回忆里她是破天荒第一声婴啼，一婴开啼，众婴响应，带来了日后八根小辫子飞舞的热闹与繁华。然而这些年来她离开我们也最久，而自己有了孩子之后，也最不容易回台，所以只好安于“日不落家”，不便常回“娘家”了，她和幺妹之间隔了一整个美洲大陆，时差，又早了三个小时。

凌越淼淼的大西洋更往东去，五小时的时差，便到了莎士比亚所赞的故乡，“一块宝石镶嵌在银涛之上”。次女幼珊在曼彻斯特大学专攻华滋华斯，正襟危坐，苦读的是诗翁浩繁的全集，逍遥汗漫，优游的也还是诗翁俯仰的湖区。华滋华斯乃英国浪漫诗派的主峰，幼珊在柏克莱写硕士论文，仰攀的是这翠微，十年后径去华氏故乡，在曼城写博士论文，登临的仍是这雪顶，真可谓从一而终。世上最亲近华氏的女子，当然是他的妹妹桃乐赛（Dorothy Wordsworth），其次呢，恐怕就轮到我家的二女儿了。

幼珊留英，将满三年，已经是一口不列颠腔。每逢朋友访英，她义不容辞，总得驾车载客去西北的坎布利亚，一览湖区绝色，简直成了华滋华斯的特勤导游。如此贡献，只怕桃乐赛也无能为力吧。我常劝幼珊在撰正论之余，把她的英国经验，包括湖区的唯美之旅，一一分题写成杂文小品，免得日后“留英”变成“留白”。她却惜墨如金，始终不曾下笔，正如她的幺妹空将法国岁月藏在心中。

幼珊虽然远在英国，今年却不显得怎么孤单，因为三妹佩珊正在比利时研究，见面不难，没有时差。我们的三女儿反应迅速，兴趣广泛，而且“见异思迁”：她拿的三个学位依次是历史学士、广告硕士、行销博士。所以我叫她做“柳三变”。在香港读中文大学的时候，她的钢琴演奏曾经考取八级，一度有意去美国主修音乐；后来又任《星岛日报》的文教记者。所以在餐桌上我常笑语家人：“记者面前，说话当心。”

回台以后，佩珊一直在东海的企管系任教，这些年来，更把本行的名著三种译成中文，在天下、远流出版。今年她去比利时做市场调查，范围兼及荷兰、英国。据我这做父亲的看来，她对消费的兴趣，不但是学术，也是癖好，尤其是对于精品。她的比利时之旅，不但饱览佛朗德斯名画。而且遍尝各种美酒，更远征土耳其，去清真寺仰听尖塔上悠扬的呼祷，想必是十分丰富的经验。

2

世界变成了地球村，这感觉，看电视上的气象报告最为具体。台湾太热，温差又小，本地的气象报告不够生动，所以爱看外地的冷暖，尤其是够酷的低温。每次播到大陆各地，我总是寻找沈阳和兰州。“哇！零下十二度啊！过瘾啊！”于是一整幅雪景当面掴来，觉得这世界还是多彩多姿的。

一家既分五国，气候自然各殊。其实四个女儿都在寒带，最北的曼彻斯特约当北纬五十三度又半，最南的纽约也还有四十一度，都属于高纬了。总而言之，四个女儿纬差虽达十二度，但气温大同，只得一个冷字。其中幼珊最为怕冷，偏偏曼彻斯特严寒欺人，而读不完的华滋华斯又必须久坐苦读，难抵凛冽。对比之下，低纬二十二度半的高雄是暖得多了，即使孃孃寒流犯境，也不过等于英国的仲夏之夜，得盖被窝。

黄昏，是一日最敏感最容易受伤的时辰，气象报告总是由近而远，终于播到了北美与西欧，把我们的关爱带到高纬，向陌生又亲切的都市聚焦。陌生，因为是寒带。亲切，因为是我们的孩子所在。

“温哥华还在零下！”

“暴风雪袭击纽约，机场关闭！”

“伦敦都这么冷了，曼彻斯特更不得了！”

“布鲁塞尔呢，也差不多呢？”

坐在热带的凉椅上看国外的气象，我们总这么大惊小怪，并不是因为没有见识过冰雪，或是孩子们还在稚龄，不知保暖，更不是因为那些国家太简陋，难以御寒。只因为父母老了，念女情深，在记忆的深处，梦的焦点，在见不得光的潜意识底层，女儿的神情笑貌仍似往昔，永远珍藏在娇憨的稚岁，童真的幼龄——所以天冷了，就得为她们加衣，天黑了，就等待她们一一回来，向热腾腾的晚餐，向餐桌顶上金黄的吊灯报到，才能众辫聚首，众瓣围葩，辐辏成一朵哄闹的向日葵。每当我眷顾往昔，年轻的幸福感就在这一景停格。

人的一生有一个半童年。一个童年在自己小时候，而半个童年在自己孩子的小时候。童年，是人生的神话时代，将信将疑，一半靠父母的零星口述，很难考古。错过了自己的童年，还有第二次机会，那便是自己子女的童年。年轻爸爸的幸福感，大概仅次于年轻妈妈了。在厦门街绿荫深邃的巷子里，我曾是这么一位顾盼自得的年轻爸爸，四个女婴先后裹着奶香的襁褓，投进我喜悦的怀抱。黑白分明，新造的灵瞳灼灼向我转来，定睛在我脸上，不移也不眨，凝神认真地读我，似乎有一点困惑。

“好像不是那个（妈妈）呢，这个（男人）。”她用超语言的混沌意识在说我，而我，更逼近她的脸庞，用超语言的笑容向她示意：“我不是别人，是你爸爸，爱你，也许比不上你妈妈那么周到，但不会比她较少。”她用超经验的直觉将我的笑容解码，于是学起我来，忽然也笑了。这是父女间第一次相视而笑，像风吹水绽，自成涟漪，却不落言诠，不留痕迹。

为了女婴灵秀可爱，幼稚可哂，我们笑。受了我们笑容的启示，笑声的鼓舞，女婴也笑了。女婴一笑，我们以笑回答。女婴一哭，我们笑得更多。女婴刚会起立，我们用笑勉励。她又跌坐在地，我们用笑安抚。四个女婴马戏团一般相继翻筋斗来投我家，然后是带爬、带跌、带摇、带晃，扑进我们张迎的怀里——她们的童年是我们的“笑季”。

为了逗她们笑，我们做鬼脸。为了教她们牙牙学语，我们自己先儿语牙牙：“这是豆豆，那是饼饼，虫虫虫虫飞！”成人之间不屑也不敢的幼稚口吻、离奇动作，我们在孩子面前，特权似的，却可以完全解放，尽情表演。在孩子的真童年里，我们找到了自己的假童年，乡愁一般再过一次小时候，管它是真是假，是一半还是完全。

快乐的童年是双全的互惠：一方面孩子长大了，孺慕儿时的亲恩；一方面父母老了，眷念子女的儿时。因为父母与稚儿之间的亲情，最原始、最纯粹、最强烈，印象最久也最深沉，虽经万劫亦不可磨灭。坐在电视机前，看气象而念四女，心底浮现的常是她们孩时，仰面伸手，依依求抱的憨态，只因那形象最萦我心。

最萦我心是第一个长夏，珊珊卧在白纱帐里，任我把摇篮摇来摇去，乌眸灼灼仍对我仰视，窗外一巷的蝉嘶。是幼珊从躺床洞孔倒爬了出来，在地上颤颤昂头像一只小胖兽，令众人大吃一惊，又哄然失笑。是带佩珊去看电影，她水亮的眼珠在暗中转动，闪着银幕的反光，神情那样紧张而专注，小手微汗在我的手里。是季珊小时候怕打雷和鞭炮，巨响一迸发就把哭声埋进婆婆的怀里，呜咽久之。

不知道她们的母亲，记忆中是怎样为每一个女孩的初貌取景造型。也许是太密太繁了，不一而足，甚至要远溯到成形以前，不是形象，而是触觉，是胎里的颠倒蜷伏，手撑脚踢。

当一切追溯到源头，混沌初开，女婴的生命起自父精巧遇到母卵，正是所有爱情故事的雏形。从父体出发长征的，万头攒头，是适者得岸的蝌蚪宝宝，只有幸运的一头被母岛接纳。于是母女同体的十月因缘奇妙地开始。母亲把女婴安顿在子宫，用胚胎喂她，羊水护她，用脐带的专线跟她神秘地通话，给她暧昧的超安全感，更赋她心跳、脉搏与血型，直到大头蝌蚪变成了大头宝宝，大头朝下，抱臂交股，蜷成一团，准备向生之窄门拥挤顶撞，破母体而出，而且鼓动肺叶，用尚未吃奶的气力，嗓音惊天地而动鬼神，又像对母体告别，又像对母亲报到，洪亮的一声啼哭，“我来了！”

3

母亲的恩情早在孩子会呼吸以前就开始。所以中国人计算年龄，是从成孕数起。那原始的十个月，虽然眼睛都还未睁开，已经样样向母亲索取，负欠太多。等到降世那天，同命必须分体，更要断然破胎、截然开骨，在剧烈加速的阵痛之中，挣扎着，夺门而出。生日蛋糕之甜，烛火之亮，是用母难之血来偿付的。但生产之大劫不过是母爱的开始，日后母亲的辛勤照顾，从抱到背，从扶到推，从拉拔到提掖，字典上凡是手字部的操劳，哪一样没有做过？《蓼莪》篇说："哀哀父母，生我劬劳。"其实肌肤之亲、操劳之勤，母亲远多于父亲。所以《蓼莪》又说："母兮鞠我，拊我畜我，长我育我，顾我复我，出入腹我。欲报之德，昊天罔极？"其中所言，多为母恩。"出入腹我"一句形容母不离子，最为传神，动物之中恐怕只有袋鼠家庭胜过人伦了。

从前是四个女儿常在身边，顾之复之，出入腹之。我存肌肤白皙，四女多得遗传，所以她们小时我戏呼之为"一窝小白鼠"。在丹佛时，长途旅行，一窝小白鼠全在我家车上，坐满后排。那情景，又像是所有的鸡蛋都放在同一只篮里。我手握驾驶盘，不免倍加小心，但是全家同游，美景共享，却也心满意足。在香港的十年，晚餐桌上热汤蒸腾，灯氛温馨，四只小白鼠加一只大白鼠加我这大老鼠围成一桌，一时六口齐张，美肴争入，妙语争出，叽叽喳喳喧成一片，鼠伦之乐莫过于此。

而现在，一窝小白鼠全散在西方，这样的盛宴久已不再。剩下二老，只能在清冷的晚餐后，向国外的气象报告去揣摩四地的冷暖。中国人把见面打招呼叫做寒暄。我们每晚在电视上真的向四个女儿“寒暄”，非但不是客套，而且寓有真情，因为中国人不惯和家人紧抱热吻，恩情流露，每在淡淡地问暖嘘寒，叮嘱添衣。

往往在气象报告之后，做母亲的一通长途电话，越洋跨洲，就直接拨到暴风雪的那一端，去“寒暄”一番，并且报告高雄家里的现况，例如父亲刚去墨西哥开会，或是下星期要去川大演讲，她也要同行。有时她一夜电话，打遍了西欧北美，耳听四国，把我们这“日不落家”的最新动态收集汇整。

看着做母亲的曳着电线，握着听筒，跟九千里外的女儿短话长说，那全神贯注的姿态，我顿然领悟，这还是母女连心、一线密语的习惯。不过以前是用脐带向体内腹语，而现在，是用电缆向海外传音。

而除了脐带情结之外，更不断写信，并附寄照片或剪报，有时还寄包裹，把书籍、衣饰、药品、隐形眼镜等等，像后勤支援前线一般，源源不绝向海外供应。类此的补给从未中止，如同最初，母体用胎盘向新生命输送营养和氧气：绵绵的母爱，源源的母爱，唉，永不告竭。

所谓恩情，是爱加上辛苦再乘以时间，所以是有增无减，且因累积而变得深厚。所以《诗经》叹曰："欲报之德，昊天罔极？"

这一切的一切，从珊珊的第一声啼哭以前就开始了。若要彻底，就得追溯到四十五年前，当四个女婴的母亲初遇父亲，神话的封面刚刚揭开，罗曼史正当扉页。到女婴来时，便是美丽的插图了。第一图是父之囊。第二图是母之宫。第三图是育婴床，在内江街的妇产医院。第四图是摇婴篮，把四个女婴依次摇啊摇，没有摇到外婆桥，却摇成了少女，在厦门街深巷的一栋古屋。以后的插图就不用我多讲了。

这一幅插图，看哪，爸爸老了，还对着海峡之夜在灯下写诗。妈妈早入睡了，微闻鼾声。她也许正梦见从前，有一窝小白鼠跟她捉迷藏，躲到后来就走散了，而她太累，一时也追不回来。

——一九九七年四月

——选自九歌版《日不落家》

# 开你的大头会

世界上最无趣的事情莫过于开会了。大好的日子，一大堆人被迫放下手头的急事、要事、趣事，济济一堂，只为听三五个人逞其舌锋，争辩一件议而不决、决而不行、行而不通的事情，真是集体浪费时间的最佳方式。仅仅消磨光阴倒也罢了，更可惜的是平白扫兴，糟蹋了美好的心情。会场虽非战场，却有肃静之气，进得场来，无论是上智或下愚，君子或小人，都会一改常态，人人脸上戴着面具，肚里怀着鬼胎，对着冗赘的草案、苛细的条文，莫不咬文嚼字，反复推敲，务求措辞严密而周详，滴水不漏，一劳永逸，把一切可钻之隙、可乘之机统统堵绝。

开会的心情所以好不了，正因为会场的气氛只能够印证性恶的哲学。济济多士埋首研讨三小时，只为了防范冥冥中一个假想敌，免得他日后利用漏洞，占了大家的，包括你的，便宜。开会，正是民主时代的必要之恶。名义上它标榜尊重他人，其实是在怀疑他人，并且强调服从多数，其实往往受少数左右，至少是搅局。

除非是终于付诸表决，否则争议之声总不绝于耳。你要闭目养神，或游心物外，或思索比较有趣的问题，并不可能。因为万籁之中人声最令人分心，如果那人声竟是在辩论，甚或指摘，那就更令人不安了。在王尔德的名剧《不可儿戏》里，脾气古怪的巴夫人就说："什么样的辩论我都不喜欢。辩来辩去，总令我觉得很俗气，又往往觉得有道理。”

意志薄弱的你，听谁的说辞都觉得不无道理，尤其是正在侃侃的这位总似乎胜过了上面的一位。于是像一只小甲虫落入了雄辩的蛛网，你放弃了挣扎，一路听了下去。若是舌锋相当，场面火爆而高潮迭起，效果必然提神。可惜讨论往往陷于胶着，或失之琐碎，为了“三分之二以上”或“讲师以上”要不要加一个“含”字，或是垃圾的问题要不要另组一个委员会来讨论、而新的委员该如何产生才具有“充分的代表性”等等，节外生枝，又可以争议半小时。

如此反复斟酌，分发（hair-splitting）细究，一个草案终于通过，简直等于在集体修改作文。可惜成就的只是一篇面无表情更无文采的平庸之作，绝无漏洞，也绝无看头。所以没有人会欣然去看第二遍。也所以这样的会开完之后，你若是幽默家，必然笑不出来；若是英雄，必然气短；若是诗人，必然兴尽。

开会的前几天，一片阴影就已压上我的心头，成了生命中不可承受之烦。开会的当天，我赴会的步伐总带一点从容就义。总之，前后那几天我绝对激不起诗的灵感。其实我的诗兴颇旺，并不是那样禁不起惊吓。我曾经在监考的讲台上得句；也曾在越洋的七四七经济客舱里成诗，周围的人群挤得更紧密，靠得也更逼近。不过在陌生的人群里“心远地自偏”，尽多美感的距离，而排排坐在会议席上，摩肩接肘，咳唾相闻，尽是多年的同事、同仁，论关系则错综复杂，论语音则闭目可辨，一举一动都令人分心，怎么容得你悠然觅句？叶慈说得好："与他人争辩，乃有修辞；与自我争辩，乃有诗。"修辞是客套的对话，而诗，是灵魂的独白。会场上流行的既然是修辞，当然就容不得诗。

所以我最佩服的，便是那些喜欢开会、善于开会的人。他们在会场上总是意气风发，雄辩滔滔，甚至独揽话题，一再举手发言，有时更单挑主席缠斗不休，陷议事于瓶颈，置众人于不顾，像唱针在沟纹里不断反复，转不过去。

而我，出于潜意识的抗拒，常会忘记开会的日期，惹来电话铃一迭连声催逼，有时去了，却忘记带厚重几近电话簿的议案资料。但是开会的烦恼还不只这些。

其一便是抽烟了。不是我自己抽，而是邻座的同事在抽，我只是就近受其熏陶，所以准确一点，该说闻烟，甚至呛烟。一个人对于邻居，往往既感觉亲切又苦于纠缠，十分矛盾。同事也是一种邻居，也由不得你挑选，偏偏开会时就贴在你隔壁，却无壁可隔，而有烟共吞。你一面呛咳，一面痛感"远亲不如近邻"之谬，应该倒过来说"近邻不如远亲"。万一几个近邻同时抽吸起来，你就深陷硝烟火网，呛咳成一个伤兵了。好在近几年来，社会虽然日益沉沦，交通、治安每况愈下，公共场所禁烟却大有进步，总算除了开会一害。

另一件事是喝茶。当然是各喝各的，不受邻居波及。不过会场奉茶，照例不是上品，同时在冷气房中迅趋温吞，更谈不上什么品茗，只成灌茶而已。禁不起工友一遍遍来壶添，就更沦为牛饮了。其后果当然是去“造水”，乐得走动一下。这才发现，原来会场外面也很热闹，讨论的正是场内的事情。

其实场内的枯坐久撑，也不是全然不可排遣的。万物静观，皆成妙趣，观人若能入妙，更饶奇趣。我终于发现，那位主席对自己的袖子有一种，应该是不自觉的，紧张心结，总觉得那袖口妨碍了他，所以每隔十分钟左右，会忍不住突兀地把双臂朝前猛一伸直，使手腕暂解长袖之束。那动作突发突收，敢说同事们都视而不见。我把这独得之秘传授给一位近邻，两人便兴奋地等待，看究竟几分钟之后会再发作一次。那近邻观出了瘾来，精神陡增，以后竟然迫不及待，只等下一次开会快来。

不久我又发现，坐在主席左边的第三位主管也有个怪招。他一定是对自己的领子有什么不满，想必是妨碍了他的自由，所以每隔一阵子，最短时似乎不到十分钟。总情不自禁要突抽颈筋，迅转下巴，来一个“推畸”（twitch）或“推死它”（twist），把衣领调整一下。这独家奇观我就舍不得再与人分享了，也因为那近邻对主席的“推手式”已经兴奋莫名，只怕再加上这“推畸”之扭他负担不了，万一神经质地爆笑起来，就不堪设想了。

当然，遣烦解闷的秘方，不只这两样。例如耳朵跟鼻子人人都有，天天可见，习以为常竟然视而不见了。但在众人危坐开会之际，你若留神一张脸接一张脸巡视过去，就会见其千奇百怪，愈比愈可观，正如对着同一个字凝神注视，竟会有不识的幻觉一样。

会议开到末项的“临时动议”了。这时最为危险，只怕有妄人意犹未尽，会无中生有，活部转败，竟然敢冒天下之大不韪，提出什么新案来。

幸好没有。于是会议到了最好的部分：散会。于是又可以偏安半个月了，直到下一次开会。

——一九九七年四月于西子湾

——选自九歌版《日不落家》

# 山东甘旅

## 春到齐鲁

清明节前一星期，我的飞机降落在济南的遥墙机场。邀请我去齐鲁访问的虽然是山东大学，真正远去郊外欢迎的，没有料到，却是整个春天。从机场进城，三十公里的高速公路上，车辆稀少，但两侧的柳树绿荫不断，料峭的晴冷天气，千树新绿排成整齐的春之仪队，牵着连绵的青帐翠屏，那样盛况的阵仗，将我欢迎。那些显然都是耐干耐寒的旱柳，嗜光而且速长，而且绿得天真情怯，却都亭亭挺立，当风不让，只等春深气暖，就会高举华盖，欣欣向阳。

从城之东北进入山东大学的新校区，外事处的佟光武处长和刘永波副处长把我安顿在专家楼，就将我留给了济南的春天。一千年前，济南的才女李清照说：“宠柳娇花寒食近，种种恼人天气。”我在山东十天，尽管春寒风劲，欺定我这南人，却是一天暖过一天，晴得十分豪爽。愈到后来，益发明媚，虽然说不上春深似海，却几乎花香如潮了。不，如潮也还没有，至少可以说沦纹回漾。

专家楼外，有几树梨花，皓白似雪，却用淡绿的叶子衬托，分外显得素雅，那条巷子也就叫梨花路。偌大的山大校园虽然还只是初春，已经众芳争妍，令惊艳的行人应接不暇了。桃花夭夭，冶艳如点点绛唇。樱花串串，富丽得不留余地给丛叶。海棠树高花繁，淡红的风姿端庄而健美，简直是硕人其颀。每次从邵逸夫科学馆前路过，我都左顾右盼，看得眼花，无法“不二色”。只恨被人簇拥来去，点指参观，身不由己，无法化为一只蜜蜂，周游众芳，去流留“一花一天国”。

但令我一见就倾心，叹为群艳之尤的，是丁香。首先，这名字太美了,美得清纯而又动听。然后是爱情的联想:“青鸟不传云外信，丁香空结雨中愁”，李璟的名句谁读了能忘记呢？丁香与豆蔻同为桃金娘家的娇女，东印度群岛中的马鲁古群岛，即因盛产这两种名媛，而有“香料群岛”的美称。早在战国末期，中国的大臣上朝，就已用丁香解秽。干燥的花蕾可提炼丁香油做香料，也可以入药，有暖胃消胀之功。此花属聚伞花序，花开四瓣，辐射成长椭圆形，淡绿的叶子垂着心形，盛开时花多于叶，簇簇的繁花压低了细枝，便成串垂在梢头，简直要亲人，依人。你怎能不停下步来，去亲她，宠她，嗅她，逗她。

后来我写了《丁香》一诗，便有“叶掩芳心，花垂寂寞”之句，不但写实，也借以怀念李清照，中国最美丽的寂寞芳心。

初春的济南，到处盛开着丁香，简直要害人患上轻度的花魇，花癫,整天眼贪鼻馋,坐立不安。山大校园里的丁香就有乳白、浅绯、淡紫三种，好像春天是各色佳丽约好了一齐来开园游会，你不知该对谁笑才好。我心里暗暗挑选了紫衣的姹娃，也就是所谓“华北紫丁香”了。

同为地灵所育，灼灼群芳只争妍一季，堂堂松柏却支撑着千古。从济南的千佛山到灵岩寺，从岱庙到孔庙与孟庙，守护着圣贤的典范，英雄的侠骨的，正是这一排排一队队肃静而魁梧的金刚。阴翳的树影萧森，轻掩着屋脊斜倾的鳞鳞密瓦，或是钩心斗角的犄望屋檐，再往下去，覆盖在横匾与楹联上，或是土红粉白的墙头，或是字迹漶漫的石碑。若是树顶有鸦鹭之类来栖，则磔磔怪号声中更添寒禽古木的沧桑。

跨进寺庙高高的门槛，最先令我瞻仰出神的，往往不是香火或对联，而是这些木德可敬的古树。济南一带气候干燥，一年雨量不过六七二厘米，约为高雄的三分之一。我在山东十天，只觉寒风强劲，时起时歇，却一直无雨，松柏桧槐之类的“常绿乔木”，虽然经冬耐旱，不改其郁郁苍苍，却显得有点干瘦，绿得不够滋润。

鲁中寺庙里巍巍矗立的，多半是柏，本地人把它念成“北”。那十天我至少观叹过上千株古柏，其风骨道貌却令人引颈久仰，一仰难尽。那气象，岂是摄影机小气的格局所能包罗？从千佛山到灵岩寺，从孟庙到孔林，那成千上万的木中长老，柏中华胄，哪一树不是历经风霜，饱阅世变，把沧桑的记忆那么露骨地深刻在糙皮上面？朝代为古柏文身，从蟠根到盖顶，顺着挺峻高昂的巨干，一直削上天去，像是凿得太痛，苍老而坚毅的霜皮竟都按着反时钟的方向朝上面拧扭，回旋成趣。

岱庙里有五株汉柏，传说是当年汉武帝来泰山封禅，亲自手栽。

耿耿汉魂，历劫犹健，但毕竟是两千多岁了，槎枒的枝柯早已炭化，霜皮大都剥落，只靠残余的片段向古根汲水，去喂顶上虬蟠的苍青。问他们建元的往事，问张骞和苏武几时才回国，古木穆穆，只鸦啼数声便支吾了过去。

古庙古宅里的匾联碑志，像历史的散简断编，但逐一读去又苦其卷帙浩繁，字迹难辨。读累了，我宁可仰观古树，或摩挲树身，从淡淡的木香里去仿佛古人的高标与清誉。屹然峭起的古柏，刚劲的巨干如柱，把虬蟠纵横的枝柯和森森鳞集的细叶，挺举到空际去干预风云。这些矍铄自强的老柏、老伯，阅历之深岂是匆促的游客能望其项背？喋喋不休的导游小姐，只像是绕树追逐的麻雀罢了。那许多秦松汉柏，满腹的沧桑无法倾诉，只能把霜皮拧扭成脾气，有些按捺不住，竟然发作成木瘤满身，狞然如峥峥的怪兽，老态可惊。

岱庙的五株汉柏，相传是汉武帝封泰山时所植，果然，就应有两千多年了。泰山上的五大夫松，相传是因秦始皇在树下避雨而受爵，虽然更老，却不如汉柏长寿，早在明朝就被山洪冲走，要到康熙年间才加补植，现在也只剩下两株。

古来松柏并称，而体态不同。大致而言，柏树挺拔矗立，松树夭矫回旋。譬之书法，柏姿庄重如篆隶，松态奔放如草书。泰山上颇有一些奇松，透石穿罅，崩迸而出，顽根宛如牙根，紧咬着岌岌的绝壁，翠针丛丛簇簇，密鳞与浓鬣蔽空，黛柯则槎枒轮囷，能屈能伸，那淋漓恣肆的气象，简直是狂草了。

杜甫的《古柏行》说古树“霜皮溜雨四十围，黛色参天二千尺”，不过是修辞的夸张。就算加州海边的巨杉，俗称红木者，最高拔的也不过三百六七十英尺。加州海边的怪松，天长地久，被太平洋的烈风吹成蟠屈百折的体态，可称“风雕”，而以奇石累累为其供展的回廊，神奇也不下于泰山之松，只可惜奇石怪松独缺名士品题，总觉得有景无句，不免寂寞。所以山水再美，也需要人文来发挥，需要传说来画龙点睛，才算有情。

## 泰山一宿

四月二日我在山东大学对五百多位师生演讲，是这样开始的：“访问山东，对我来说，实在是一程文化甘旅。能站在黄河与泰山之间，对齐鲁的精英，广义上也是孔丘与孔明的后人，诉说我对于中文的孺慕与经营，真是莫大的荣幸。”

三天之后，正逢清明，我终于登上了泰山。

能登泰山，总是令人兴奋的，不是因为它海拔之高，而是因为它地位之高，也不是因为它磅礴之广，而是为了它名气之大。

东岳泰山，论体魄之魁梧，在五岳之中只能算第三，一五二四米的海拔，不过略胜中岳与南岳。即使未列五岳的黄山，也高它三百多米。不过山能成名，除了身高之外，还要靠历史、神话、传说等等来引发想象、烘托气氛，才能赋风景以灵性，通地理于人文。所以刘禹锡说:“山不在高，有仙则名。”例如欧洲第一高峰，高加索山脉的厄尔布鲁士峰（Mt. Elbruz），高达五六四二米；西欧的尖顶，白峰（Mont Blanc），海拔也四八〇七米；都比希腊的奥林匹斯山（Mt. Olympus，二九一七米）高出许多，可是奥林匹斯，众神的家乡，宙斯的宫廷，却更加动人遐想。

所谓华北大平原，东面止于沧海，其他的三面从燕山到太行山，从桐柏山、大别山、黄山到天目山，众岳如屏，连成了千里的陆障，中间几乎全是平野，任凭远来的长江大河悠悠入海。几乎全是，除了泰山。似乎有意腾出一整幅空旷，来陪衬这东岳的孤高，唯我独尊，像纸镇一样镇压着齐鲁。又像是一块隆而且重的玉玺，隆重地盖在后土之上，为了印证她是所有帝王的版图：所有帝王，不仅是秦皇与汉武。

《史记》引管子的《封禅篇》，说古来上泰山封禅的帝王，有迹可见者凡七十二位，其后陆续封禅者，从秦始皇、汉武帝、唐玄宗一直到康熙、乾隆，更相承不衰。封，是筑土以祭天，禅，是扫地以祭地。凡是自认“受命于天”的帝王，都觉得有必要郑重其事地来登这显赫的地标祭告天地，宣示他正统的权威。

泰山为五岳之尊，因为它是东岳。易经以震卦代表东方，《说卦》指出：“万物出乎震。震，东方也。”东方是太阳所出，春天所由，自然是万物所生，功同造物。又指出:“震一索而得男，故谓之长男。”至于南方的离只得中女，西方的兑只得少女，北方的坎也只得中男，所以泰山成为众岳之长，峰顶刻立“五岳独尊”的石碑。

在中国哲学里泰山占了如此的优势，难怪历代帝王都要东巡来此，祭祀天地，所以泰山也成了政权继承的阳刚图腾。政教相辅，儒家和道家的宗教景观相互辉映，从山下的泰安城一路攀登到山顶。从平地的神府岱庙到山顶的碧霞祠、青帝宫、玉皇庙，多为道观，但中途的普照寺、斗母宫却是佛寺，而红门宫则释道合一，并祀弥勒佛与碧霞元君。至于儒家文化，则登山起步不久就有坊门巍巍，纪念孔子当年登临故事，到了玉皇顶前又有孔庙。

峨峨岱宗，中华历史、宗教、文化的一大载体，不愧为人文气象最恢弘的名山。而载体的本身，众山罗拜，群峰簇拥，阴阳一割，神秀独钟，更为人文的价值提供了宏观壮丽的场景。就像一座纪念堂，鬼斧神工，本身已经是美的一大存在，更无论它所珍藏的纪念品了。泰山正是如此：几千万年以前，伊神之力，把燕山一推，又把喜马拉雅山一挤，就捏出了皱成这么一大堆的岱宗，至今历齐鲁四百里方圆，青犹未了。几千年前，伊人之功，把泰山之石切割成形，有的立坊，有的盖庙，有的铺路，有的造桥，更幸运的一些就刻成历代的碑文，或篆或隶，或行或草，人怕忘记的，都交给顽石去深刻保存，风霜去恣意摧毁。

泰山地位如此崇高，经过历代名士题咏，名气更加响亮，甚至常见于成语，成了崇高、重大、安稳的象征。占了地利，儒家的至圣与亚圣每当用喻，辄就近取材，你一句“登泰山而小天下”，我一句“挟泰山而超北海”，就把自己的“家山”愈炒愈热。最有趣的是李斯，在《谏逐客书》中对秦王如此进言：“泰山不让土壤，故能成其大；河海不择细流，故能就其深。”李斯是楚人，举高山为喻却推齐鲁的泰山。他当然不便推举楚山，但对秦王上书，却也不举华山，甚至境内更高的终南山或太白山。那时秦王尚未一统天下，东巡泰山，不过前代的帝王从伏羲、神农一直历尧舜而禹汤，传说都封过泰山，已成传统。李斯不说泰山高，而说其大，乃强调其“博大有容”。

古人要登泰山，是一件大事，不但费力，而且费时。若是天子登山封禅，那排场就大了。马第伯的《封禅仪记》述后汉光武帝于建武三十二年车驾东巡，正月二十八日从洛阳出发，二月九日才到曲阜。两天后抵泰安，派了一千五百人上山修路，再过三天，天子、诸王、诸侯及百官才斋戒。次晨正式登山，山道峻险，不时要牵马步行，上行二十里才到中途，更得留下马匹，辛苦攀登。陡径窄处，两边石壁相隔只五六尺。早餐后起步，下午五点多才抵天门。

这是公元五十六年的盛典。一千七百多年后，乾隆三十九年十二月二十八日，也是隆冬之际，姚鼐在泰安知府朱孝纯陪同下，由南麓登岱。事后他在《登泰山记》里说：“四十五里，道皆砌石为磴，其级七千有余。”这情况比汉代已方便不少，跟今日的条件接近了。

不过姚夫子走的是泰山西路，沿西溪即今黄西河的山径，过凤凰岭山脊到中天门，再左转登峰造极。今日的登山者多从岱宗坊起步，一路循着泰山中路，经红门宫、斗母宫、柏洞而达中天门，再与西路会合，经五松亭、十八盘而抵南天门，玉皇顶便在望了。

如果由中路徒步上山，岱庙到玉皇顶的垂直海拔虽为一五四五米，实际爬坡的脚程却有九千米，即九公里。常人要步完全程，得跨六六六〇级磴道，约需六个小时。

我登泰山，既非踵武姚鼐之西路，也非效法国彬之正途，而是避重就轻，半途起步，简直愧对东岳之神。这恐怕要怪山东大学校方低估了我的“健步”，安排行程，到半下午才开始登山。四月五日，正是清明节当天，山大外事处的夏建辉先生与中文系的孙基林教授陪着我存、幼珊与我，上午参观过孟庙，便从邹城北上，中午在泰安接受了山东科技大学的午宴，餐后又去岱庙巡礼，一直到下午三点，才左盘右旋，沿着黄西河一路乘车上山，直达中天门。

中天门海拔逼近千米，坡道已过了五公里半，早已超越半途了。下得车来，凛冽的山风就撞了个满怀，寒意直袭两肘，像山神喝一声口令，警告你，东岳的地段到了。不由你不倒抽一口冷气，周身的汗毛警戒了起来。

再往上就没有车道了，背包和提袋必须随身携带。五个人就又背又拎地踏着黄土，向西侧的凤凰岭走去，不久就到了索道起站。索道建于一九八三年，连接中天门与南天门，全长二〇七八米，垂直距离六〇三米，单程只需八分钟。由于运客是往复方式，车厢到站只是减缓，并不停定，乘客上车必须敏捷，所以会紧张失笑。

刚刚坐定，笑声还未停，车厢忽然凌空而起。五人齐发低抑的惊呼，有一起从悬崖跳水的幻觉。那么大一整座山岳，横岭侧峰，忽然从我们脚下给抽走，无依无凭，我们竟白日升天，乘在同一片云上，要飞到，咦，哪里去呢？透明的立方云阁外，由于琉璃的长窗紧闭，隐隐只传来天风呼啸，似乎大块在暗暗转轴，此外，群峰都寂寂，不像有什么异样。不过做八分钟的仙人罢了，本来值不得大惊小怪。于是一切都置之度外了，不觉得是飞着，倒像是在浮游嬉戏，带笑相看，都感到幸福非凡。可怕的秦始皇啊，蜂眼眈眈，当年远途跋涉来登山，如果能看到我们此刻的逍遥，又何苦去蓬莱求仙求药呢。这么想着，上面那翘首天外的月观峰，原本只让我们仰窥其下颔的，竟已朝我们转过脸来。那许多傲然的山头，大大小小，都转过了脸，低下了头来。索道到站了。

返仙为凡，再下车时，天风迎面掴来，高处果然寒不可胜，比刚才的中天门显然又低了几度，只有七八度的感觉。加上天阴风劲，东岳果然不可儿戏，大家纷纷加衣。我在厚袄外面更戴上呢帽、围巾，披上大衣，顶风前进，仍觉寒意袭脊，呼吸紧张。

淡赭带灰的城楼侧影，鸱尾隐隐，南天门近了。这里是中天门仰攀的目标，有名的十八盘天梯到了顶级，汗尽的山客到此才苦尽甘来，可以回头一笑了。比起十八盘严苛的折磨来，此去玉皇顶的登天坡道几乎像坦途了。我们的五人行，避重讨巧，以八分钟的逍遥游代替了八十分钟的鲁道难，似乎是聪明之举，但平白放过了机会，未能徒步登山，向东岳致敬，却不甘心。

过了南天门便是天街，游客便多了。靠山的一边是旅馆与商店，人气显得颇旺，不下于城里的闹街。但山壁下面却是众峰簇拥，涧谷深幽，地老天荒的一片沉寂，偶尔几声鸟叫，填不满万古的空山。向晚的阴翳已有些暮意，云正从谷间层层升起。两百多年前，姚鼐在游记里曾说，泰山土少而石多，石状少圆而多方，石色苍黑；又说树多为松，生于石罅，其顶皆平。今日的东岳仍然如此，南天门一带的花岗巨岩，层层相叠，灰褐之中透着锈赭，倒像是一位喜欢整齐的山神堆积木一般的理过。山东此行，在千佛山与灵岩寺所见也如此，灵岩寺后的石山高耸而方正，俨然像一座城堡，令人过目不忘。

但此刻令我们注目的，却不是山，而是人。踏在岱宗魁伟的肩上，俯瞰只见群山朝岳，磊磊错杂着嶙嶙的背后仍然是峥峥，郁郁苍苍，历齐鲁而未了，而收拾不了。不识法相，只缘身在佛头的颏下。登临到此，果真就能把世界看小吗？反倒是愈看愈多，愈多愈纷繁，脚下凭空多出一整盘山岳：我们算什么呢，竟敢僭用这么高的“看台”、这么博大的“立场”？

反倒是这天街上迎面走下坡来的人里，似乎有不少军人，一时只觉得满目苍苍，都是又长又厚的军用大衣，一片草绿的底色上闪耀着金色的排钮，披着深棕色的翻领，令人幻觉这高处像有个兵营。难道泰山顶上是什么边关要塞吗？

“哪来这许多解放军呢？”我转身向扁圆贝瑞黑帽下瑟缩的我存，带着些微惊疑说道。

“我也觉得奇怪。”她说。

“平地好暖，山上却这么冷！”紧裹在火红风衣里的幼珊，顶着削面的天风诉道。

在前面领路的建辉与基林，这时走了过来，把她们手上的提袋接去。

“没问题吧？”建辉笑笑打量热带远来的三个山客。他身材健硕，无畏风寒，甚至把大衣挂在臂上，备而不用，俨然余温可贾。他见基林没带大衣，便要借衣给基林。基林虽然脸给吹得通红，却表示没有必要。

“已经到了，”基林说着，一面为我们指点，“右手这一座是碧霞祠，上面，便是我们今晚住的神憩宾馆。”

从月观峰过南天门，再踏陡斜的磴道到玉皇顶，不过七五二级，可是地藏菩萨在下面扯后腿，凛凛天风在上面呼应，却也脚酸了，到后来，每提一步，就像要跨高高的门槛。回顾来时路，已经半陷在暮霭里，并不觉得自己终于修成了神仙，却需要好好休憩一夜了。

临睡前建辉提醒大家：要看日出，五点正就得起身。

入夜后气温更低，但十点一到，旅馆就把暖气关了，也没有热水可用。我存和幼珊母女平常就惯于早睡，这时也顾不了厚被褥有多阴湿，就专心一志上了床，去追求冷梦了。

我却有些不甘。夜宿泰山，竟然在这高贵的绝顶抛下了一整座空山的仙人与古人、传说与轶事，那许多飞瀑、奔溪、盘道、绝壁，绝壁上危攀不坠的蟠蟠孤松，抛下了满山满谷的顽石、灵石，石上刻画的成语、名句、隆重其词的纪铭，只为了早睡早起，去看一眼未必能睹的日出？

我戴帽披衣，推门而出，把自己交给泰山的春夜。呼喝的天风迫不及待把我接了过去，除此之外，四周的夜色一片岑寂。神憩宾馆前的旗杆上，只有长索在风中拍打着高杆，杆顶的天空飘着阴云，时疏时密，一轮未满的冷月出没其间，半明不昧的有一点诡魅。这才记起今夕何夕，竟是清明之夕。一念既动，又加风紧，徘徊了不久，就回去睡了。

但也睡不了多久，五点不到又再起床。对房的建辉与基林也起来了。大家都在衣橱里找到了那草绿色的军大衣，穿上了身。原来那是旅馆的标准配备，因为山顶比人间总是要低七八度，尤其是十二月到翌年三月，山上的气温恒在零下。现在虽已四月，山顶也只有六度，比下面的泰安市足足低了八度。

众人戎装相对，怪异加上臃肿，互相指笑了一阵。连昨天逞勇的建辉与基林也都武装了起来，足见凌晨的酷寒不可儿戏。更糟的是建辉的苦笑，说外面已下雨了。

果然劲风策细雨而来，凌晨的寒湿里，早有人影走动。不久山脊上的拜日族愈聚愈多，人声呶呶起落，向东边的日观峰蜿蜒而行。天地间唯我们在蠕蠕爬行，只为及时去朝拜东海的日出。天色幽昧，像罩在半球暗紫的大蛋壳之内，苦待太阳的血胎娠满，啄壳而出。

清明节日出，应为五点三刻。才五点半，拱北石四周早攀满了人影，大半是成双或呼群而来，有些登上危岩向东窥望，有些踱来踱去，有些则镁光闪闪，照起相来，但大家心里都在奢望，从茫茫的雨雾深处，从蓬莱仙岛的方向，徐福带六千童男女一去不返的烟波里，比一切传说更古老一切预测更新的，那太阳，照过秦皇与汉武汉光武，照过唐玄宗与清圣祖，还有处处不放过题诗也算是一种不朽吧那乾隆，奢望他此刻能排开一重重传说一页页历史，用他火烫的赤金标枪射我们苦盼的眼瞳，给我们永生。因为人上人下，千古兴亡，此刻正轮到我们在岳顶见证永恒，见证刹那的永恒。因为此刻该我们来小天下。

雨虽停了，天也晓了，却未破晓。暗紫色的诡秘天帷转成了灰蒙蒙的雨云，除了近处的玉皇庙瓦顶俨然还盘踞在天柱峰头，远山深壑都只有迷茫的轮廓，也不闻鸟声、泉声。登泰山而小天下乎？不但看不到日出，也看不见天下，连泰山也几乎看不见了。

“孔夫子的豪语变成了空头支票。”我只能苦笑。

“我以前来过，也没见日出。”基林说。

“我也没见到，”建辉以地主的口气安慰我们，“泰山山高雾重，看日出得碰运气。”

“泰山日出没看成，黄河总看得到吧？”我说。

“那当然，黄河跑不掉的，”建辉笑起来，“最后一天会带你们去看黄河。”

拜日族渐渐散了，我们的五人行也就走回旅馆，准备下山。

基林转头安慰我存与幼珊：“日出虽然没看成，山顶的题字刻石还是值得一看的，尤其是一千两百年前唐玄宗的《纪泰山铭》，不但碑高、文长，而且书法遒劲，是隶书的珍品。”

我们站在几近四层楼高的《纪泰山铭》下，仰瞻这盛唐盛世的宏文，直到气促颈酸，有点像蚂蚁读大字典般吃力。严整的成排金字在花岗绝壁上闪着辉煌，说的是开元十四年的事。那一年杜甫才十四岁，杨家的女儿还没有长成，《长恨歌》的作者还没有生呢，谁料到渔阳的鼙鼓会动地而来？

我把这感想告诉基林与建辉。

“渔阳鼙鼓还早着呢，那时唐朝还稳如泰山！”建辉说得大家都笑了。

“这满山的碑文、对联、题字，多得像一本字典，简直读得人眼花缭乱——”我存叹道。

“可是乾隆皇帝还没题过瘾呢，”我说，“你要是看到有趣的，怕记不住，就拍下来呀。”

“刚才经过的一块大石头，刻了‘丈人峰’三个字，好像跟泰山有关系的，”幼珊说，“可是记不得了。”

“好像跟唐玄宗也有关系。”基林说。

“不错，是有关系，”我说着，取出袋里的一本泰山手册，翻了一下，“典出《酉阳杂俎》，说是开元十三年，也就是《纪泰山铭》的前一年，玄宗封禅泰山，把三品以下的官都升了一级。封禅使张说却把自己的女婿郑镒从九品径升到五品。玄宗见郑镒穿了大红官服，趾高气扬，怪而问之。郑镒答不出来。伶人黄幡绰在旁代答说：‘此泰山之力也’，其实伶人所指是郑的岳父张说。后人称岳父、岳母为泰山、泰水，或即由此而来。至于岳父之称，也是由于泰山乃五岳之尊。当时这位封禅使张说能诗擅文，是中宗、睿宗、玄宗的三朝贤臣；玄宗封禅泰山，就是纳张说的倡议，事后更升他为尚书右丞相兼中书令，又命他撰写《封禅坛颂》，刻于泰山，也就是我们头顶这篇《纪泰山铭》的宏文了。”

## 青铜一梦

济南的“济”不能读“祭”，要读“挤”，当地人都是这么读的。城在济水之南，故名济南。济水的“济”应读上声，和“济济多士”一样。济南有千佛山，古称历山，所以济南又称历城，或是历下。

同时济南多泉，包括趵突泉、珍珠泉、黑虎泉等，共有七十二处，因此又号泉城。

也因此，一九九八年七月济南在市中心开辟了一个多元用途的大广场，就命名为泉城广场，而且施工神速，翌年十月就完工了。广场东西长七八〇米，南北宽二三〇米，占地二五〇亩，隔着泺源大街可以远眺背负南天的历山，气象恢弘；站在三十八米高的泉标之下，似乎可以感到山东的脉搏。那泉标的造型由三股青泉从地下喷薄而出，把一个滚圆的银球，若即若离，像一颗飞溅的水珠捧在掌中，其状隐隐含着古汉字“泉”的篆体变形。

广场的东端有不锈钢塑成的十二瓣巨型荷花，瓣尖翘起，妩媚中含有活力，灯亮时一片红艳，溅出音乐喷泉。荷池与泉标遥相呼应，印证了济南处处涌泉，满湖荷香，以泉育荷的生机活力。

以荷池为心画一个大圆，有实有虚，东边的一百五十度长弧就落实在庄严的文化长廊。这三十六根石柱擎举的气象，长一五〇米，宽十六米，坐东朝西，是我在山东所见最有深意最为动人的现代建筑。三层楼高的空阔廊道上，每隔十米供着一尊山东圣贤的青铜塑像，连像座有二人之高。十二尊塑像由南而北，依年代的顺序排列。

第一位是大舜。像座上刻的金字说明是：“(约前二千年前) 龙山文化时代华夏之王虞舜，生于诸冯（诸城），耕于历山（济南），渔于雷泽（菏泽），经万民拥戴，尧禅予王位。”大舜的铜像袍带简朴，只有头上戴着无旒之冕，算是延冠吧。司马迁听人说舜目重瞳，项羽亦然。铜像太高，面影深褐，我无法逼近细看，不知道雕塑家有没有刻意加工。古代圣王之中，虽然尧舜并称，最动诗人遐想的还是舜，只因传说“舜南巡，葬于苍梧，尧二女娥皇女英泪下沾竹，文悉为之斑。”所以湖南的斑竹又名湘妃竹。这美丽的爱情感动了无数诗人，虽是传说，却宁信其有。前年我在湖南，李元洛、水运宪导游君山，曾见此竹，确有斑痕，但枝瘦叶少，并不怎么美，据说是多情游客，好事攀折的结果。尽管如此，一点点的传说总能激动一整个民族绵绵的诗情。也难怪杜甫在长安登塔，竟然向千里之外“回首叫虞舜，苍梧云正愁”，而李白在洞庭的船上要叹“日落长沙秋色远，不知何处吊湘君”。中国的千江万河，有哪条比潇湘更动人愁情呢？李群玉句“犹似含颦望巡狩，九疑如黛隔湘川”，说的正是舜葬之地。四千年前的淹远圣王，身后还长享如此的风流余韵，真是可羡。

下一位我以为是孔子了，却是管仲。应当如此，管仲是兴齐之能臣，桓公能成就春秋的霸业，全赖管仲。其人是一位务实的政治家，“以区区之齐，通货积财，与俗同好恶”：用现代的说法，就是“发展经济，顺应民心”。《管子》一书的名言“仓廪实而知礼节，衣食足而知荣辱”，强调的正是民生重于意识形态，也就是先专后红，应为今日大陆的“硬道理”吧。

像座上如此简介管仲：“（前六四五年卒）名夷吾，字仲，春秋初期政治家，在齐国推行新政，帮助齐桓公成为春秋时代第一个霸王。”

第三位才是孔丘，像赞曰：“（前五五一～前四七九）字仲尼，鲁国（今曲阜）人，伟大的思想家、教育家、政治家，儒家的创始者，被尊为‘至圣先师’。”孔子比管仲晚生了一个多世纪，但说过一句名言，盛赞管仲：“微管仲，吾其披发左衽矣！”想起这句话，我不禁一瞥孔子，衣襟当然还是向右遮盖的。其实长廊上的十二尊人物，包括李清照，衣襟全都右衽。夫子绝未料到，两千多年后的子孙已经无所谓左衽或右衽，而是学了“西夷”，对襟中衽了。

仲尼对于仲父（桓公尊称管仲）的评价，有褒有贬。子路与子贡责备管仲未能为公子纠死节，孔子却为之辩护，说“管子相桓公，霸诸侯，一匡天下，民到于今受其赐”，乃是大仁，原就不必像匹夫匹妇一般拘于小信。但另有一次孔子又指出管仲器识太小，不知节俭，也不知礼。等于说管仲造福人民，却疏于修身，立功有之，未见立德。

至于孔子的相貌，郑人曾对子贡如此形容：“其颡似尧，其项类皋陶，其肩类子产，然自腰以下，不及禹三寸，累累若丧家之狗。”事见《史记》的《孔子世家》，实在有点不伦不类，而且隔了千年，谁又见过尧和皋陶呢？我在夫子像下仰瞻低回，想起他不但在世时不能推行仁政，即殁后两千多年，还要遭文革批判。我来山东，已经距文革三十年，但参观古迹，仍处处见到碑石残缺，甚至断而再接，浩劫的暴力，犹令人心悸。当时天下滔滔，造反有理，谁敢把中华文化的这尊泰山拱在这广场上呢？

紧接孔子之后的是孙武，像赞是“（约前五〇六年）字长卿，齐国人，春秋末期兵家，著有《孙子兵法》，为古代中国最杰出的兵书，影响于后代及全世界”。他与孔子同时，曾佐吴王阖闾破楚，所以有吴孙武之称。其实他和孙儿孙膑，另一位著名兵家，都是山东人。铜像目光冷峻，神情威严，似乎正在运筹帷幄，决胜于千里之外。幸好是千里之外，也许是隔江在遥窥楚阵吧，所以竟未察觉我这名间谍正在他脚下近窥，窥探他左腰佩着宝剑，而右手却握着一捆竹简，想必就是《孙子兵法》吧？铜像褐影深沉，兵书却金光闪亮，可见游客都和我一般摩挲，恨不得偷窥十三篇里的机密军情。

不同于孔丘与孙武，下一尊铜像塑的是赶路而来的墨翟，摩顶放踵，为了救一座危城，也许已赶了三天三夜的急路，还有漫漫的长途待赶。像座上是这么两行：“（约前四六八～前三七六）鲁国人，春秋战国之际思想家、政治家，墨家创始者，有《墨子》传世。”

墨翟反对儒家的天命观念，乃倡非命；又反对儒家的礼乐教化与缙绅身份，乃倡非乐、节用、节葬；同时针对儒家的爱有亲疏、诸侯的杀戮无度，更强调兼爱与非攻。但是他太强调克制与苦修了，竟然要求从者对待音乐要不唱不听，而对待丧事不得衣衾入殓，庄子也说他不近人情。

不过墨翟这种淑世利人的大爱，还是很高贵的。且看像座上匆匆赶路的这辛苦老者，他不像管仲、孔丘那样长绅垂腰，也不像其他的铜像那样长袍覆履。看他，短褐紧胯，头上无冠，足下草鞋，左脚刚刚跨出，右脚就要跟进，背着布袋与斗笠，风尘仆仆，只为了赶去远方解围或助守。春秋乱世的野路上，席不暇煖的岂独是孔夫子呢。不久草鞋破了，脚底伤了，他就得撕衣裹足，再上征途。

墨翟后面紧接着孟轲，墨死之年孟已四岁，墨生之年，孔子才去世十一年。墨子一生正好介于至圣与亚圣之间，也可见他有多长寿。他辛苦了一辈子，竟然活到九十二岁，不知道是否因为多用体力而生活单纯，且又克制感情，不妄动怒？

孟子同样得享高龄，同样不畏劳苦与挫折，因为他怀抱了至高的使命感。他立足的像台上刻着："(约前三七二～前二八九）名轲，字子舆，邹（今邹县）人，战国时期思想家、政治家、教育家，儒家尊为'亚圣'，著有《孟子》。"亚圣之可贵，是在孔子的仁后再加上义，强调义无反顾，又强调个人的自信与自尊，认为"万物皆备于我"，"圣人与我同类"，"当今之世，舍我其谁也？"，认为浩然之气"至大至刚，塞于天地之间"，认为"富贵不能淫，贫贱不能移，威武不能屈：此之谓大丈夫。"孟子真是儒之勇者，无怪下笔浩气淋漓，可惜这种气象雕塑家实在难用青铜来展现。

孟子之后四百七十年而生诸葛亮，像台上是这么赞的：“(一八一～二三四) 字孔明，琅玡阳都（今沂南）人，三国蜀汉政治家、军事家。”诸葛亮是家喻户晓的传奇人物，美名昭昭辉映在青史，锦囊妙计的军师形象却神出鬼没于稗官野史。俗话说得好：“三个臭皮匠，胜过一个诸葛亮。”可见有多么深入人心。不过在众人的印象里，他却是南阳人，也就是湖北襄阳人，迄今襄樊的南郊还保存了他隆中的故居。这印象是诸葛亮自己留下的，《出师表》里就说得很明白：“臣本布衣，躬耕南阳。”也难怪刘禹锡会在《陋室铭》里提到“南阳诸葛庐，西蜀子云亭”。原来诸葛亮早孤，由叔父诸葛玄照顾，叔父在袁术手下做官，所以把他带去了南阳。

孔明隐居在隆中时，常自比于管仲、乐毅。他如果知道，有一天自己的铜像会和管仲的并列在这轩敞的名贤堂上，供齐鲁的子孙，供全世界的游客同来瞻仰，一定会十分快慰吧。

其实并列之荣，未必是孔明沾管仲的光。毋宁，我更爱的是孔明。首言立功，则管仲相齐，成就了桓公的霸业，孔明相蜀，不但北伐无功，甚至未能挽救亡国的命运。可是管仲命好，既有鲍叔力荐于前，又有桓公倚重于后，明君贤臣相得达四十年之久，而且君比臣寿，还晚死两年。反观孔明，虽然也有徐庶美言，刘备推心，君臣的缘分只得十六年，而先帝托付给他的是这么一个扶不起的阿斗！次言立德，则管仲虽然造福了国家，操守似乎还有争议。孔子就指责他不俭而又失礼，因为他有三个公馆，而屏风与酒台的设备也僭用了国君的排场。这当然都不是什么大过，但比起孔明的鞠躬尽瘁，累死军旅，且又一生清廉，随身衣食，悉仰于官，自谓死日内无余帛，外无盈财，比起这样高贵的人格来，还是不及。再言立言，《管子》一书自有其贡献，但内容庞杂，又疑伪托。《诸葛氏集》惜已失传，但是《出师表》前后两篇虽无意藻饰文采，而字里行间自然流露的对先帝的感念，对国家的忠诚，拳拳耿耿，自古至今不知感动了多少读者。孔明在文末终于悲从中来，坦言“临表涕泣，不知所云”。普天下的读书人，读到此处，又有谁不是临表涕泣呢？而最可悲的却是：最该感动的一个人，当初受表的那位昏君，竟然没有真正感动，真正彻悟。

《三国演义》我只在读中学时念过一遍，但那些英雄豪杰我一直记得，非大江滔滔所能淘尽。而最难忘的就是孔明，在罗贯中的章回里我看见的是一位隐士、一位贤臣、一位智者，能舌战群儒、一位神机妙算的军师，能辅佐明主，指挥骁将，必要时更能设计木牛流马，甚至呼风唤雨，撒豆成兵。在我小时，哪一个男孩不敬佩、敬爱这位神人呢？《三国志》里的诸葛亮则纯然是一个历史人物，过于简洁，只能远观正面。真正的诸葛亮，为了报答先主，复兴汉室，不惜食少事繁，肝脑涂地，以身相殉，这种宏美崇高的人格，只有在《出师表》里，用他自己真情实感的声音，才能呈现。每次我重读此文,都不禁“临表”泪下。也难怪陆游要赞叹:“出师一表真名世,千载谁堪伯仲间?”而杜甫更仰之弥高,奉为“万古云霄一羽毛”。

抬头再望那尊铜像，似乎有灵附体，正戴着青丝编织的纶巾，右手握着羽扇，果真是风神俊朗，指挥若定，只是左手深藏在袖里，恐怕是在掏锦囊妙计吧?

再下一位是王羲之。印象中他似乎是浙江人，因为他那篇《兰亭集序》太有名了，而那次盛会是在山阴，毕竟他是东晋南渡的人物。其实他也是孔明的同乡，像座上这么刻着:“(约三二一～三七九)字逸少,琅玡临沂人,东晋书法家,其《兰亭序》、《十七帖》等书迹刻本甚多,人称‘书圣’。”他写的这篇《兰亭集序》不但是散文小品的杰作，传诵至今，而且当时曲水流觞，微醺运笔，逸兴淋漓，若有神助，那书法更是遒媚潇洒，有“天下第一行书”之誉，传阅至今。更神秘的是，初唐以来，就再也无人亲睹过真迹。原来唐太宗探悉原帖落在辨才和尚手里，就派萧翼骗取过来，复命赵模、冯承素等钩摹数本，分赐亲贵近臣。至于真迹呢，对不起，舍不得任它流落世间，据说就随太宗殉葬，入了昭陵。所以此帖还不能说是“传阅”至今，只能算是“传闻”罢了。真迹既随作者作古，杳不可即，自然更加名贵，“书圣”似乎变成了“书神”。

就这么，一千六百年前的一场盛会，任右军的右腕恣意运转，顷刻竟成了永恒。想当日在山阴，良辰美景，群彦咸集，当真是四美齐具，二难并兼，正在仰观宇宙之大，俯察品类之盛，敏感的王羲之，乐极生悲，却痛惜生命之短，“临文嗟悼，不能喻之于怀。”而我们这些廊上过客，也正是王羲之序末所期待的“后之览者”，岂能无感于斯情、斯文？

眼前的铜像宽袂长带，临风飘然，是永和九年水上吹来的惠风吗？书圣举着右手，五指似握笔之状，头则向左微昂，不知是在仰观宇宙，还是想起了晚餐有肥鹅。其实雕塑家何不让饕餮客抱一只鹅呢？

十米之外，另一尊铜像倒没有空着手，而是右掌托穗，左手握秸，正捧着一把丰年的稻米。黑底金字的像座告诉我们：“贾思勰（约五四〇年左右）益都（今寿光）人，农学家，著有《齐民要术》，而知名于后世。”

真是惭愧，这名字我从未见过，不过倒很配一位农业家，因为他一再把“田”放在心上，又再三在“田”边出“力”。我存和幼珊也走过来看他手里捧的是什么，又看像座上的说明。建辉和太太周晖倒是知道一些，你一句、我一句，就拼出一张简图来。

“他做过高阳郡的太守，当然是咱山东人。”建辉说。

“那《齐民要术》讲些什么呢？”我存问。

“主要是记载黄河流域的农作物啦、蔬菜啦、瓜果啦，该怎么栽培，家畜、家禽该怎么饲养之类。”周晖说。

“还有农作物如何轮栽，果树如何接枝，树苗如何繁殖，”建辉也不甘示弱。

“还有呢，”周晖笑起来，“家禽、家畜要怎么阉割，怎么养肥。”

大家都笑了。

在第十尊铜像前，大家不约而同都聚立下来。终于看到了有一尊没有髭须，非但无须，还绰约而高雅，眼神多么深婉啊，唇边还带些笑意。

“是李清照！”幼珊惊喜地低呼。

当然是她了，非她不可。山东的名人堂上，难道全要拱圣贤豪杰吗？胡子太多了吧？没有李清照，这一排青铜的硬汉也未免太寂寞了吧，尽管她自己，“独自怎生得黑”，却是古中国最寂寞的芳心，那些清词丽句，千载之下哪一个硬汉读了不伤心？

她的像塑得极好，头梳发髻，微微偏右，像凝神在想着什么，或听到了什么。立得如此的婷婷，正所谓硕人其颀，左手贴在腰后，右手却当胸用拇指和食指拈着一朵纤纤细花。铜色深沉，看不真切究竟是什么芳籍，却令人想起“帘卷西风，人比黄花瘦”，该是菊吧。其实，管它是什么花，都一样寂寞啊，你不曾听她说吗，“一枝折得，天上人间，没个人堪寄。”

我在像前流连很久，心底宛转低回的都是她美丽而哀愁的音韵。如此的锦心如此的绣笔，如此的身世如此的晚境。我在高雄的新居“左岸”，就在明诚路旁，不由得不时常想起她在《金石录后序》中所记，和赵明诚剪烛共读的幸福早年。

李清照之美是复合的，应该在她的婵娟上再加天赋与深情，融成一种整体的气质与风韵。北国女儿而有此江南的灵秀敏感，正如大明湖镜光里依依的垂柳迎风曳翠，撩人心魂也不输白堤、苏堤。也就难怪济南人要将自己的绝代才女封为藕神，供她于湖边的祠龛。而她在《漱玉词》中，早年咏藕也常见佳句，就像“兴尽晚回舟，误入藕花深处。争渡，争渡，惊起一滩鸥鹭。”又像“翠贴莲蓬小，金销藕叶稀”，都写藕有神。

李清照能供于眼前这文化长廊，而另一位宋词大家，同样是济南人，却因“名额有限”又要顾及“性别分配”，而不能入列，真令我为辛弃疾叫屈。《稼轩词》的成就绝对不下于《漱玉词》，辛弃疾要入廊，谁也不会反对。不过他对这位词坛前辈由衷佩服，所以叫幼安让给易安，也只得认了。

李清照的像赞是：“（一〇八四～一一五一）号易安居士，济南人，南宋女词人，著有《漱玉词》，传播中外。”其实末四字并无必要，李清照非常中国，也非常女性，外国人尤其是西方人，怎么能深切体会“轻解罗裳，独上兰舟”，或是“春归秣陵树，人老建康城”呢？

下一位山东人杰同样令我心血来潮，不能自已。但他和李清照刚柔互异，身份完全不同：李清照去南方是做避乱的难民，他去南方却是做平乱的将军。他，正是民族英雄戚继光。铜像目带威棱，似乎仍在巡边，戴盔披甲，右手扶腰，左手按剑，在十二人中是唯一戎装的武将，但加上孙武与诸葛亮，就有了三大兵家，因为戚继光有中国儒将之风，除了战功赫赫，还遗下论兵的著作。他脚下的座石这样为他定位："（一五二八～一五八七）字元敬，登州（今蓬莱）人，明抗倭名将，军事家，经多年奋战，解除东南倭患，著有《纪效新书》。"

登州就在山东半岛的北端，与辽东半岛隔海相望。戚继光生在海边，又是将门之后，对倭患的切身感受，正如抗倭前辈、也是出生在沿海的晋江人俞大猷。明朝两大抗倭名将都来自倭寇肆虐的沿海，绝非偶然。从十四世纪到十六世纪中叶，倭寇侵犯中国海岸，北起辽东半岛的金州，南迄广东，范围很广，戚继光的家乡也曾波及。最猖獗的几年是在一五五三年前后，军民遭害达数十万人。幸有戚继光在义乌招募农民、矿工，编练成军，并与谭纶、俞大猷合力清剿，才渐将倭患平定。

小时我在上海，吃过一种"光饼"，圆形有孔，味道甜津津的。母亲说是戚继光行军的干粮，中间的洞孔可以穿线，挂在身上，方便随时进食，后人怀念他的功劳，就叫它做"光饼"。所以戚继光的名字，从小就深印吾心，母亲这句话，也牢记到老。一个民族往往在正史之外，借一些风俗习惯或市井传闻来感念他们的英雄，就算传闻不实，那份深情总是真的。例如端午之于屈原，不管龙舟和粽子是否为了救他，总是对他悲剧的同情、人格的向往。历史的遗憾只好用诗来补偿。

我抬头再看戚继光，心底喊一声："将军您辛苦了！"四百年后再回顾，抗倭的他可称最早的抗日英雄。他怎么会料到，四百年后敌人又来了，这一次不是倭寇了，换了正规的关东军，也不再满足于沿海掠劫，而是深入内陆，意在占领，军靴、马蹄、履带，践踏的正是戚继光、俞大猷的故乡。一次大战期间，他们公然夺去了胶济铁路。一九二八年，太阳旗遮暗了济南，五卅惨案，遭害的济南人多以千计，广义说来，岂非倭寇的后人屠杀了戚继光的子孙，也正是从大舜到蒲松龄，廊上十二尊铜像的子孙？

这还不包括后来的八年抗战，死难的华嗣夏裔更百倍于晚明。浩劫迄今，早过了半个世纪，东洋小学生的教科书里，毁尸灭迹，仍然找不到一点血印，嗅不到半星灰烬，谎话传了好几代人。四百年后，戚将军啊，我们更深长地怀念着您！

终于走到最后的铜像前了。像是个三家村的塾师，面容清苦，额多皱纹，神色却闲适而带着笑意，像是又想到一个好故事了，嗯，不妨一写，于是以指捻须，仔细琢磨起来。再一看时，咦，脚底还蜷伏着一头金狐狸。那还有谁，不就是蒲松龄吗？踏脚的像座上说："（一六四〇～一七一五）字留仙，号柳泉居士，淄川（今淄博）人，文学家，其《聊斋志异》为杰出的短篇小说集。"

这才发现，他脚旁匍偎的不是金狐狸，而是因为它娇巧可怜，游客们不断爱抚，铜锈磨光了的结果。管它是狐仙还是女鬼呢，多半不会害人的。假如你是夜深苦读的单身寒士，烛光昏沉，忽然有一位绝色佳人赫现在你疲倦的眼前，粲然一笑，解尽你长年的寂寞，从此得妻、生子、科场顺利——还有什么比这无中生有的艳遇更省事更理想的么？书中自有俏女鬼，开卷忽来狐美人。可怜的儒生寒士，半生读圣贤书，苦闷不得纾解，礼教的社会又不容你放肆，孤寒之夜，难免不一念入绮。这就是《聊斋》的潜意识出口，西方不也有浮士德心动而魔鬼出现么？

《聊斋》的故事题材十分广阔，展现的众生相颇富民俗趣味，而生动的想象又深入狐鬼仙魅，能以同情赋幽明的异物以人性，乃能在《三国》、《水浒》甚至《红楼》之外为中国小说探得新境，自成一家。中国文学自《楚辞》以来就有这超实的一支传统，我觉得蒲松龄颇似李贺的隔代遗传，没有长吉的贵族气与精致雕琢，比较世俗、流畅。

蒲松龄一生贫苦，只教私塾，到七十一岁才举贡生。著述虽有《聊斋诗集》、《聊斋文集》多种，却不如《聊斋志异》一书风行传后，声名响亮，盖过了所有的进士，甚至也高过赏识他的施润章、王士祯。我读《聊斋志异》是在中学时代，因为二舅舅藏书甚多，有整部插图的线装本，任我翻阅。那曲折的故事、雅洁的文言，加上引人想入非非的工笔插图，在没有电视也难见电影的蜀山之中，该是一个男孩最有趣的读物，难怪我就变成狐迷了。

幼珊也走过来，和我一人握一只狐狸耳朵，由我存照了一张相。周晖、基林看得有趣，在一旁笑起来，也一同入了照片。那天晚上，狐狸倒没有来找我，若非因蒲翁喝止，便是因我这书生太老了。

一百五十米的弧形长廊供着这十二尊铜像，顽铜何幸，这些伟大的、睿智的、威武的、多情的魂魄竟然来附身，而令这一簇灿亮的美名化成了栩栩然俨然的形象来默化我们，引我们见贤思齐，取法乎上。于是这神圣的长廊无限伸展，与四千载的历史悠悠的华夏光阴等长。青铜不语，而我却领悟了很多。

十二位人杰里，至少有一位圣君、三位哲人、三位兵家、五位政治家、两位教育家、两位作家、一位艺术家、一位农业家。加起来不只十二位，因为有好几位具多重身份，含各色光谱。这些人合起来可成就一个泱泱大国而绰绰有余。山东人自豪于“一山一水一圣人”，这壮语，金底黑字就赫然烙在山东大学赠我的纪念立牌上。山是泰山，水是黄河，而圣人又何止出了一位?

十二人里,好几位的事功都不是一山一水能限量。孔子的文范、孙武的武典，全世界都受启迪。大舜南巡而葬于苍梧，孙武仕吴，诸葛相蜀，王羲之挥毫于山阴，李清照苦吟于江南，戚继光更南靖倭患，北镇蓟州。不仅山东人以他们为傲，所有的中国人都以他们为荣。

我希望各省都能建自己的文化厅堂。

## 黄河一掬

厢型车终于在大坝上停定，大家陆续跳下车来。还未及看清河水的流势，脸上忽感微微刺麻，风沙早已刷过来了。没遮没拦的长风挟着细沙，像一阵小规模的沙尘暴，在华北大平原上卷地刮来，不冷，但是挺欺负人，使胸臆发紧。我存和幼珊都把自己裹得密密实实，火红的风衣牵动了荒旷的河景。我也戴着扁呢帽，把绒袄的拉链直拉到喉核。一行八九个人，跟着永波、建辉、周晖，向大坝下面的河岸走去。

这是临别济南的前一天上午，山东大学安排带我们来看黄河。车沿着二环东路一直驶来，做主人的见我神情热切，问题不绝，不愿扫客人的兴，也不想纵容我期待太奢，只平实地回答，最后补了一句："水色有点浑，水势倒还不小。不过去年断流了一百多天，不会太壮观。"

这些话我也听说过，心里已有准备。现在当场便见分晓，再提警告，就像孩子回家，已到门口，却听邻人说，这些年你妈妈病了，瘦了，几乎要认不得了，总还是难受的。

天高地迥，河景完全敞开，触目空廓而寂寥，几乎什么也没有。河面不算很阔，最多五百米吧，可是两岸的沙地都很宽坦，平面就延伸得备加敻远，似乎再也勾不到边。昊天和洪水的接缝处，一线苍苍像是麦田，后面像是新造的白杨树林。此外，除了漠漠的天穹，下面是无边无际无可奈何的低调土黄，河水是土黄里带一点赭，调得不很匀称，沙地是稻草黄带一点灰，泥多则暗，沙多则浅，上面是浅黄或发白的枯草。

“河面怎么不很规则？”我转问建辉。

“黄河从西边来，”建辉说，“到这里朝北一个大转弯。”

这才看出，黄浪滔滔，远来的这条浑龙一扭腰身，转出了一个大锐角，对岸变成了一个半岛，岛尖正对着我们。回头再望此岸的堤坝，已经落在远处，像瓦灰色的一长段城垣。更远处，在对岸的一线青意后面，隆起一脉山影，状如压扁了的英文大写字母M，又像半浮在水面的象背。那形状我一眼就认出来了，无须向陪我的主人求证。我指给我存看。

“你确定是鹊山吗？”我存将信将疑。

“当然是的，”我笑道，“正是赵孟頫的名画《鹊华秋色》里，左边的那座鹊山。曾繁仁校长带我们去淄博，出济南不久，高速公路右边先出现华山，尖得像一座翠绿的金字塔，接着再出现的就是鹊山。一刚一柔，无端端在平地耸起，令人难忘。从淄博回来，又出现在左边。可惜不能停下来细看。”

周晖走过来，证实了我的指认。

“徐志摩那年空难，”我又说，“飞机叫济南号，果然在济南附近出事，太巧合了。不过撞的不是泰山，是开山，在党家庄。你们知道在哪里吗？”

“我倒不清楚。”建辉说。

我指着远处的鹊山说：“就在鹊山的背后。”又回头对建辉说：“这里离河水还是太远，再走近些好吗？我想摸一下河水。”

于是永波和建辉领路，沿着一大片麦苗田，带着众人在泥泞的窄埂上，一脚高一脚低，向最低的近水处走去。终于够低了，也够近了。但沙泥也更湿软，我虚踩在浮土和枯草上，就探身要去摸水，大家在背后叫小心。岌岌加上翼翼，我的手终于半伸进黄河。

一刹那，我的热血触到了黄河的体温，凉凉的，令人兴奋。古老的黄河，从史前的洪荒里已经失踪的星宿海里四千六百里，绕河套、撞龙门、过英雄进进出出的潼关一路朝山东奔来，从斛律金的牧歌李白的乐府里日夜流来，你饮过多少英雄的血难民的泪，改过多少次道啊发过多少次汜涝，二十四史，哪一页没有你浊浪的回声？几曾见天下太平啊让河水终于澄清？流到我手边你已经奔波了几亿年了，那么长的生命我不过触到你一息的脉搏。无论我握得有多紧你都会从我的拳里挣脱。就算如此吧这一瞬我已经等了七十几年了绝对值得。不到黄河心不死，到了黄河又如何？又如何呢？至少我指隙曾流过黄河。

至少我已经拜过了黄河，黄河也终于亲认过我。在诗里文里我高呼低唤他不知多少遍，在山大演讲时我朗诵那首《民歌》，等到第二遍五百听众就齐声来和我：

传说北方有一首民歌
只有黄河的肺活量能歌唱
从青海到黄海
风　也听见
沙　也听见

我高呼一声“风”，五百张口的肺活量忽然爆发，合力应一声“也听见”。我再呼“沙”，五百管喉再合应一声“也听见”。全场就在热血的呼应中结束。

华夏子孙对黄河的感情，正如胎记一般的不可磨灭。流沙河写信告诉我，他坐火车过黄河读我的《黄河》一诗，十分感动，奇怪我没见过黄河怎么写得出来。其实这是胎里带来了，从《诗经》到刘鹗，哪一句不是黄河奶出来的？黄河断流，就等于中国断奶。山大副校长徐显明在席间痛陈国情，说他每次过黄河大桥都不禁要流泪。这话简直有《世说新语》的慷慨，我完全懂得。龚自珍《己亥杂诗》不也说过么：

亦是今生未曾有
满襟清泪渡黄河

他的情人灵箫怕龚自珍耽于儿女情长，甚至用黄河来激励须眉：

为恐刘郎英气尽

卷帘梳洗望黄河

想到这里，我从衣袋里掏出一张自己的名片，对着滚滚东去的黄河低头默祷了一阵，右手一扬，雪白的名片一番飘舞，就被起伏的浪头接去了。大家齐望着我,似乎不觉得这僭妄的一投有何不妥，反而纵容地赞许笑呼。我存和幼珊也相继来水边探求黄河的浸礼。看到女儿认真地伸手入河，想起她那么大了做爸爸的才有机会带她来认河，想当年做爸爸的告别这一片后土只有她今日一半的年纪，我的眼睛就湿了。

回到车上，大家忙着拭去鞋底的湿泥。我默默，只觉得不忍。翌晨山大的友人去机场送别，我就穿着泥鞋登机。回到高雄，我才把干土刮尽，珍藏在一只名片盒里。从此每到深夜，书房里就传出隐隐的水声。

——原载二〇〇一年八月十一～十四、二十六～二十八日《联合报》副刊

# 金陵子弟江湖客

## 1

我这一生，先后考取过五所大学，就读于其中三所。这件事并不值得羡慕，只说明我的黄金岁月如何被时代分割。

第一所是在南京。那是抗战胜利后两年，我已随父母从四川回宁，并在南京青年会中学毕业。那年夏天在长江下游那火炉城里，我同时考取了金陵大学与北京大学，兴奋之中，一心向往北上。可是当时北京已是围城，战云密布；津浦路伸三千里的铁臂欢迎我去北方，母亲伸两尺半的手臂挽住了我，她的独子。

我进金陵大学外文系做“新鲜人”，是在一九四七年九月。还不满十九岁的男孩，面对四年的黄金岁月，心情已颇复杂，并不纯然金色。回顾七年的巴山蜀水，已经过去，但少年的记忆与日俱深，忘不了那许多中学同学：“上课同桌，睡觉同床，记过时，同一张布告，诅咒时，以彼此的母亲为对象。”眼前的新生活安定而有趣，新朋友也已逐一出现，可是不像远去北京那么断然而浪漫，而且名师众多，尤其是朱光潜与（后来才知道的）钱钟书。至于未来，我直觉不太乐观。抗战好不容易结束，内战迫不及待又起，北方早成了战场，南方很可能波及。茫茫大地正在转轴，有一天目前这社会或将消失，由截然不同的社会取代。新的价值也许朴素，也许苛严，对文学的要求只会紧，不会宽吧？

到那时，文学就得看政治的脸色了。这种疑虑惴惴然隐隐然，一直困扰着我。

记得当时金陵大学的学生不多，我进的外文系尤其人少，一年级的新生竟然只有七位。有一次系里的黑人讲师请我们全班去大华戏院看电影，稀稀朗朗几个人上了街，全无浩荡之势。较熟的同学，现在只记得李夜光、江达灼、程极明、高文美、吕霞、戎逸伦六位。李夜光读的是教育系，江达灼是社会系，程极明是哲学系，高文美是心理系，后面两位才是外文系。其中李夜光戴眼镜，爱说笑，和我最熟。程极明富于理想，颇有口才，俨然学生运动的领袖，不久便转学去了复旦大学，跟大家就少见面了。他仪表出众，很得高文美的青睐，两人显然比他人亲近。高文美人如其名，文静而秀美，是典型的上海小姐。她的父亲好像是南京的邮政局长，所以她家宽敞而有气派，我们这小圈子的读书会也就在她家举行。至于讨论的书，则不出当时大学生热衷的名著译本，例如《约翰·克里斯多夫》、《冰岛渔夫》、《罗亭》、《安娜·卡列妮娜》之类。

吕霞和戎逸伦倒是外文系的同学。吕霞大方而亲切，常带笑容，给我的印象最深，因为她的父亲是著名的学者吕叔湘，在译界很受推崇。有了这样的父亲，也难怪吕霞谈吐如此斯文。

那时我相当内向，甚至有点羞怯，不擅交际，朋友很少，常常感到寂寞，所以读书不但是正业，也是遣闷、消忧。书呢读得很难，许多该读的经典都未曾读过，根本谈不上什么治学。因此当代文坛与学府的虚实，我并不很清楚，也没有像一般文艺青年那样设法去亲炙名流。倒是有一次读莫泊桑小说的英译本，书中把“断头台”误排成了 quillotine，害我查遍了大字典都不见，乃写信去问我认为当时最有学问的三个人：王云五、胡适、罗家伦。这种拼法他们当然也认不得，也许我写的地址不对，信根本没有到他们手里，总之一封回信也没有收到。

名作家去南京演讲，我倒听过两次。一次是听冰心，我去晚了，只能站在后排，冰心声音又细，简直听不真切。一次是听曹禺，比较清楚，但讲些什么，也不记得。

金陵大学的文科教授里，举国闻名的似乎不多，也许要怪我自己太寡闻，徒慕虚名，不知实况吧。隔了半个世纪，我只记得文学院长是倪青原，他教我们哲学，学问有多深我莫能测，但近视有多深却显而易见，因为就算从后排看去，他的眼镜边缘也是圈内有圈，其厚有如空酒瓶底。教我们本国史的陈恭禄也戴眼镜，身材瘦长，乡音颇重。有一次见他挟着自己的新著《中国通史》两大册，施施然在校园中走过，令我直觉老师的“分量”真是不轻。还有一位高觉敷教授，教我们心理学，口才既佳，又能深入浅出，就近取喻，难怪班大人多。有一次他公开演讲，题目竟是青年的性生活，听众拥挤当然不在话下。这讲题十分敏感，在当日尤其耸动，高教授却能旁敲侧击，几番峰回路转，忽然柳暗花明，冷不防点中了要害。同学们的情绪兴奋而又紧张，禁不起讲者一戳即破，大爆哄堂，男生鼓掌，女生脸红。

教我们英国小说的是一位女老师，蔻克博士（Dr. Kirk）。她的英语清脆流利，讲课十分生动，指定我们一学期要读完八本小说，依序是《金银岛》、《爱玛》、《简爱》、《咆哮山庄》、《河上磨坊》、《大卫·高柏菲尔》、《自命不凡》、《回乡》。我们读得虽然吃力，却也津津有味。唯一的例外是梅里迪斯的杰作《自命不凡》（*The Egoist:* by George Meredith），不仅文笔深奥，而且好掉书袋。我读得咬牙切齿，实在莫名其妙，有一次气得把书狠狠摔在地上。蔻克其实是金陵女子学院的教授，我们上她这堂课，不在金陵大学，而在她的女校（俗称金女大）。每次和同学骑自行车去女校上课，那琉璃瓦和红柱烘托的宫殿气象，加上闯进女儿国的绮念联翩，而讲台上娓娓动听的又是女老师悦耳的嗓音，真的令我们半天惊艳。

初进金大的时候，我家住在鼓楼广场的东南角上，正对着中山路口，门牌是三多里一号；弄堂又深又狭，里面蜗藏着好几户人家。我家只有一间房，除了放一张双人床、一张书桌、几张椅子之外，几乎难有回身之地。我被迫在隔壁堆杂物的走道上放一张小竹床栖身，当时倒并不觉得有多吃苦。好在金大校园就在附近，走去上课只要十分钟。

后来我家终于盖了一栋新屋，搬了过去。那是一栋两层楼房，白墙红瓦，附有园地，围着竹篱，在那年代要算是宽敞明亮的了。篱笆门上的地址是“将军庙龙仓巷十八号”。我的房间在楼上，正当向西斜倾的屋顶下面，饶有阁楼的遁世情调。最动人逸兴的，是我书桌旁边的窗口朝东，斜对着远处的紫金山，也就是歌里所唱的巍巍钟山。每当晴日的黄昏，夕照绚丽，山容果然是深青转紫。我少年的诗心所以起跳，也许正由那一脉紫金触发。我的第一首稚气少作，就是对着那一脊起伏的山影写的。

其实那时候我的译笔也已经挥动了。早在我高三那一年，和几个同学合办了一张文学刊物，竟然把拜伦的名诗《海罗德公子游记》咏滑铁卢的一段译成了七言古诗，以充篇幅。不难想见，一个高三的男孩，就算是高材生吧，哪会有旧诗的功力呢？难怪漕桥老家的三舅舅孙有庆，乡里有名的书法家，皱着浓眉看完我的译稿后，不禁再三摇头，指出平仄全不稳当。

不过咪咪，我的十五岁表妹也是未来的妻子范我存，却有不同的反应。那时我们只见过一面，做表兄的只知道她的小名。那份单张的刊物在学校附近的书店寄售，当然一份也销不掉，搬回家来，却堆了一大沓，令人沮丧。我便寄了一份给正在城南明德女中读初三的表妹，信封上只写了“范咪咪小姐收”，居然也收到了。她自然不管什么平仄失调，却知道拜伦是谁，并且觉得能翻译拜伦的名作，这位表哥当非泛泛之辈。战火正烈，聚散无端，这一对小译者与小读者四年后才在命定的海岛上重逢，这才两小同心，终成眷属。此乃后话，表过不提。

进了金大不久，我读到一本戏剧，叫做《温波街的巴府》（*The Barretts of Wimpole Street*：by Rudolph Besier），演的是诗人白朗宁追求巴家才女伊丽莎白（Elizabeth Barrett）的故事；一时兴起，竟然动笔翻译起来。这稚气的壮举可爱而又可哂。剧中对话的翻译，难在重现流利自然的语气，遇到英文的繁复句法，要能松筋活骨，消淤化滞。这对于大二的生手说来，无异是愚公移山。当时我只是出于兴趣，凭着本能，绝对无意投稿。译了十多页，留了不少问题，就知难而止了。其实要练就戏剧翻译的功力，王尔德天女散花的妙语要能接招，当时那惨绿少年还得等三十多年。

这就是我的青涩年代，上游风景的片段倒影。我的祖籍是福建永春，但是那闽南的山县只有在五六岁时才回去住过一年半载，那连绵的铁甲山水，后来，只能向我承尧堂叔的画里去神游了。我以重九之日出生在南京，除了偶尔随母亲回她的娘家常州漕桥小住之外，抗战以前，也就是九岁以前，我一直住在那金陵古城，童稚的足印重重叠叠，总不出栖霞山、雨花台之间。前后我进过崔八巷小学、青年会中学、金陵大学，从一个南京小萝卜变成“南京大萝卜”。在石头城的悠悠岁月，我长得很慢，像一只小蜗牛，纤弱而敏感的触须虽然也曾向四面试探，结果是只留下短短的一痕银迹。

## 2

二〇〇〇年十月三日，正是重九之前三日，与我存乘机抵达南京。过了半个世纪再加一年，我们终于回到了这六朝故都，少年前尘。在我，不但是逆着时光隧道探入少年复童年，更是回到了此生的起点。在我存，也是在做了祖母之后才回来寻觅初中的豆蔻年华。机轮火急一触地，我的心猝然一震，冥冥中似乎记忆在撞门，怦然激起了满城回声。

南京大学中文系的胡有清教授来南郊的禄口机场迎接，新机场高速公路浩荡向北，引我们绕过雨花台，越过秦淮河，进入市区，进入了一个又像熟悉又像陌生的世界，只觉得背景隐隐，呼之欲出，前景栩栩，市声嚣嚣，遮不断历史的回响。胡教授左顾右盼，为我指点街景与名胜，不断问我以前是什么样子。他问的我大半答不出来，一切都在真幻之间，似曾相识，可惊又可疑。身为南京之子，面对南京竟已将信将疑，南京见我，只恐更难相认吧。毕竟是半世纪了，玄武湖的明眸能看透我这白头，认出当年仓皇出城的黑发少年吗？我见钟山多妩媚，从东晋以来便如此多娇，但钟山见我岂应如是？

汽车在鼓楼的红灯前停下，数字钟忐忑地倒数着秒，鸡鸣寺纤细的塔影召我于东天，像要提醒我什么。红灯转绿，熙攘的中央路引我们长驱北上，终于到了一栋双管齐上的圆顶高厦，玄武饭店。其中的一管有如平地登仙，将我们吸上了天去，整座南京城落到我们的脚底，连同街道市声红灯与绿灯，落下去，只为了腾出十里的空旷，秋高气爽，让紫金山在上面接受我们觐见，让玄武湖回过脸来，佩戴着翠洲与菱洲的螺髻黛鬟。猝不及防这一刹惊艳，安排得恰到好处，有如童年跟我捉了半世纪的迷藏，遍寻不见，忽然无中生有，跳出来猛跟我打个照面，一惊，一喜，一叹，我真的是回来了。

其后三天，或有赖胡有清、冯亦同诸位学者的导引，或接受久别的常州表亲联合来邀约，我们怀着孺慕耿耿、乡愁怯怯的心情，一一回瞻了孩时的名胜：中山陵、夫子庙、燕子矶、栖霞寺……半世纪来这些早成了记忆的坐标，梦的场景，每一个名字都有回音，可串成一排回音的长廊。南京湖多，不限于玄武与莫愁。朝阳门与正阳门之间的明代城墙下，有一弧波光滟滟怀抱着古城，状如新月，叫做月牙湖。十月五日的下午，江苏省及南京市的台港澳暨海外华文文学研究会，就在湖边的谭月楼上举办了一场“余光中文学作品研讨会”，城影与波光之中，我有幸会晤了省垣的文坛人士，并聆听了陈辽、王尧、方忠、冯亦同、庄若江、刘红林等学者提出的论文。

但最能安慰孺子的孤寂、并为我受难的魂魄祛魔收惊的，是玄武湖与中山陵。哀哀父母，生我劬劳。当年生我在这座古城，历经战乱，先是带我去四川，后又带我去海岛。七十三年后只剩我一人回到这起点，回到当初他们做新婚夫妇年轻父母的原来，但是他们太累了，却已在半途躺下，在命定的岛上并枕安息。

当年，甚至在我记忆的星云以前，他们一定常牵我甚至抱我来玄武湖上，摇桨荡舟，饕餮田田的荷香，饕餮之不足，还要用手绢包了煮熟的菱角回家去咀嚼，去回味波光流传的六朝余韵。这一切，一定像地下水一般渗进了我稚岁的记忆之根，否则我日后怎么会恋莲至此，吐不尽莲的联想的藕丝。

后来进了金大，每逢课后兴起，一声吆集，李夜光、江达灼、高文美，几位双轮骑士就并驾齐驱，向玄武门驰去。金大是近水楼台，不消一盏茶的功夫，我们已经像萍钱一般，浮沉在碧波上了。越过风吹粼动的千顷琉璃，西望是明代的城楼，层砖密叠，雉堞隐隐。东望是着魔的紫金山，阴晴殊容，朝夕变色，天文台的圆顶像众翠簇拥的一粒白珠，可以指认。九州之大，名湖自多，但是像玄武湖这么一泓湛碧，倒映着近湖的半城堞影，远处的半天山色，且又水上浮洲洲际通堤的，还是少见。若你是仙人向下俯瞰，当可见湖的形状像一支菱角，令仙人也嘴馋。

在我这南京孩子的潜意识里，这盈盈湖水颇有母性，就是这一汪深婉与安详，温柔了我的幼年，妩媚了我的回忆。或许有人会说，长江浩渺，不是更具母性吗？当然是的，不过长江之长，奶水之旺，是南京与上游的江城水埠所共沾，不像玄武湖那么体已。

至于父性呢，该属紫金山了，尤其是中山陵。紫金山在南京的行政划分上，与玄武湖同属玄武区，但遍山林木苍翠，名胜古迹各殊气象，又称钟山风景区。这是登高临风悠然怀古的地方，是处青山好埋骨，墓有今有古，今人的墓有中山陵、谭延闿墓、廖仲恺与何香凝墓，古人的还有明孝陵与常遇春墓。但孩时印象最深，而海外孺慕最切的，是中山陵。

壮丽的中山陵是青年建筑家吕彦直的杰作。不知为何，许多中山陵的简介都不提设计人的名字。他是山东东平县人，字仲宣，又字古愚。孙中山一九二五年病逝于北京，次年一月他的陵墓就在紫金山第二峰小茅山起建，直到一九二九年春天才落成。吕彦直也就死在这一年，才三十五岁。

宏伟的中山陵坐北朝南，灵谷寺与明孝陵拱于左右，占地近两千亩。从山下一路上坡，由四柱擎举的白石牌坊到三洞的陵门，是四百八十米长的墓道，入了陵门要穿过碑亭，踏三九二级石阶，才抵达祭堂。

那天秋高气爽，胡有清教授带我们去登临，本来已经走进了侧道，树荫疏处隐隐窥见陵貌庄严。我忽然觉得那样太草率了，五十年后终于浪子回头，孺子回家，应该虔诚些，像是典礼。于是我们原路退回去，郑重其事，从巍峨的牌坊起步，一路崇仰上去。

小茅山的坡势缓缓上升，吕彦直匠心的经营，琉璃青瓦的倾斜屋顶覆盖着花岗石的白壁，陵门上去是碑亭，更上去是祭堂，肃静而高洁那气象，层层叠叠把中山陵推崇到顶点，举目只见人造的是白石青瓦的严整秩序，神造的是雪松水杉郁郁苍苍的自然生机，人工与神工天人合一，标举一种恢弘的意境。

从陵门前起步，浅灰的花岗石阶，三九二级，天梯一般把朝山的人群一级级接引向上，去攀附高处长眠的或许是仍未瞑目的灵魂。石阶宽敞，可容数十人并肩共登，更添天下为公的气象。或许吕彦直有意把整座石陵谱成一首深沉的安魂曲，用三九二级的琴键来按弹，但按的不是巴哈或萧邦的手指，是朝山者不绝于途的虔敬脚步。想当年有一个小学生，在女老师带领之下也曾与群童推挤着踏过这一长排白键，幼稚的童心该也再三听说过，脚下这坡道是引向崇高，但那首安魂曲究竟多深沉，却要经历过五十年的风吹雨打，从海外归来才能体会。

正是重九的前一日，高处风来，间歇可闻迟桂的清芬，隐隐若前人流传的美名。登到顶点已有些汗意,不禁在祭堂前回望人寰，才发现，咦，刚才攀登的数百级石阶竟都不见了，只见梯田一般的坡势变成了一幅幅宽坦的平台。原来由下而上,只见一层层阶级，不见中间的平台；到了高处，回望时阶级就悉被平台遮掉了。据说这正是吕彦直的匠心：朝山的人对陵顶的气魄仰之弥高，油然起敬而见贤思齐，但祭堂上坐着的大理石像，胸怀广阔，俯视只见坦然的平台，却无视于一阶一级。

3

十月四日的上午，胡有清教授带我们去寻访半世纪前我母校的校园。金陵大学早在上世纪五十年代之初并入南京大学，所以地图上只见南大，不见金大了。金大校友会会长周伯埙、副会长冯致光、南大校友总会副会长贾怀仁、秘书长高澎陪我重游初秋的校园，并殷勤为我指点岁月的沧桑。

南京大学目前声誉日高，是中国排名前几位的重点学府。校园看来相当整洁，有些建筑显得古意盎然，例如昔日的小教堂，风骨犹健，并不破落。李清照词“物是人非事事休”，正可印证半世纪后我的母校，虽已换了好几代人，而旧楼巍巍，树荫深深，规格仍在。似真疑幻，一霎间我成了老电影中迟暮的归客，恍然痴立在文理农三院鼎立的中庭，往事纷纷，像脱序倒带的前文提要，闪过惊扰的心神。若非校友会的诸君在旁解说，我真想倚在那棵金桂荫里，合上倦目，让风里的桂香袅袅引路，带我回到最后——一九四八年的那一季秋天。也许高文美或者李夜光会抱着一叠书，从正中的文学院台阶上，随下课的同学们一拥而出，瞥见是我，会兴奋地向我跑来。但跑到一半，会忽然停步，一脸惊疑，发现树荫下向他们招手的并不是我，而是一个白发的老人。

我回过神来，发现自己是回来了，远从海峡的对面，回来了，但不是回到五十年以前，因为世纪都已经交班了。我站在母校三院拱立的中庭，还记得当年的景色并没有多少改变，这在那十年的大劫之后，在红卫兵狂舞着小红书鼓噪着破四旧之后，可说是十分幸运了。只是水杉与刺柏都长高了许多，而猖獗的爬藤，长茎纠缠着乱叶，早已迫不及待，攀上了方正的钟楼，恨不得把高窗全部攀满。

记得从前从家里来上课，总是踏着汉口路沙石的斜坡，隔着高过人头的篱树，隐约可窥三院的灰瓦屋顶，往往从钟楼顶上还会飘来音乐，恍惚迷离，奏的是舒曼的《梦幻曲》(*Traumerei*)。

“请问你就是余光中先生吗？”

我从藤蔓绸缪的楼塔上收回目光，一位青年停在我们面前，笑容热切，负着背包。我含笑点头，胡教授问他，怎么认出是我。

“我读过余先生的书，见过照片。”他说。

“余先生是我们南大的校友，”胡教授说，“五十年第一次回来。”

“真的呀？”那学生十分惊喜，要求与我合照。

“这几天我们国庆放长假，”望着那学生的背影，胡教授解释，“校园里冷冷清清，否则就难脱身了。”

说着，众人来到了老图书馆前。一进门，磨石地板上赫然镶着一轮圆整的校徽，白底清纯，衬托出篆书的“金陵”两个大金字，各为半圆，直径超过四尺。我搜索失去的记忆，不确定以前是否就如此。校友会诸君都说，正是原来所镶的校徽。

“以前的做工就是这么认真，”我存羡叹，“到现在都没有缺陷！”

我走进阴深的大阅览厅，一步，就跨回了五十年前。空厅无人，只留下一排排走不掉的红木靠背椅子，仍守住又长又厚实的红漆老桌，朝代换了，世纪改了，这满厅摆设的阵势却仍然天长地久，叫做金陵。我抽出一张椅子来，以肘支桌，坐了一会。舒曼的《梦幻曲》弥漫在冷寂的空间，隐隐可闻。我相信，若是我一个人来，只要在这被祟的空厅上坐得够久，李夜光、高文美、江达灼那一伙同学就会结束半世纪捉迷藏的游戏，哇的一声，从隐身处一起跳出来迎我。

当天下午我访问了南京大学中国现代文学研究中心，并以“创作与翻译”为题在校园公开演讲。虽在十一大假期间，而且只贴出一张小海报，留校的学生却无中生有忽然涌现，文学院措手不及，三迁会场才能够开始。师生都来得很多，情绪也十分热烈。听众的兴奋令讲者意气风发，讲者的慷慨更加鼓舞了听众。中文的“演讲”也好，“讲演”也好，不但要讲，多少还要演，所以显得生动。对比之下，英文的 talk 只讲不演，就不及中文传神了。

能在自己的生日回到自己的出生地，用自己的母语对同样是金陵的子弟，诉说自己对这母语的孺慕与经营；能回到大陆对这么多大陆的少年诉说，仓颉所造许慎所解李白所舒放杜甫所旋紧义山所织锦雪芹所刺锈的中文，有怎样的危机又怎样的新机，切不可败在我们的手里——能这样，该是多大的快慰。

几百双乌亮而年轻的眼瞳，正睽睽向我聚焦。那样灼灼的神情令演讲人感动。我当年听讲，也是那样的神情吗？想当年战火正烈，我怀着凄惶的心情，随父母出京南行，投向渺不可测的未来，正是他们这年纪。

掉头一去是风吹黑发，
回首再来已雪满白头。

悠长的岁月，在对岸听到的是不断的运动接运动，继以神州浩势的十年，庆幸自己是逃过了。但回到了此岸，见后土如此多娇，年轻的一代如此的可爱，正是久晴的秋日，石头城满城的金桂盛开，那样高贵的嗅觉飘扬在空中，该是乡秋最敏的捷径。想长江流域，从南京一直到武汉，从南大的校园一直到华中师大的桂子山，长风千里,吹不断这似无又有欲断且续的一阵阵秋魂桂魄。这么想着，又觉得这些年来，幸免的固然不少，但错过的似乎也很多。想这些年来，我教过的学生遍布了台湾与香港，甚至还包括金发与碧瞳，但是几时啊，我不禁自问，你才把桃李的青苗栽在江南，种在关外?

——二〇〇一年十月于高雄西子湾

# 专有名词对照表

| 书中名称 | 大陆通用名 |
| --- | --- |
| Anthony Perkins | 安东尼 · 博金斯 |
| Barbara Wenger | 芭芭拉 · 温格 |
| Carmen | 卡门 |
| Cymbeline | 《辛白林》 |
| Edna St.Vincent Millay | 埃德娜 · 文森特 · 默蕾 |
| Herbert | 赫伯特 |
| Hofbrauhaus | 皇家啤酒屋 |
| Roman Jakobson | 罗曼 · 雅各布森 |
| Steve | 史蒂夫 |

| | |
|---|---|
| Volksmusik | 民间音乐 |
| Patricia Carey | 帕特里夏 · 凯里 |
| Pauline | 保利娜 |
| Pearl | 珀尔 |
| Pluie | 雨 |
| Sandra Dee | 桑德拉 · 狄 |
| 阿哈布船长 | 亚哈船长 |
| 阿罗 | 阿尔勒 |
| 阿若他雅 | 阿育他亚（大城） |
| 阿瑟 | 阿图尔 |
| 爱奥华 | 衣阿华 |
| 爱比利亚 | 伊比利亚 |
| 安达露西亚 | 安达卢西亚 |
| 安格罗 · 萨克逊 | 盎格鲁 - 撒克逊 |
| 《安娜 · 卡列妮娜》 | 《安娜 · 卡列尼娜》 |
| 巴哈 | 巴赫 |
| 巴塞隆纳 | 巴塞罗那 |
| 巴铁摩尔 | 巴尔的摩 |
| 巴维 | 帕维尔 |
| 拜波之塔 | 巴别之塔 |
| 白峰 | 勃朗峰 |
| 柏克丽 | 伯克利 |

| | |
|---|---|
| 贝尔蒙代 | 贝尔蒙特 |
| 毕卡索 | 毕加索 |
| 宾士 | 奔驰 |
| 波德 | 博尔德 |
| 波定湖 | 博登湖 |
| 波多马克河 | 波托马克河 |
| 伯令海峡 | 白令海峡 |
| 楚克希匹泽 | 楚格峰 |
| 达利波塔 | 达莉博尔卡 |
| 《大卫·高柏菲尔》 | 《大卫·科波菲尔》 |
| 戴奥奈塞司 | 狄俄尼索斯 |
| 德伏乍克 | 德沃夏克 |
| 德格鲁士 | 德·格鲁士 |
| 德克萨斯 | 得克萨斯 |
| 娥佳 | 奥尔加 |
| 梵谷 | 梵高 |
| 费尔非 | 韦费尔 |
| 佛朗科 | 弗兰克尔 |
| 佛朗慈·卡夫卡 | 弗朗茨·卡夫卡 |
| 佛莱歇 | 弗莱舍尔 |
| 佛洛依德 | 弗洛伊德 |
| 佛洛伊登希塔特 | 弗罗伊登施塔特 |

| | |
|---|---|
| 芙罗拉 | 弗洛拉 |
| 盖提斯堡 | 葛底斯堡 |
| 高帝 | 高迪 |
| 高敢 | 高更 |
| 哥德式 | 哥特式 |
| 葛儿妲 | 格尔达 |
| 郭斯特 | 科斯特 |
| 公尺 | 米 |
| 公分 | 厘米 |
| 哈布司堡 | 哈布斯堡 |
| 《海罗德公子游记》 | 《恰尔德·哈洛尔德游记》 |
| 海敏娜 | 赫尔米娜 |
| 汉姆林 | 赫姆林 |
| 赫德逊河 | 哈德孙河 |
| 华格纳 | 瓦格纳 |
| 华滋华斯 | 华兹华斯 |
| 吉瑞 | 伊日 |
| 嘉尔西亚·洛尔卡 | 加西亚·洛尔卡 |
| 卡拉马如 | 卡拉马祖 |
| 卡斯提尔 | 卡斯蒂利亚 |
| 卡塔罗尼亚 | 加泰罗尼亚 |
| 卡塔朗语 | 加泰罗尼亚语 |

| | |
|---|---|
| 坎布利亚 | 坎布里亚 |
| 科尔多巴 | 科尔多瓦 |
| 珂泉 | 科罗拉多温泉 |
| 蔻克 | 柯克 |
| 魁怪客 | 魁魁格 |
| 拉布兰人 | 萨米人 |
| 雷洛瓦 | 雷诺阿 |
| 李耳王 | 李尔王 |
| 利欧 | 莱奥 |
| 落矶山 | 落基山 |
| 罗特列克 | 洛特雷克 |
| 马克司古堡 | 马克斯堡 |
| 马萨诸塞慈 | 马萨诸塞 |
| 马歇 · 马叟 | 马塞尔 · 马索 |
| 曼诺雷代 | 马诺莱特 |
| 梅里迪斯 | 梅瑞狄斯 |
| 米尔顿 | 弥尔顿 |
| 米开朗基罗 | 米开朗琪罗 |
| 米苏里河 | 密苏里河 |
| 墨林 | 梅林 |
| 魔涛河 | 伏尔塔瓦河 |
| 莫札特 | 莫扎特 |

| | |
|---|---|
| 纳许 | 纳什 |
| 内布拉斯卡 | 内布拉斯加 |
| 尼罗 | 尼禄 |
| 帕嘉尼尼 | 帕格尼尼 |
| 《咆哮山庄》 | 《呼啸山庄》 |
| 皮诺丘 | 皮诺乔 |
| 披头 | 披头士 |
| 匹茨堡 | 匹兹堡 |
| 普利泽 | 普利策 |
| 日尔曼 | 日耳曼 |
| 塞凡提斯 | 塞万提斯 |
| 塞吉维克将军 | 塞奇威克将军 |
| 塞斯奎汉纳河 | 萨斯奎汉纳河 |
| 桑泰耶纳 | 桑塔亚那 |
| 《莎氏乐府本事》 | 《莎士比亚故事集》 |
| 圣芳济 | 圣方济各 |
| 圣维徒斯大教堂 | 圣维特大教堂 |
| 《食薯者》 | 《吃土豆的人》 |
| 史坦巴赫 | 施泰巴赫 |
| 史特劳斯 | 施特劳斯 |
| 斯麦塔纳 | 斯美塔那 |
| 斯特拉福 | 斯特拉特福 |

| | |
|---|---|
| 唐乔凡尼 | 唐·乔万尼 |
| 桃乐赛 | 多萝西 |
| 天魔玛刺 | 天魔波旬 |
| 魏赫兰 | 魏尔伦 |
| 维琴尼亚州 | 弗吉尼亚州 |
| 威斯康辛 | 威斯康星 |
| 翁热 | 昂热 |
| 希区考克 | 希区柯克 |
| 萧邦 | 肖邦 |
| 西敏寺 | 威斯敏斯特教堂 |
| 西斯丁 | 西斯廷 |
| 夏卡尔 | 夏加尔 |
| 呏 | 英寻 |
| 印地安纳 | 印第安纳 |
| 伊利诺易 | 伊利诺伊 |
| 依希美尔 | 伊什梅尔 |
| 《约翰·克里斯多夫》 | 《约翰·克里斯朵夫》 |
| 约翰尼斯·布拉姆斯 | 约翰尼斯·勃拉姆斯 |
| 约翰生 | 约翰逊 |
| 幼稚园 | 幼儿园 |
| 《自命不凡》 | 《利己主义者》 |